叩門語絲

一名語言學家的問學感悟

中華書局

李宇明　著

父母為女兒冬冬過生日，攝於 2009 年 2 月

著作《人生初年 —— 一名中國女孩的語言日誌》，2019 年 10 月商務印書館出版

不離不棄　伉儷情深，攝於 2014 年春

與啟功先生一起出席會議,攝於 2001 年

拜會周有光先生,攝於 2007 年 6 月

拜會新加坡內閣資政李光耀先生，攝於 2009 年 7 月

參觀董建華夫人工作室，攝於 2013 年 3 月

在桑科草原，攝於 2004 年 8 月

在貴州苗族學校調研，攝於 2006 年 9 月

參觀西雙版納民研所，攝於 2007 年 2 月

在北京大學做學術報告，攝於 2006 年 12 月

在台灣師範大學做學術報告，攝於 2009 年 6 月

在香港中文大學講演，攝於 2010 年 3 月

北京語言大學五十周年校慶，攝於 2012 年 9 月

訪問美國馬里蘭大學，攝於 2012 年 11 月

受特區政府邀請訪問香港，攝於 2013 年 3 月

在香港理工大學領受傑出中國訪問學人獎，攝於 2013 年 11 月

訪問韓國啟明大學，攝於 2013 年 4 月

訪問聯合國，攝於 2016 年 5 月

從教四十五周年師生合影，攝於 2021 年 6 月

目　錄

自序

人生，是條單行線

　　我出生在二十世紀五十年代的豫南地區。年幼時，能吃飽飯是最大幸福。只記得，最好吃的食物是餅乾，曾發願，將來有了錢要把餅乾吃個飽。1977 年國家恢復高考，二十三歲的我有幸考上了大學中文系。此前沒見過什麼世面，沒受到該有的教育，回想起來可受用終身的，是一手春種秋收的農活套路，是餓而不死、累而不倒的頑強意志，還有鄉村習俗、鄉土氣息。

　　問學之始才是理性生活的開始，特別是做了家長、當了教師、晉升了教授。人生如五味瓶，耐人尋味，也更耐人回味；為學如耕田畝，需知農時，需觀天候，後來更知還需有「只問耕耘、不問收穫」的豁達。在品味人生、鑽研學問、教子誨徒中，有所思、有所惑、有所得，或求教於師友，或寄言於文牘。雖留些言論，但並無「立言」之志。

　　吾妻私我，常把我茶餘飯後之言，黃昏散步之說，擇「可取」

者錄入文檔，美其名曰「聰明泉」。我的多位學生，曾把聽課瑣記或讀拙文所摘，輯錄自珍，甚或再傳弟子。本書主要編者王春輝，當年曾赴美國一所孔子學院任教，他國異鄉，思家念師，便尋我文章的電子版，邊讀邊摘，輯為《句銜寥摘之學術人生》。看後我很感動，也引發了我對走過道路的更多反思。

「句銜寥摘」是春輝異鄉心緒的寫照，也巧與我書齋名號「懼閒聊齋」諧音。「懼閒聊齋」是我年輕時「為賦新詞強說愁」的附庸風雅之舉。那是 1991 年 1 月 25 日，農曆已入臘月，春節臨近，怕自己沉湎於節慶，就取了個如此齋號，還自撰《懼閒聊齋銘》：

> 人生口舌除咀嚼吸飲，乃為聊之用。然聊有正閒之分。正聊者，千秋功罪評於舌端，雄略卓智躍乎唇間，天地之妙事，吾之大幸也！然閒聊者，庸庸之辭擠出牙縫，人未朽而齒早亡；俗俗之語塞於耳室，命未絕而氣已濁。故實懼之，名陋室曰「懼閒聊齋」，作是銘以戒之已，勸乎人！

其實，那時一家人擠在一間十幾平米的危房中，用不多的幾件家具把房間象徵性地隔開幾個功能區，哪有稱「齋」的資格？是年 2 月 7 日，農曆小年，讀到明代梅之熉為馮夢龍《譚概》所做序言，頗有共鳴，當即抄錄一段，名為「《懼閒聊齋銘》作後」，與《懼閒聊齋銘》並貼於桌右：

> 然則「談」何容易！不有學也，不足談；不有識也，不能談；不有膽也，不敢談；不有牢騷積郁於中而無路發攄也，亦不欲

談。夫羅古今於掌上，寄《春秋》於舌端，美可以代輿人之誦，而刺亦不違鄉校之公，此誠士君子不得志於時者之快事也！

2005 年 QQ 流行，師門建群，鄭夢娟建議群名為「聚賢聊齋」，十分巧妙，從另一角度闡釋「懼閒聊齋」之意趣。「懼閒聊」者，不是不聊，是要聚賢而聊。之後，還在 Chinaren 平台上註冊了同名群，後又成為師門的微信群名。去年底，因一篇小文需要譯為英語，涉及到「聚賢聊齋」的翻譯，張振達建議譯為 Salon for Inquisitive Minds，亦有深意。

近來，春輝、列朋、高莉等幾位將《句銜寥摘之學術人生》和「聰明泉」等整理為《問學雜談》，以為師門自娛自樂、自我教育之用。一個偶然機會，香港中華書局侯明總經理看到，竟然覺得不錯，希望能夠出版，並建議書名改為《叩門語絲》，讓人擊掌稱妙。「叩門」者，源自我大學畢業紀念冊上的自留言：

當年做過文學夢，而今專叩語言門，門開乎？天知曉。

為便於保存查找，我把發表自己文章的雜誌分年裝訂，封面、書脊鏤上「叩門集」燙金字樣；2000 年之後的裝訂本改鏤「開門集」，2010 年之後的新鏤「天知集」。其實我深知，身雖暮年，但仍處在「叩門」狀態，在不停叩擊着語言學之門！「語絲」者，語思也，是對語言學的一些思考感悟；「語絲」者，諧音「雨絲」，書中話語或許能如春日細雨，可以潤土養枝，可與年輕學人共勉。

文字的自娛與出版，有泥雲之別。為使「雜談」能有「語思」

之實，能有「雨絲」之用，便將自己幾十年來的筆記、文章復讀一遍，摘些可擷之辭，與原「雜談」輯為一冊，內分「學術」「教育」「人生」三部分，以便閱讀。田列朋又選些照片和我的書法作品，插於其中，為書增色。

在編選《叩問語絲》的過程中，更加體會到親情友情濃烈如醇，學緣的確近乎血緣；也是又一次反思自我，回顧人生，品味世態。人生旅程是一條單行線，停不下來，倒不了車，調不了頭。但是可以記錄，可以追憶，更應珍惜，更應回味。

人生一世，草木數秋。人與草木有何相似，有何不同？

李宇明
2022 年 6 月 1 日
自序於北京懼閒聊齋
於新冠疫情的紛擾中
於俄烏戰火的硝煙裏

學　術

學術理念

　　大千世界，五彩繽紛，時時誘人走出學術。歷史風雨，變幻莫測，對待學術時褒時貶，往往逼人離開學術。家境變遷，精力昂衰，常常無法將全部身心投入學術。而學術，是一種持恆守定的事業，它從不寵愛東走西跳的「智者」和期盼天上掉餡餅的幻想家。（《邢福義選集·跋》2001 年）

　　當今世界的競爭，表面上是政治、經濟、軍事、科技等方面的競爭，而最根本的卻是文化的競爭。在世界經濟領域雖然呈現出一體化的傾向，但是政治多極化、文化多元化卻是當今世界的主流聲音。語言文字是文化之根，中國語言文字是中華文化之根。建造中國語言文字博物館，就是養護中華文化之根，開發中國語言文字和中華文化資源使之成為中華文化的資本，提高中國在世界文化中的地位，提高中國的世界競爭力，提高國民的文化自信心。愛我中華，亦愛我語言。（《中國語言文字博物館的建設問題》2008 年）

　　語言學家可以有自己獨特的語言科學興趣，但是就整個學界而言，必須關注社會語言生活，時時研究社會發展對語言學提供的新機遇、提出的新要求，時時研究語言學能夠為國家的發展、人民的幸福做些什麼。（《瑞雪兆豐年》2009 年）

　　做學術，有時看起來很「自私」，吝嗇時間，關注署名權，還要千方百計地爭取項目，如此等等。但是它又是很「大公」的事情，因為學術是社會之公器，具有社會普惠功能。能把「公」和「私」很好結合起來的，世間或許唯有「學術」。（《早把心智許學林，求善求美本求真》2012 年）

　　學術，可以建立自己的「精神家園」，當人退休之時，就能感受到這個家園的重要性。如果沒有「精神家園」，那麼很可能就「老大徒傷悲」。（《早把心智許學林，求善求美本求真》2012 年）

　　通過學術，我們可以與歷史自覺關聯起來，成為精神生產群體中的一員；通過學術，我們可以同社會自覺地關聯起來，我們的貢獻成為社會文化的一部分，我們在影響公民社會；通過學術，我們又同未來關聯了起來，我們的思想認識能成為子孫後代的文化遺產。（《早把心智許學林，求善求美本求真》2012 年）

　　學術的內驅力就是「求真」和「求用」。「求真」就是探討事物背後的規律，這是學術的用途，是科學的使命，是「無用之用」；「求用」指的一是應國家和社會之需做學術研究，學術成果是人類的智庫；二是開發產品滿足市場和產業之需，現在語言學已經和市場很密切，比如山東大學很早就成立了語言經濟研究所，首都師範大學也成立了語言產業研究中心。現在我國語言學界的問題是很多成果沒有產品化，比如已經設計的一些軟件、教材、語言測試等。所以從學術驅力來看，現在的語言學缺乏驅動力。很多學科的發展

都是社會驅動的，是問題意識引領研究者去關注去探索，並進一步把成果產業化，轉化為社會生產力。所以每個學科，每個研究者，都應該找到學術驅動力，這樣才能走得遠，對社會的貢獻大。（《早把心智許學林，求善求美本求真》2012年）

　　什麼叫學問？找到制約現象的規律就是學問。在我們看來，語言學是學問，但社會上沒有幾個人認為語言學是學問的。當然也有很多東西，我們認為不是學問，但是有很多人在研究。放開眼界，世界上幾乎沒有不可做學問的東西。（與北京語言大學師友交談2012年）

　　一邊讀書，一邊動手寫點文章。讀是外在知識的「內化」，寫既是創造，也是知識內化的催化劑。（《學術之旅》1997年）

　　對觀察到的東西給出「自圓」之解，已含理論創新之要素。理論者何？通過對現象的觀察分析而得到的制約現象的規律，亦包括對現象觀察進而獲取規律的原則。理論顯然不是置四海而皆準的教條，而是前人研究經驗的升華；理論顯然不是研究的起點，而是研究的結果。理論的豐富與發展，顯然不能僅在理論本域內演繹，或是選些事例再證實。好理論當然可以解釋許多現象，但科學更重要的任務是豐富理論、創新理論。如此說來，現象的觀察與分析更具有知識本原上的意義。對語言研究者而言，或許把「理論」理解為一種「意識」、一種追求更有價值。這種意識，就是從語言事實中發現規律的自覺性；這種追求，就是不斷提升規律層面的強烈願望。（《事實之樹常青——序婁開陽〈現代漢語新聞語篇結構的研究〉》2008年）

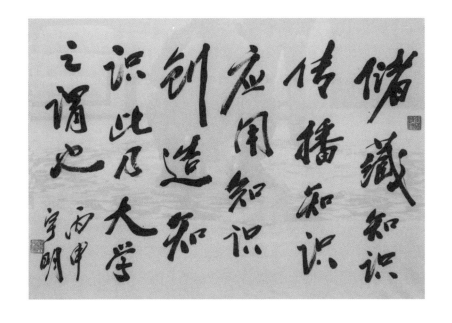

儲藏知識　傳播知識　應用知識　創造知識　此乃大學之謂也

　　學術發展最重要的是學術精神。研究語言學大師的學術精神，是發展語言科學的重要舉措……全面研究和弘揚中國語言學大師們的學術精神，有利於找到研究中國語言的最佳途徑，有利於形成具有中國氣派的語言學，從而也為世界語言學做出大貢獻。(《中國語言規劃論》2005 年)

　　就學術而言，研究對象越是複雜，研究工作越是困難，越容易出大的學術成果。(《術語論》2003 年)

　　語言研究的手段也在不斷進步。在書面語時代，語言研究手段主要是耳聽手記、問石拓片、讀書摘句、做卡片索引等等。電波時代的到來，處理語音、文字的錄音錄像技術得到應用，口頭語言研究技術發生了革命性變化，特別是互聯網時代，各種數據庫技術、眾包眾籌研究模式、在線學術討論與出版、虛擬研究與遠程研究等，已是常見的或可以想見的研究手段。多學科共同討論語言問題，協同解決語言問題，呈現出「大科學」和「大學科」的研究態勢和研究旨趣。(《語言技術對語言生活及社會發展的影響》2017 年)

　　一個國家不僅有地理意義上的領土，還有與之同等重要的「知識領土」。所謂「知識領土」，就是一個國家擁有知識的多少，尤其是擁有自主產權的知識的多少，具有優勢地位的知識領域的多少。(《知識領土──序高曉芳〈晚清洋務學堂的外語教育研究〉》2006 年)

　　重視語言事實，就要尊重語言事實；尊重語言事實就要實事求是。(《嚴謹治學　務實為本──紀念林燾先生》2007 年)

　　材料是學術之根，事實是理論之源。（《材料是學術之根　事實是理論之源》——序司紅霞〈現代漢語插入語研究〉》2009 年）

　　不管是自然科學還是社會科學，分類都是學術研究的基礎工作。分類是有特定目的、用一定標準操作的。（《孔子學院語言教育一議》2014 年）

　　學術價值不是取決於傳統，也不是取決於權威，而是取決於本學科的實踐，取決於科學與社會的需要。（《語言的全息性與語言的全方位研究》1989 年）

　　當然舊觀念的打破，新觀念的建立要有一個過程，要靠艱苦的科學實踐，靠充分的學術民主，靠社會的抉擇與評價。（《語言的全息性與語言的全方位研究》1989 年）

　　歷史當然都是過去的事情，但不是簡單的「過去」，不只是歷史。其一，治史者記什麼事、怎麼記事、如何評事，是帶着當下立場、現實眼光的。其二，歷史是現實的源頭，現實從歷史中流淌而來，正確理解現實往往需要回顧歷史。其三，歷史是現實的鏡子，以銅為鑒可以正衣冠，以古為鑒可以知興替，以人為鑒可以明得失。這也許就是意大利史學家克羅齊（Benedetto Croce）所謂「一切歷史都是當代史」的含義（克羅齊《歷史學的理論和實際》）。（《歷史，不只是簡單的過去》2020 年）

　　大學是學術旅程的出發點，不能把自己封閉在教科書中，要多

讀學術專著和學術論文，並要動手做點科學研究⋯⋯事實研究與
理論探索從來就是密不可分的。有一定的理論背景和理論追求，對
事實的觀察和分析才能深入；對事實的仔細觀察和深入分析，才能
從中發現有價值的理論問題。我自己的研究追求是，事實研究與理
論探索相結合，事實描寫和理論解釋相結合。每篇論文都要對漢語
的語法事實有所發掘，盡力歸納出規律，並對制約事實的規律再作
出解釋；而且每篇論文都要有一點理論追求，努力把研究上升到理
論的層面，希望寫出的論文既扎扎實實，又有沉甸甸的分量。

　　我的語法研究同師輩相比還顯得很幼稚。與許多同輩的研究比
也許會顯得「土氣」和笨拙。但是，我自信立足於本土語言、立足
於漢語事實、從事實中生發出「漢味」理論的研究道路是正確的。
十幾年的語法研究，我最大的苦惱不是對西方的理論了解得太少，
而是對漢語的事實了解得太少，信手拈來一些語法現象讓我說出個
所以然來，大都會把我難住。當然，漢語語法研究需要借鑒西方的
理論和方法，但是，學術交流是雙向的，也需要拿出點自己的理論
和方法去影響國際學術界，這樣才會使中國語言學在國際上佔一席
之位。

　　大學畢業時，同學們商定，每人在紀念冊上都要寫一段表白
心願的話。我當時是這樣寫的：「當年做過文學夢，而今專叩語言
門。門開乎？天知曉！」「叩門」已近二十年，雖不敢說已登堂入
室，但體會還是有一些：為學難，難就難在需恆懷定性，甘於寂
寞，不謀轟動效應，不可急功近利，只能一步一個腳印地前行。

　　為學也有快樂，樂就樂在它追求的是真理，雖不能富貴權達但也不必去媚富貴權達；樂就樂在它是一種創造性勞動，可以在方寸之內與古聖今賢和未來對話，可以在充分發揮才智、實現人生價值的同時，為人類的知識庫中增加點東西。

　　學術研究是一種職業，但更是一項事業，是需要用也必須用全部身心乃至生命去從事的一項事業。學術之旅也就是生命之旅！（《學術之旅》1997 年）

　　知識分子有兩條生命，一條是自然生命，一條是學術生命。學術生命又由三者構成：第一，從事學術的年限。年限越長，學問越大。所以大家要把身體鍛煉好；第二，是學術的影響力。過去談得較多的是學術的縱向穿透力，而現在還應該注意學術的橫向傳播力。之所以強調學術的橫向傳播力，是因為現在大學的發展正在向第五階段進發：第一個階段是教學，第二個階段引入了科學研究（德國），第三個階段是科研成果為社會服務（美國），第四個階段是文化傳承，強調大學的文化功能（中國）。大學的第五個階段發展，可能就是對公民社會的影響和改造。所以學術的橫向傳播力正與大學影響公民社會相契合；第三，是學生的學術水平。一個學者的學術生活裏有學生，還有徒子徒孫，那麼他的學術就能一代一代地延續。

　　學問說到底是自己的事情，任何政府的支持和別人的鼓勵都是外在的，如果自己沒有一種追求學術的恆心，是做不了學術的，因

為我們遇到的困難太多，遇到的誘惑太多。再說，如果不為求真的目標，那麼做學術也就沒有什麼意思了。（《早把心智許學林，求善求美本求真》2012 年）

科學研究是一種信仰，是一種用夾縫時間從事的高尚事業。（與師友交談 2012 年）

做科學研究，要研究學科發展需要什麼，國家需要什麼，市場需要什麼。目前解決中文信息處理的問題，已是國家、民族利益之所在。（與師友交談 2012 年）

搞科學研究必須明白：一、做國家需求的；二、做學科中最有趣的；三、做自己擅長的、有興趣的。（與北京語言大學師友交談 2012 年）

研究世界語言問題，就是研究世界共同關注的語言問題，研究人類發展遇到的各種語言問題，並在相關的國際會議上發出我們的聲音。我說的世界語言問題，不僅是國際語言學的發展，更要關心國際上的語言生活問題，比如語言瀕危、語言歧視、移民語言、國際會議的工作語言、以及母語權問題等。（與北京語言大學師友交談 2012 年）

看一個民族對世界的貢獻，不僅看輸出了多少「土特產」詞語，更應看對世界輸出了多少表示先進的思想、文化和科學技術等方面的術語。（《語言輸出不能總是「土特產」》2013 年）

國家走出去，語言需先行。(《提升國家外語能力任重而道遠》
2017 年)

我國現代意義上的語言學，自 1898 年《馬氏文通》的出版算
起，才有一百年多一點的歷史。升華幾千年的歷史傳統，借鑒西方
語言研究的理論與方法，發掘漢語和民族語言的語言事實，建立與
中國的歷史與現實的地位相合且可與國際語言學對話、交流的中國
語言學，需要激情。此其一也。

語言是人類用於交際、思維和文化傳承的最為重要的符號系
統，語言研究的領域涉及人類社會的方方面面。解決語言本體和
語言在各個領域的應用問題，需要建立和發展語言學和應用語言學
的各種分支學科。這樣的分支學科，有些有悠久的歷史和豐碩的成
果，創新難度大；有些則還是人跡罕至的荒漠，拓荒者要有勇氣、
毅力與智慧。學術的創新與拓荒，需要激情。此其二也。

語言學總體上說是實證科學，需要耐心、充分地搜集語料，全
面、深入地觀察語料，謹慎、細緻地分析語料，老老實實地總結規
律。語言學雖然常被人譽為或自詡為「領先科學」，其實社會並不
怎麼關注。坐在「冷板凳」上不浮不躁地進行語言研究，不因「枯
燥」磨削銳氣，不為世俗動搖所本，需要激情。此其三也。盼望着
激情的中國學人，寫就中國語言學的激情的篇章。(《兒童語言的發
展》重印版後記 2004 年)

　　說是「學術趣味」，便意味着很多人可能讀來無趣，因為學術總是少數人的事業。其實選擇學術，可說是人生幸事。

　　學術可使人具有「雙重生命」，除自然生命外，還有學術生命，亦即學人獨特的「精神家園」。學術生命不僅取決於自然生命的長度，更取決於自己學術的影響力，即學術的歷史穿透力和現實傳播力。

　　因為學術把「公」與「私」結合得異常緊密，緊密得如同紙張的正反面。學術常伴隨着名利，然而「追名逐利」的「自私」學術會轉化為「大公」。學術乃天下之公器，成果一經面世，便具有社會普惠功能。通過學術，學者可以同社會自覺關聯，學術貢獻成為社會文化之一部；通過學術，學者又同未來相關聯，個人思想成為子孫後代之遺產。(《學術志趣──序陳淑梅〈鄂東方言量範疇研究〉》2012 年）

　　學術道路是崎嶇的，學術追求是無止境的。正如宋代大詩人楊萬里的詩句所寫：「莫言下嶺便無難，賺得行人空喜歡。正入萬山圈子裏，一山放過一山攔。」學術之人永遠都在萬山圈子裏，攀爬翻越，山放山攔；不過，學術之趣也就在於崇山峻嶺中的攀爬翻越，山攔山放。(《正入萬山圈子裏──序郭攀〈漢語歷層研究綱要〉》2012 年）

　　喜慶的心境，清淨的環境。每年春節都是我最開心的時候，不是佳餚，不在美酒，而是有那麼長一段時間可以靜心讀書著文。十

幾年來，妻子只嚴格執行一條「禁令」：從大年三十下午到正月初一中午，絕不允許進書房。三百六十五天，總得休息二十四小時。（《漢語量範疇研究》後語 2000 年）

近些年來，行政擔子愈來愈重，教學任務越來越多，科研成了擠時間幹「私活」的「勾當」。曾有一位記者問我如何分配時間，我說我就像是計算機的硬盤，有 C、D、E 三個邏輯分區。星期一到星期五的白天，打開 C 盤專心做好行政工作；晚上啟動 D 盤，看點書，做點科研；星期六、星期日運行 C 盤，指導研究生、訪問學者的學習與研究。（《漢語量範疇研究》後語 2000 年）

我常跟學生說，科研意識是人最重要的一種素質，把科研與工作和生活密切結合，工作和生活就會充滿新奇、創造、生氣和活力。我至今仍堅信此話不虛。（《語言學習與教育》後記 2002 年）

問題，社會發展和人類認知中遇到的問題，是學術的原動力。學者，不管是自然科學學者還是人文科學學者，都肩負着學術責任和社會責任。中國語言學必須關注現實語言生活，研究社會各領域的語言問題，為合理解決當前凸現的語言矛盾、推進漢語的國際傳播、促進語言的信息化作出無人可以替代的學術貢獻。（《中國語言規劃論》2005 年）

中華民族是一個講究誠信的民族。孔子在《論語‧為政》中說：「人而無信不知其可也。大車無輗，小車無軏，其何以行之

哉？」然而，不知何時，誠信竟然成了我們這個講究了幾千年誠信的中華民族的社會大問題。社會怎樣建立誠信，政府如何具有公信，竟然成為街巷廣議之話題，廟堂常謀之事體。（《學術誠信》2011 年）

中國古代沒有專門的語言理論的書，甚至到了不久前語言理論的書特別好的也不多，但是中國語言學家也在做語言批評，在哪兒呢？在序裏面，在跋裏面，這是中國小學的傳統。

語言學批評是語言學發展的理性的東西，或者說叫做語言學的「小腦」，某些時候它也可能成為「大腦」。沒有語言學批評的，或者一個沒有真正的語言學批評的語言學，是不完善的語言學。

中國語言學，甚至包括語言文字工作，早年是有很好的語言學批評傳統的。五十年前中國開過兩個很重要的會議。一個是全國文字改革工作會議，一個是現代漢語規範問題學術會議。在現代漢語規範問題學術會議上，陳望道先生做總結。我最近翻看了這個文獻，他就講這個會議還有哪些缺點，在大會上講缺點。

在那個會議紀要裏面，不同的觀點都在那兒，學術民主的氣氛是很充分的。再往後在我的印象裏面學術發言的爭論，學術批評的東西一直不斷。但是即使在那個時候，我們只是有「我信我師，但我更信真理」這樣的學術批評，但沒有形成學術批評體系，沒有形成學術批評傳統。到後來出現了兩種傾向，一種傾向是學術批評都成了「捧」。正面的也有意義，所謂的價值吧，但是批評的東西

少。還有一種專門挑刺兒，叫做「語言警察式」的批評。「你哪個地方少了一個註」，「這個話是你說的嗎？為什麼不加一個註？」，「這個話外國早就說了，你剽竊，學風不好！」……以專門挑剔別人的毛病為己任，也出現了這麼一種情況。這逐漸把學術批評轉向為學術內部的宗派。學派沒建立，宗派倒是有。這種「學閥」的作風、「學術警察」的作風至今並沒有真正的消除。所以很多人現在基本上不去做學術批評，不願意去做，也不想去做，自己做自己的事情，「個人自掃門前雪，不管他人瓦上霜」。這種情況再加上後來不是見諸於論文、書刊，而是在具體的項目評定、職稱評審當中，實際上這也是一種學術活動，這種學術活動是進檔案的學術活動，裏面基本上不是很嚴肅，包括博士生的論文評審。到了今天，我覺得我們遠遠沒有形成真正的學術批評。中國人大概已經到了不大適合做學術批評的情況。一個是學術傳統心理；第二個是社會環境。現在人們到了街上發現打人、偷東西的事兒沒人管。所以這個話題非常沉重，想改觀也非常之困難。這個東西不光是在我們語言學界，其他學界也如此，形成我們當今整個社會的問題，而不僅僅是語言學界的問題。這個問題僅從語言學本身去做恐怕也很難。
（《中國當代語言學的口述歷史》2011 年）

　　任何一個學科，包括自然科學和人文科學，學術的原動力都是要解決人類在發展過程當中遇到的各種問題，語言學也是這樣。語言學的學術原動力，是要解決人類在歷史發展過程中遇到的各種各樣的有關語言的問題。任何一門學科的發展都受制於兩個力：一個

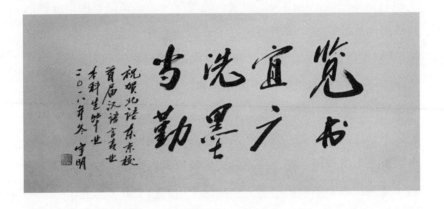

覽書宜廣　洗墨當勤

力是學科內部形成的發展慣性，它要解決學科本身發展中遇到的問題，即學術問題。另一個力是社會的發展向學科提出的問題，是社會需要這個學科解決的問題，即社會問題。（《當前語言生活的熱點問題》2005 年）

　　人做科學研究需要驅動力，學科發展也需要驅動力。科學發展史表明，學術的驅動力是「問題」，或是學科本身的問題，或是社會發展的現實問題。解決這些問題，或是「求真」，或是「求用」。「求真」就是探討事物背後之規律，這是學術用途，是科學使命，是「無用之用」。「求用」是應國家和社會之需做學術研究，學術成果是人類的智庫；或是開發產品滿足市場和產業之需，學術成果直接轉化為「生產力」。學科發展的最為強勁的驅動力是社會問題，任何一個學科都是在解決社會問題中建立和發展起來的。學科本身的問題，產生於學科建立之後，其主要作用是梳理知識系統，力來自內，功在於內。而解決社會問題則能推進社會進步，在推進社會進步中帶動學科大步前進。（《學術的驅動力——序蘇小妹〈兩岸四地立法語言中的情態動詞研究〉》2012 年）

　　到田野去，才有可能發現新的語言線索，才能獲取第一手的語言數據。到田野去，描寫陌生的活語言，才能切實培養學力，提升學術水平。到田野去，才能掘得學術富礦，冶煉出具有理論意義的高品位的學術鋼鐵。重視語言的田野調查，是一種優良學風，是一種學術使命，是一種科學精神，也是獲取學術真諦的不二法門……到田野去，做田野派。（《到田野去 做田野派》2015 年）

　　學術話語權，對於學者很重要，對於一個學科也重要。學科在學術界、在社會上有無話語權，可察如下三點：一是能否為相關學科提供學術營養，如理論、方法或材料；二是能否為社會增加財富，包括精神財富和物質財富；三是能否幫助社會解決前進中遇到的問題。

　　學科的國際話語權，起碼得看如下表現：一是創造了多少學術話題；二是創造的這些話題有多少國際響應者；三是能否自由選擇學術語言。依此度量中國語言學，度量中國的其他科學，甚至國家的許多方面，國際話語權若何？共識在心，亦毋需啟齒。國際話語權與國家強弱密切相關，但也絕不因國家強盛而自然擁有，它的獲取需要國人自覺的長期不懈的追求。（《學術話語權》2008 年）

　　為學務守恆定之心，腳踏實地，坐得住冷板凳，不事招搖，有花自有芬芳。正如春之玉蘭，有《南鄉子》曰：「倦誦花間詞，未曾望綠芽幫襯。風送晚香君細品。羞招搖，懶惹蜂蝶亂芳心。」（《材料是學術之根，事實是理論之源──序司紅霞〈現代漢語插入語研究〉》2009 年）

　　語言學是經驗科學，需要默默地搜集語言材料，細密地觀察語言事實；需要從這些事實中大浪淘沙般地篩選出有趣的現象，絞盡腦汁解釋這種現象，發現這些現象的意義，得出制約這些現象的因素，歸納出若干規則；幸運的話，還可以對這些解釋和規則進一步抽繹概括，得出一些適應面較廣、適應性較強的規律，使之升華到

理論層面。這需要坐得穩板凳，耐得住性子，沉得下心思。(《做語言學需下苦功夫——序鄒玉華〈現代漢語字母詞研究〉》2012 年)

今人多不願做史料收集整理工作，因為在現代的科學研究評價體系下，這些工作掙不到多少「科研工分」。「科研工分」曾幾何時也幾乎成了「學人命根」。但是，學術總是需要鋪路者的。(《學術更需鋪路石——序黃曉蕾〈民國時期語言政策文獻輯錄〉》2019 年)

這得益於一個「勤」字：勤讀書，勤交流，勤思考，勤動筆。對於拙者，勤能補拙；對於智者，勤能益智。(《國家治理　語言助力——序王春輝〈語言治理的理論與實踐〉》2021 年)

問題是科學發展的原驅力，發現問題、研究問題、解決問題是科學發展的根本使命。不關心問題、不從問題出發的學術研究，不是真正意義上的學術研究。(《關注語言生活中的問題》2013 年)

不管是何流派的語言學，都需要對語言材料進行全面、深入的觀察，從中發現語言的構造規律和運用規律，或是發現語言的歷史演變規律。以不全面的甚至只是若干典型事例的觀察，就宣稱獲取了人類語言的普遍規律，這種「無米之炊」實在難以果腹。現在有了各種語料庫，可以大大方便研究，但這並不能代替研究者對真實語料的長期收集與觀察。(《漢語的詞法可以更豐富些——序崔應賢〈漢語構詞的歷史考察與闡釋〉》2019 年)

　　做一個課題，儘量參考已有研究成果，這在學術上應是常識，而這些數據也需要長期積累。但是也有一些研究者，不靠平時閱讀，而靠「知網」搜索，這對文獻理解如何不說，搜索本身難以全面，一些數據沒有進入知網，進入知網者也可能因標注問題而「漏網」。（《漢語的詞法可以更豐富些——序崔應賢〈漢語構詞的歷史考察與闡釋〉》2019 年）

　　語言信息化為語言學研究提供了便利，但是觀察語料、閱讀文獻的基本功還是必須的，是偷不得懶、取不了巧的。（《漢語的詞法可以更豐富些——序崔應賢〈漢語構詞的歷史考察與闡釋〉》2019 年）

　　語言與社會的關係異常密切，語言學積極關注社會發展也才有活力。學術應得風氣之先，應回答社會的重大關切。為「一帶一路」的語言服務，乃至為中國走向世界的語言規劃，提供切實可行的對策，是當今中國語言學界的重要使命。（《學術應得風氣之先——序趙世舉等〈語言服務與「一帶一路」〉》2016 年）

　　其實評價學術，不應看是論文、論文集還是教材、專著，不應看外在的數據、「堆頭」甚至是為人的乖巧。學術的真諦是發現問題、解決問題，學術評價應當看是否發現了新的問題、解決了什麼問題。而今天的評價學術，往往要看文章發表在什麼刊物上，看發表的刊物是中文還是外文（英文），看文章的數量堆頭，看有無專著，有些單位還把教材、辭書、翻譯作品排除在學術之外……如此等等，並不是真正的學術評價，對學術發展並無益處。

學者做學術，動機是多種多樣的：或為科學事業發展，或為一己興趣，或為職稱晉升，或為稻粱之謀。學者可以有私，學術也可以私用；但是，學術乃天下公器，「私」亦是公。不管學術動機如何，成果一經發表，只要是真正發現了問題、解決了問題，就會對學術事業起作用，對社會進步起作用，就會成為天下公器。對於學者的學術動機，看來不必苛求。

其實，人生做學術是很值得的，學術是可以竭力盡智的事業，人的智力可以在學術中發揮到極限，社會上的任何職業，比如種田、狩獵、經商、做工，都因客觀條件限制不可能讓人竭力盡智。我曾開玩笑地說，學者有「三條命」：第一條命是生理之命，平心靜氣做學問就如同修煉氣功，可以養生益壽；第二條命是學術之命，匯聚的學術材料、發現的學術規律能傳播到什麼時代，匯聚材料者、發現規律者的學術生命就能延長到那個時代；第三條命是教育之命，學術思想在師生鏈中能延續多長，為師的學術思想就能延續多長，教育之命就有多長。常人只有一條生理之命，學者竟然有「三條命」！「三條命」的說法，聽者常笑而稱是。這樣說來，人生為學是最值得的，也是最應該踏實而為的。

人生最寶貴的是錢財，但也不是錢財，錢財去了還可以再掙；人生花費有限錢財再多也不過是身外擺設。人生最寶貴的是時間，生命有限，人生苦短；但是若不把時間派好用場，再多時間也是空置無用。人生真正寶貴的是才華，才華具有天賦性，不是人人都有

的；有其才華而不用，無異於暴殄天物；有做學問之才而不去做，不僅是個人遺憾，也是社會資源的浪費。

其實，為學不易。為學者腦子不得空閒，晝夜不得停歇，勞動是「第一需要」。為學需靜忌躁，靜以成思，靜以養身、養心、養學。而現今，人實難以「入靜」，年輕人為住房發愁，無房無以安家，亦無以安心；各種頻繁的評價活動，將大好時光、精思良策用在了填表功夫上。陶淵明有詩云：「結廬在人境，而無車馬喧。問君何能爾？心遠地自偏。」既在「人境」，又要為學，就需學會「心遠」之術，避去「車馬」之喧。（《為學不易──序尹洪波〈語言研究一得〉》2019 年）

中國過去講究為學術而學術，或者是做「無用之用」的大學問。這樣的學術研究境界很高，今天還要提倡。但時代發展到今天，僅倡導「無用之用」是不現實的，更多的還是做「有用之用」的學術。（與北京語言大學師友交談 2012 年）

這些文章，有不少我曾讀過，存有印象；而今集中再讀，感觸更多，受益更多。最大的感觸可以概括為：「學貴四有」。一是「學貴有根」，為學需有根，其根需深植社會之沃土。治語言學亦需有根，其根需深植語言事實中。二是「學貴有問」，「學問」之焦點在「問」，問而有學術之動力，問而有學術之方向，問而有學術之新見。三是「學貴有恆」，恆追恆問，水可穿石。四是「學貴有我」，所謂「有我」，首要在於知「我」，知道自己長處在哪

裏，善於做什麼；繼而注意揚己之長，在做自己擅長的研究中，逐漸做到「學有所長」，形成自己的研究風格，經營出自己的研究領域，走出自己的治學道路，為學界做出自己的特有貢獻。（《學貴四有——序朱斌〈漢語問題辨察與思索〉》2016 年）

中國人開眼看世界、逐漸走入世界的過程，就是知識生產由輸入到對話再爭取輸出的過程。開眼伊始就是「師夷長技」之始，向世界學習之始，並在學習中不斷強身壯體；在逐漸地自我壯大中，由全盤學習發展到參考借鑒，進而發展到有自信而可與世界對話，進而生產出更多的原創性知識而可向世界輸出，由知識消費者發展為知識貢獻者。這一歷程雖已走過 180 年，但其路仍然崎嶇修遠，不可寄望於騏驥一躍，但也不能止步於望洋興歎。（《從報告世界走向研究世界——序〈世界語言生活狀況報告（2022）〉》）

借鑒性研究以「對『我』何用」作為研究的出發點和落腳點，作為科學研究的評價尺度。這對於學術「跟跑型」的國家來說是必然的，也是必要的。但是這必然影響到原創性知識生產，影響到研究對象的選取、研究數據的搜集、分析問題的角度及「可能功用」的探討。中國的學術如果要由學習、借鑒階段跨越至對話、輸出階段，必須由借鑒性研究轉向原創性研究。

原創性研究不以「對『我』何用」為參照系來開展學術和評價學術，而是以認識世界、發現規律、探討「可能功用」為出發點和落腳點。這樣可以使研究視野更寬廣，研究過程更客觀，研究態度

更包容，有利於形成有自己知識產權且也包容已有學術成果的學術
體系，生產出可與人對話、可向外輸出的原創性知識。

　　原創性研究與借鑒性研究當然不是截然分開的，而是你中有
我、我中有你。借鑒性研究也能夠進行許多原創性知識生產，原創
性研究的成果也可以為「我」所用，但是，兩者畢竟是不同的研究
心態，甚至反映出兩個不同的研究階段：一是在「跟跑」的研究階
段，一是在「並跑」甚或「領跑」的研究階段。在回答研究意義時，
借鑒性研究者會刻意尋找「對『我』何用」的各種借鑒意義；而原
創性研究者可能會答：「Because it is there.」這是英國登山家喬治·
馬洛里（George Mallory）的名言。1924 年，《紐約時報》記者問他：
「你為什麼要攀登珠峰？」馬洛里答：「因為山在那裏！」（《從報告
世界走向研究世界——序〈世界語言生活狀況報告（2022）〉》）

　　學術爭訟往往各有所據，爭訟過程可將一些問題看得更加清
楚，但學術爭訟也難以結案，常常是伴隨着歷史而延續。一些爭訟
由熱漸涼，或是由涼重熱，多是因為在此爭訟領域有了新視角，或
是發現了新材料。（《語文教育之七維度》2013 年）

　　一個觀念能夠帶來看問題的新視角，能夠引發一系列的學術研
究新課題，甚至能夠促成語言活動的新實踐，這個觀念就是有意義
的。（《大華語：全球華人的共同語》2017 年）

　　某友常讚我能結合工作從事學術研究，還煞有介事地論證這種
結合的四大好處：一曰保持工作熱情。科研是學者的內在需求，這

種需求自覺注入工作，便會對工作產生火焰般的熱情，且長久保持。二曰提升工作品位。結合工作獲得的科研成果，最易轉化為工作效度，建立在堅實學術基礎上的工作，常具有較高品位。三曰使科研具有務實品格。語言文字管理工作都是正在進行的規劃或行動，結合工作而開展的學術，科研起點就是工作中的難點，科研材料在工作中積累，科研動力是解決現實中的「真問題」，科研成果即刻便在實踐中檢驗。這都決定了這種科研的務實性。四曰縫合「精神分裂」。行政管理與科學研究有諸多內在差異：前者求大眾認可，後者求自成一說；前者求穩妥合用，後者求終極真理；前者重現實操作，後者重邏輯推演；前者重宣講，後者重論證；前者常開會商議，後者需靜心思考；前者多靠匯報、視察了解情況，後者常靠試驗、調查獲取資料；前者常要注意上下左右的反映，後者常通過文獻把握已有成果；如此等等，不一而足。而將工作與科研有機地融為一體，可以消減思維特性的差異，彌合情趣上的溝壑，緩解時間上的衝突，減輕「分心之痛」。

某友此言或有道理，但「雙肩挑擔」實難保持平衡，實難「換肩」小憩。饒有興味地在此大引某友之言，下意識裏或許有阿 Q「精神勝利法」的魅影。（《中國語言規劃論》2005 年）

做學術必須腳踏實地。有些人做學問是「三花」：「妙筆生花」，不搞實證研究，學問是「寫」出來的；「口吐蓮花」，學問是「吹」出來的；「遍地開花」，不深入鑽研，對什麼都敢稱專家。這是對當前浮躁學風的絕妙諷刺。現代漢字學的學科建設，一定

要重視學風問題，學問不能靠「妙筆生花」，不能靠「口吐蓮花」，不要企圖「遍地開花」，必須得扎扎實實一步一個腳印做出來。（《加強現代漢字學的學科建設》2006 年）

優秀的論文和著作，不僅可以讓人從中獲取知識，而且能夠啟人思考，培養人積極的知識消費習慣。（《十年磨一劍——序李豔〈語言消費論〉》2021 年）

歸根結底，語言學應該研究真問題，解決真問題，而不是名利場中的角鬥士。權威學者、權威期刊要發揮引領作用，評估制度要鼓勵人們研究學術真問題，而不是數論文篇數。（《語言學的問題意識、話語轉向及學科問題》2019 年）

我們要關注世界語言學的發展，也要關注自己的學術史，關注我們「生於斯、長於斯」的這塊土地上的語言問題。（《重讀羅常培、呂叔湘〈現代漢語規範化問題〉》2019 年）

最為重要的是，中國語言學要有強烈的「問題」意識。這問題，不只是教科書中的問題，不只是「外來」的問題，更要關注社會各領域的語言問題，關注中國和世界語言生活中的問題。（《語言學的問題意識、話語轉向及學科問題》2019 年）

當前我國哲學社會科學的地位亟待提高。我們深知，國家的發展需要強大的理科和工科，但是，哲學社會科學關係到民族的靈魂，關係到民族和國家的話語權和人民的文化自信。哲學社會科

學，需要有與自然科學界同等的榮譽待遇和經費投入，需要完善符合哲學社會科學發展規律的考核激勵機制，革除一些管理上的弊端，諸如科研經費管理不盡合理、科研工作者的勞動和價值不能得到合理體現、科研考核重數量輕質量、「權威期刊專權」等等問題，進一步形成哲學社會科學人才培養、激勵、選拔和任用的良好機制，促進哲學社會科學的繁榮發展。哲學社會科學的繁榮發展，直接關係到國家的話語權和跨文化人才的培養。(《試論全球化與跨文化人才的培養問題》2016 年)

　　搞科學研究要巧勁，也要笨勁。選方向是巧勁，然後沿着方向做下去，閱讀文本，收集材料，那得用笨勁。從事科學研究的朋友是要「傻」一點兒，因為，科學研究的天敵是投機取巧。(與北京語言大學師友交談 2012 年)

　　社會語言學是具有學術和社會雙重使命的學科。探討語言與社會的共變互動關係，描寫事實，獲取資料，得出規律，這是學術使命；而由於語言與社會具有共變互動性，學術的步伐並不能也不應該在規律處停步，而還需要依照共變互動規律來解決相應的語言問題或社會問題，或者制訂合適的語言規劃，以保證語言充分發揮其正向的社會功能，這是社會使命。學科的這種雙重使命，也就是學人的雙重使命。其實何止是社會語言學，也何止是語言學，所有的人文科學、社會科學，乃至自然科學，都具有學術與社會的雙重使命，只不過具體內容有所不同罷了。(《肩起學術與社會的雙重使命──序王春輝〈語言與社會的界面：宏觀與微觀〉》2017 年)

　　真實的語言存在於一定的語言環境之中。語言研究有兩種路向：其一是析棄語境而使語言「純化」，研究語言的超語境屬性。語言本體研究即是這種研究路向。其二是在一定的語境中研究語言，或者研究一定語境中的語言。不同的語境代表着不同的交際領域或社會領域，因此這第二種研究路向，可以稱為「領域語言研究」。（《領域語言研究》專欄引言 2004 年）

　　死亡話語研究是「觸摸靈魂」的研究，其成果可以幫助人懂得如何珍惜生命，包括有尊嚴的逝去，同時也可以幫助瀕危患者的家屬和逝者家屬，幫助醫護人員、殯葬行業人員、養老行業人員、社會工作者、教師乃至全社會。這一研究具有極強的公益性，具有極大的社會效益。

　　語言學的傳統是關注結構，其實也應該（或更應該）關注語言運用，亦即關注話語，甚至關注一個個重大的社會話題。死亡、災難、戰爭、饑饉、貧困、毒品、婚戀、生育、金錢、信仰……對這些問題的言說，都可以成為語言學的研究對象。一切與言說相關的事體，都應有語言學家的身影。（《生命的尊嚴——序高一虹、孟玲等〈死亡話語初探〉》2019 年）

　　中國語言學界很討厭「填補空白」這個詞兒，因為有人經常講他填補了幾十個空白。任何學術都在填補空白。什麼叫空白，就是說在這個地方沒有人「佔位」，就像下棋一樣，沒有人做過，你在那兒做肯定說了些新鮮的話，只要是你的，你就填補了空白，有大

空白和小空白。但是真正的學術價值是留了多少空白。就像畫畫兒一樣，寫字一樣，你留了多少「飛白」，也就是說又在學界裏開闢了多少新的研究領域，多少新的視角，這些地方還沒有人去做。所以我覺得（搞研究）像下棋一樣，能留下很多「白」比你佔領「白」更重要！（《知識領土──序高曉芳〈晚清洋務學堂的外語教育研究〉》2005 年）

我腦海中常會浮現當年求學江城時一位老師的妙喻：研究有兩種旨趣，或如挖塘，求廣而不求深；或如鑽井，求深而不求廣。池塘雖廣，須靠外水而方能不涸；水井雖狹，源泉噴湧而四季不竭。固然池塘有池塘之功能，水井有水井之效用，生活中皆不可少，但是治學當如鑽井，而不應仿效挖塘。（《鑽井與挖塘──序尹洪波〈否定詞與副詞共現的句法語義研究〉》2011 年）

德國文豪歌德說：「理論是灰色的，而生命之樹常青。」結合語言研究，此話可說成「理論是灰色的，事實之樹常青」。理論是不是灰色的，會各有所見；事實之樹常青，筆者誠信不疑。（《事實之樹常青──序婁開陽〈現代漢語新聞語篇結構的研究〉》2008 年）

語言學必然是經驗學科，第一手研究數據，對研究對象的親身感知，都很重要。獲取第一手數據，感知研究對象，就必須多做田野工作。當然，不同的語言學科有不同的「田野」，現實語言調查、社會語言實踐、古籍文獻閱讀、語言教學的對比實驗、計算語言學的實驗室等，都是語言學家的「田野」，都是現實的語言生

活。（《深入語言生活　回答時代提問——序邢欣主編〈「一帶一路」核心區語言戰略研究叢書〉》2019 年）

做材料功夫需要學術激情，需要學術責任，否則難以堅持下來。但是，下足了材料功夫，說話有新意，運筆有底氣。（《做語言學需下苦功夫——序鄒玉華〈現代漢語字母詞研究〉》2010 年）

耐心收集材料，細心觀察材料，精心編織材料。不急躁也不浮躁，「山中無甲子，寒盡不知年」，是一個真學者應具有的學術心態，甚至是學術境界。（《撰寫一部中國語言規劃史——序黃曉蕾〈民國時期語言政策研究〉》2013 年）

學術不是一種職業，而是一種事業。只有把學術作為生命的一部分，才能品味到學術的樂趣，生發永不枯竭的思想光彩。

學術是一種境界，一種品位。雖在學術上都不能做到十全十美，但是一定要追求學術上的十全十美，正如任何一個人都難以十全十美，但是應當追求做人的十全十美一樣。

學術是最樸素的工作，要求學者耐得住寂寞，抗得住誘惑。學術最貴平實。平平實實研究，堂堂正正為學。別幻想着天上掉餡餅，別追求轟轟烈烈。學術就是學術，不是搖錢樹，不是名譽床，不是升官符。

研究生，是作研究的，不是專門學習的。研究生，研究生，自己研究自己升，導師只作引路人。（與 2003 級博士生交談 2003 年）

　　不少人都知道我有些怪毛病：其一，不寫與人商榷的文章；其二，不向外界推薦學生的文章；其三，學生寫的文章不掛名（除非真正是合作）；其四，學位論文我不滿意不答辯。（與 2003 級博士生交談 2003 年）

　　怎麼看一個學者的影響，就是當別人研究他研究過的問題時，必須看他的文獻。你可以不同意他的觀點，但你不能不了解他的觀點，不能繞過他。

　　當前的語言學理論，基本上都是西方學者的貢獻，是對西方「語言礦石」冶煉的結果。漢語是一種優質礦石，尚未得到有效冶煉。用現代語言學的技術對「漢語礦石」進行冶煉，定能得到可以與西方學者媲美的貢獻。（《著名語言學家邢福義的故事》2016 年）

　　我認為，科學研究，既要有國際通用的學術規範，也要容許不同學者有個性差異存在。有國際規範，能夠將不同學者、不同文化的研究進行整合；允許差異存在，不只是保留了個性，還可以使原有的國際規範不斷發展。在一般問題上，可以更多地強調規範；在創造性、實用性問題上和不同的研究對象上，給科學家、給一些特殊研究領域多一些自由。（《導師，重在「導」而不在「師」——李宇明教授訪談錄》2018 年）

　　「借西以為中，承古以為今」的學術指導思想，是呂叔湘先生留給我們的寶貴思想遺產，是了解先生創新成就何來的鎖鑰。

「治學之道，學風先導。」呂先生言傳身教的謹嚴務實的學風，是培養學界新人的活教材，是醫治時下浮躁浮誇痼疾的有效藥石。江藍生（1998）稱呂叔湘是「人民的語言學家」，是「推進語文規範化和普及語文教育的實踐家」，十分中肯。當今中國改革開放，隨着教育、傳媒和科技事業的快速發展，隨着信息技術的日趨普及，隨着國際間交往的頻繁與衝突的加劇，語言生活正發生着巨大變化，出現了一系列值得語言學家研究的新現象，出現了許多需要語言學家回答的新課題，出現了一些需要語言學家參與的語言工程。語言學工作者要完成學術使命，更應承擔起社會使命，以不辜負我們所處的偉大時代。

為什麼中國前輩學者的創造，不能在世界上發生其應有影響，甚至也不能在國內發生其應有影響？胡明揚把原因歸結為中文的不通用，但我揣測原因恐怕不只於此，最重要的原因也許是：第一，我國的語言學不是國際學術的制高點，「學術之水」難以倒流；第二，理論提出者表述理論的方式不顯赫，影響了理論的傳播與繼承；第三，我國學術眼光的聚焦點主要在國外，對本國的研究成果缺乏有意識地梳理，缺乏學派式的繼承與發展，缺乏科學的學術批評。這些不利於學術發展的因素今天並沒有多少變化，若不努力革除，「變化分析」和「配價語法」的令人酸楚的「佳話」，肯定還會復現，那將是中國語言學的最大悲哀。（《弘揚呂叔湘學術精神》2004 年）

　　由此我想到「科學管理」的話題。無論是一個國家還是一個單位元，無不需要管理的科學化。科學管理自然需要民主決策，但更需要學術的支撐，建造並暢通管理與學術的「旋轉門」。

　　管理與學術之間的旋轉門旋轉不暢，是影響科學施政的原因之一。管理部門忙於政務，常常無暇從事研究；聽取學界意見，也可能是過程大於內容，決策憑藉的多是經驗和工作慣性。學術界有學術之力，但常常不能分享管理部門所掌握的信息，對現實狀況了解不深，其研究基本上都是基於學科的；請學界提供施政建議，常有隔靴搔癢之感，學理強而操作性弱，即便有資政之願，也難收資政之效。

　　中國正在大力進行智庫建設，拆除管理與學術之藩籬，建造兩界之旋轉門。現代智庫須熟悉行政運作模式，運用現代技術充分了解國況社情，尊學理更要重操作；智庫與管理者應共享信息，並可通過相互「掛職」「輪崗」等方式，換位思維，改變「官者恆官、學者恆學」的局面；當然，智庫還必須有自己的品格，有獨立的觀察，發出獨立的聲音，實事求是，拾遺補闕。

　　上面所言之旋轉門是「外部之門」，其實還有一個「腦內旋轉門」，那就是管理者要力所能及地對管理做點研究。這種研究有諸多利端：其一，管理者知學術之艱辛，工作中更懂得尊重規律、尊重學術、尊重學人、尊重學見；其二，用研究的態度對待工作，利於保持工作熱情。工作就是學術實踐，或收集資料，或檢驗決策。

其三，利於提升工作質量。可將學術成果及時轉化為工作實踐，發揮學術的資政之功；其四，獨特的學術身份，理論與實踐緊密結合的研究質量，最有可能提出新觀點，開闢新領域，做出新學問。（《管理與學術的「旋轉門」──序旺熹〈大潮微瀾〉》2014 年）

我國有三十來種跨境語言，這些語言既是我國的少數民族語言，有時也是外語，如朝鮮語、蒙古語、中亞和西南的一些語言。跨境語言問題處理得當，等於架起了一座座邊境友誼橋；處理不好，就會出現「文化倒灌」現象，造成邊境隱患。要研究跨境語言問題，為「睦鄰戍邊」做些貢獻。（與北京語言大學師友交談 2012 年）

我國是一個語言資源十分豐富的國家，有上百種語言，其中跨境語言就有三十餘種；外語學習者超過三個億，外語是高考的必考課程，不管是國家還是學生都為外語學習付出了巨大代價。儘管如此，我國的國家語言能力還相當弱小。在國際上，只能使用英語等少數幾種語言來解決問題；在國內，民族地區發生社會問題和自然災難時，也難以得到合適的語言援助。（「北京語言大學高翻學院承辦的『第九屆全國口譯大會暨國際研討會』上的致辭」2012 年）

關注青年學者的學術成長，應成為學界的自覺。看如今，我的師輩都已年邁，雖然仍心繫學術，但已往往力難從心。四十年代的學人，多數已經退居學術二線，主要為學界做些顧問、諮詢工作。五十年代的學人已經退休或即將退休，處在學術權力的移交期，也

是一種新的人生方式的適應期和預演期。六十年代的學人，年富力強，學術上已經成熟，在執掌學界帥印。七十年代的學人已成為或正成為學術主將，攻城略地。八〇後學者也嶄露頭角，有些已經「左牽黃、右擎蒼」，扮演學術先鋒的角色。

　　學術期刊除了主要反映五十至七十年代學人的成果外，還要特別關注七十年末和八十年代的學人。這個年齡層次的學者，家務負擔重，學術任務重，生活積蓄少，學術頭銜少，人生、學術都處在關鍵點上，需要關心、需要幫助。若希望中國語言學能夠達到世界一流水平，這希望就在他們和比他們更年輕的學人肩上。(「《關注青年學者》──在第四屆《世界漢語教學》青年學者論壇上的致辭」2016 年)

語域思考

　　語言意識、語言政策和語言行為，是語言規劃的支撐「三角」。語言意識，就是意識到語言之於人生、之於單位、之於社會、之於國家的意義。沒有語言意識，沒有合乎國情、領先時代的科學的語言意識，就不可能有合乎國情、領先時代的科學的語言政策，就不可能有利國利民、充分發揮語言的社會作用、政治作用、文化作用和經濟作用的語言行為。（《喚起全社會的語言意識》2013 年）

　　語言是人類最為重要的用於交際和思維的符號系統，是推動人類進步的重要力量。語言與社會互動互育的過程中，語言結構、語言媒介、語言功能等不斷發展豐富，社會文明也日新月異，各種共同體不斷建構、升級、重組，人類的生活方式、生產方式、學習方式乃至思維方式、體格體能都發生着重大變化。全面認識語言及其與人類文明的關係，對多個領域的科學研究、大眾語言生活、國家乃至全球治理，都多有裨益。（《語言與人類文明》2021 年）

　　語言可以幫助人類發現新世界，可以為人類描寫世界圖景，可以幫助人類適應世界，這是從「三世界」來看語言的功能。當今，只有前沿科學家（包括人文科學家和社會科學家）才能發現新的世

界，這些科學家研究科學時所使用的語言，研究成果發表時所使用的語言，就是幫助人類發現新世界的語言。現在看來，幫助人類發現新世界的語言，也就二十來種語言。人類的每種語言都在描繪着世界圖景，但是只有幫助人類發現新世界的語言，才有資格首先描繪新的世界圖景，其他語言要麼是保存舊日世界的老圖景，要麼是通過翻譯獲得世界新圖景；但是這種圖景「譯繪」，時間上會「延遲」，圖景也可能失真。每種語言都能夠幫助人適應世界，但是只有那些幫助人類發現新世界、為人類「首繪」世界圖景的語言，才能幫助更多的人更好地適應世界。（《試論個人語言能力和國家語言能力》2019 年）

語言是人類用於交際和思維的最為重要的符號系統；語言也是文化的重要組成部分，也是文化最為重要的承載者、闡釋者和建構者；語言還像是民族的圖騰，常常具有承載民族認同、民族情感的作用。（《中文的國際知識供給問題》2021 年）

語言是文化的重要組成部分。動物界都各有信息交換手段，類人猿甚至具有類似於人類語言的萌芽，但皆不能與人類語言同日而語。語言是人類的偉大創造物，助弱小的人類成為「萬靈之長」，人類 80% 以上的信息由語言來記錄、傳遞、貯存。（《語言與人類文明》2021 年）

語言是文化最重要的負載者、建構者和闡釋者。語言的文化負載主要在三個「容器」：第一，語言單位、語言結構及文字中蘊含

的文化內容；第二，語用習慣中的文化規約；第三，口語和書面語記錄的各種文化。文化是個不斷建構的過程，語言因其交際、思維的職能而影響着文化的創造與傳播，自然成為文化最為重要的建構者。文化一般分為表層、中層和底層，表層指器物等有形可察的物質文化，中層是制度文化，底層是意識形態。文化層次愈深，語言的構建作用就愈顯著。文化的深入理解需要闡釋，語言是最好的闡釋者。其一，非語言文化，如音樂、繪畫、雕塑、建築、服飾、古玩、化石等，需要語言闡釋才能準確理解其文化意義。其二，新文化新思想的普及，文化的縱向傳承及向其他文化區域的橫向傳播，更需要語言闡釋或譯釋。這種闡釋或譯釋的重要性，從教科書、辭書、解說詞、導遊詞中常能感受得到。（《語言與人類文明》2021 年）

口語文化是指貯存於地方語言中的文化，以傳說、故事、戲曲、歌謠、民諺、常用比喻、切口等為主要表現形式。口語文化是主流文化的通俗體現，也有各地各民族的獨特表現，與當地人民的生活環境、生活習慣密切相關，充滿着民間智慧與生活情趣。（《開拓數字時代辭書事業發展新局面》2021 年）

文化滋養語言。語言在文化的滋養中運作，其生命力取決於語言社團的文化厚度和創造力。不斷有新發現、新發明、新思想、新藝術、新器物出現的社團，其語言也就充滿活力，甚至還影響其他語言，成為其他人群的外語，成為國際某領域的用語。而若語言社團文化衰微，其語言也營養不良，甚至逐漸瀕危。（《語言與人類文明》2021 年）

　　人類形成發展的歷程，就是獲取語言、使用語言、發展語言、創新語言技術的過程。(《語言與人類文明》2021 年)

　　在中華民族形成、發展的數千年歷史上，漢語，特別是書面漢語發揮了重要作用。漢語漢字不僅漢族使用，四鄰的少數民族也不同程度地學習和使用，在共同使用漢語漢字的過程中，在漢族與多民族相互交往和共同生活、生產中，逐漸形成了共同的文化基因和集體記憶，形成了中華民族共同體。(《邁向現代化強國新征程的語言規劃》2021 年)

　　中國文化以其獨特的理念、智慧、氣度和神韻，滋養了幾千年的華夏大地，同時也為亞洲、歐洲乃至全人類的進步作出過重要貢獻。傳承、弘揚中華文化是全世界華人的本分，傳播、借鑒中華文化也符合人類的文化利益。(《開拓數字時代辭書事業發展新局面》2021 年)

　　中華民族有以甲骨文、篆文、東巴文和彝文等為代表的古文字，後世也產生有契丹文、西夏文、古壯文等少數民族文字，在世界文化中具有獨特的文化風貌。中國有「敬惜文字」的傳統，具有許多敬惜文字的習俗和文化故事。中國是最早出現書籍和發明印刷術的國度，古書、雕版、各種活字印刷技術與設備、印刷字體與印刷工藝，也構成了獨特的中華文化。而且，中國也是一個書法大國，各位書家的人生軼事，各種書體的美學風格，各種字帖、各種作品的流傳、展覽故事，構成了燦爛輝煌的中華書法藝術。書法藝

術與繪畫結合，產生了文字畫；書法藝術進入計算機，不僅可以通過計算機代替碑刻來永久地保存書法藝術，而且也因介入字庫設計，演變為字庫藝術，形成現代印刷的豐富多彩的現代字體和藝術字體。（《開拓數字時代辭書事業發展新局面》2021 年）

文化不是歷史庭院裏的花瓶，不只是一件懷古的擺設。文化要活在當下，活躍在當下，滋潤當代人的精神與生活。現在，人類已經進入到了「移動互聯」時代，生活方式、數據信息都是移動互聯，網絡和移動設備是人類的生活、工作、學習最重要的依賴。傳統文化如何適應移動互聯時代，是其能否適應年輕人、適應新時代的關鍵。比如京劇和地方戲劇，講的是古代的故事，節奏緩慢，程序老派，怎樣讓傳統戲劇貼近新時代，吸引年輕人，是文化傳承的大問題。（《開拓數字時代辭書事業發展新局面》2021 年）

文化不是外我之物，文化傳承不能僅僅靠觀賞、靠灌輸，要重視讓人參與各種文化實踐，在實踐中去體驗、去內化，去養成。特別是注意把中華優秀傳統文化內涵更好更多地融入生產生活各方面。比如甲骨文中的很多文獻，應當編纂全民讀本，使全民的文獻素養由五經四書提前到殷商時代的甲骨文獻。比如做好地方史志的數字化工作，而不只是照影保存，要讓自唐以來的地方志從藏書閣裏走出來，從學者的象牙塔中走出來，可利用網絡順利檢索，可為多方研究之用，甚至可為大眾應用。（《開拓數字時代辭書事業發展新局面》2021 年）

　　就民族和國家的層面看，古往今來人類關注的語言話題可以概括為三：語言「問題」，語言資源，語言權利。「談論」好這三大話題，既要有本土意識，又要有國際眼光。所謂本土意識，就是充分尊重本國語言研究的傳統及成果，充分了解本土語言生活實況與問題，努力促進本土語言生活的和諧。所謂國際眼光，就是全面了解國際語言生活及其語言規劃狀況，站在國際參照點上觀照本土語言生活，同時還要重視本土經驗的國際化，為人類作出中華民族應有的貢獻。（《2007 年中國語言生活狀況述要》2008 年）

　　鄉村語言生活傳統上一直是以自然方式運行，地方語言（漢語方言、民族語言）是鄉村交際的基本用語。而今鄉村語言生活正在發生巨大變化。村村通公路，村村通電視，多數家庭都有電話或手機，這使得城鄉溝通頻繁而廣泛，城市對鄉村的影響，包括語言生活的影響，巨大而深遠。成批農村子弟進城務工，他們的語言觀念和語言實踐都在發生深刻變化。農村建立中心學校，許多兒童和青少年離家到鄉鎮或縣城求學，他們的語言觀念和語言實踐已不同於祖輩和父輩，並且會對祖輩、父輩發生影響。以上這些因素使得鄉村語言生活正在脫離傳統的自然延續的軌道，逐步向城鎮靠攏，向普通話靠攏；鄉土語言中的文化內涵正在年輕人身上褪色，文化詞彙被逐步淡忘。這種變化關係到國家語言資源的安危，關係到上億的農村流出人口，也影響到城市語言生活。（《論語言生活的層級》2011 年）

保留當今的語言地圖。伴隨着城鄉地圖的快速變化，在不長的時間裏，中國「語言地圖」必將大幅度改寫。語言地圖的改寫有其積極的社會意義，但也會帶來一些民族語言和漢語方言的萎縮甚或消亡。語言的基本職能是交際，但並不僅僅是交際工具，它還是資源，記錄着文化，滲透着情感；一些語言或方言的萎縮與消亡，意味着中華語言文化資源的流逝，意味着一些人的情感焦慮。當然，語言發展變化有自己的規律，不完全依人的意志為轉移，換言之，中國語言地圖的大幅度改寫，人們會有各種態度，會給以各種評價，但非人力所能停滯。

但是，面對這種情況也並非無所作為。首先應當用多媒體技術把現代語言實態記錄下來，保存下來，留下今日語言地圖的輪廓，留下語言的有聲數據。（《關注中國城市化進程中的語言問題》2013 年）

中國的社會語言學者在積極開展城市語言研究的同時，也須重視中國農村的社會語言學的調查研究。農村是漢語方言、少數民族語言最主要的使用地，語言中保存着中國農牧社會的文化。隨着農村人口比例的急劇下降、農村社區（村落、集鎮等）的大量消失，相應的必然是語言或方言的萎縮與消亡，農村語言生活正在發生巨大變化。我們需要記錄這種變化，評價這種變化，規劃這種變化，儘量減少這種變化對農村語言生態的損壞，探討農村語言生活未來發展的合理途徑。（《中國社會語言學的家國情懷》2019 年）

　　中國社會學能夠在世界上產生影響並佔有一席之地，原因之一是中國農村社會學的發展。中國的社會語言學，也應關注、發展中國農村的社會語言學研究。中國社會語言學，更要關注中國的語言問題，研究這些問題，妥善地解決這些問題。這就是中國社會語言學的家國情懷。（《中國社會語言學的家國情懷》2019 年）

　　我國的鄉村振興計劃，將大幅度改變農村的生活狀況和生產狀況。我國的口語文化主要在鄉村，如何通過口語文化支持鄉村振興？如何在鄉村振興中保護、發展口語文化，是未來值得探討的問題。（《開拓數字時代辭書事業發展新局面》2021 年）

　　我國是個自然災害多發且語言、方言複雜的國度，在防災救災中離不開語言、方言的支持，在一些地震災害的救援中已經出現過因語言不通而影響救援的問題，但是主其事者缺乏語言意識，至今未能吸取這方面的經驗教訓，未見防災救災的語言手冊出版，也未見有關的編纂計劃。（《喚起全社會的語言意識》2013 年）

　　語言與貧困具有相關性，語言可以扶貧，源自語言與教育的密切關係，源自語言與信息的密切關係，源自語言與人與互聯網的密切關係，源自語言與人的能力和機會的密切關係。認識語言的扶貧功能，為貧困人口和貧困地區修築起脫貧的語言大道，為改變經濟劣勢和發展劣勢、促進當地社會的文明進步貢獻「語言之力」。更期冀這一語言大道能夠為改變「胡煥庸線」發揮助力。（《修築扶貧脫貧的語言大道》2018 年）

　　鼓勵政界、學界通力合作深入研究國際語言生活，形成與世界與中國、與現在與將來利益兼顧的「中國主張」，並通過國際會議、國際協議、國際倡議等宣傳、實施這些主張，通過提供語言利益和語言幫助、設立相關的國際研究基金和國際獎項等方式，來擴大對國際社會的影響，贏取越來越多的國際話語權。為建立健全國際語言秩序、化解語言矛盾、幫助世界人民過好語言生活而做出中國人的貢獻。（《論語言生活的層級》2011 年）

　　中國正在由「本土型」國家開放為「國際型」國家，國際型的國家要求我們必須研究世界。研究世界有遠近兩個目標：近目標是借鑒國際上的經驗與教訓，用更為寬闊的世界眼光來看中國，把中國現在的事情辦好，把中國未來的事情計劃好。遠目標是履行一個大國的國際義務，同國際社會一道把世界的事情辦好。中國的事情不僅在國內，也在國外。隨着我國的國際化水平的提高，在國內、國外兩個大局中，國外這個大局會變得越來越重要，我們需要承擔更多的國際義務，得到更多的國際話語權。（《我們需要研究世界——序王輝〈澳大利亞語言政策研究〉》2010 年）

　　試想今後的國際語言生活，中國的人、物品、書籍、聲音，凡要順利走出中國，都需要帶着漢語拼音；而世界各國和國際組織，只要辦理涉華事務，都需要使用漢語拼音。當前國際社會，在使用中國實體名稱（人名、地名、機構名、產品名、書報名）和中文文獻的編目檢索兩大方面，亟需得到幫助。我們應考慮，如何向國際

社會提供足用的漢語拼音資源，提供合用的人力資源，比如編寫適合國際各地各領域應用的《漢語拼音正詞法》，研製十萬量級的漢語詞彙拼音手冊，建立漢語拼音師資培訓體系，招募國際工作的志願者，開發相關軟件，建設支持網站等。漢語拼音的資源與人力的國際支持體系，是保證 ISO 7098《信息與文獻——中文羅馬字母拼寫法》（2015）實施的重要舉措，也是支持中華文化走出去、支持中國「走出去」的重要舉措。（《中華文化邁出國際新步伐》2016 年）

語言生活的治理，本質上就是規劃語言的社會職能，使各種語言及其變體能夠各得其所，各盡其能，減少衝突，和諧相處。（《語言的文化職能的規劃》2012 年）

規劃語言的文化職能，要堅持「語言平等」的理念，要具有「語言資源」意識，要理性規劃「語言功能」，要遵循「自願自責，國家扶助」的方針。通過全面而科學的語言規劃，研究語言衝突發生的機理，及時關注語言輿情，儘量減少語言矛盾，減緩語言衝突，不斷促進語言生活的和諧。（《語言的文化職能的規劃》2012 年）

語言輿情反映的是民眾對語言生活的感受。語言輿情研究就是及時觀測語言輿情的產生、發展、消長的過程，不斷預測其後變化並適時提出應對方案。語言矛盾具有「伴生性」，常因社會矛盾而誘發，或是誘發社會矛盾；語言矛盾具有「潛伏性」，今天的矛盾可能會在明天爆發，同一矛盾會在不同的歷史時期反覆爆發。我國今天所處的歷史方位，正是語言矛盾的高發期。通過語

言輿情的監測、研究，及時發現和處置語言矛盾，阻止或減緩其激化為語言衝突，具有重要的社會意義。(《祝賀「中國語情」公眾號創刊》2018 年)

　　語言輿情是了解社會語言意識的一扇窗口，也是觀察語言現象的社會敏感度的一個窗口，研究語情，及時施策，可以減緩語言矛盾，預警語言衝突。從現有的語言輿情研究狀況看，新詞語、字母詞、簡繁文字形體、漢語拼音等是社會敏感度較高的語言現象，方言與普通話的關係、母語水平、外語教育、少數民族語言等，是社會敏感度較高的語言問題，教育、辭書、電視、網絡等是社會敏感度較高的語言生活領域，其中以教育和網絡中的語言問題最為突出。以上這些語言現象、語言問題、語言生活領域，常常成為語言爭論的熱點，語言矛盾凸顯，甚至形成輿論場外的現實語言衝突。(《語言生活與語言生活研究》2016 年)

　　語言平等是民族平等的憲法精神、人人平等的普世理念在語言政策、語言觀念上的體現。語言平等，就是要尊重中國領土上各民族的語言文字，也要珍重各民族的方言，同時還要平心對待外國語言文字。語言平等，其實是對使用這些語言文字的人的尊重，是對創造和使用這些語言文字的民族社團的尊重，是對這些語言文字所負載的文化的「尊重」與「寬容」。因此，語言平等也是一種文化理念，一種社會倫理。(《語言的文化職能的規劃》2012 年)

　　各種語言的地位是平等的，但這種平等是社會身份的平等、政治身份的平等、語言身份的平等，而不是在語言生活中所發揮的作用的平等，亦即不是語言功能的平等。

　　由於歷史上各種各樣的原因，各種語言的發育狀態是有差異的，比如使用人口的多少，有無方言分歧，有無民族共同語，有無文字，擁有多少文獻資料等等，故而所能發揮的語言職能也是有差異的。有些語言只能用於家庭和社區的日常交際，有些語言還可以用於教育；能夠用於教育的語言，有些能夠用於小學教育，有的還能夠用於中學教育，有的還能夠用於高等教育；有些語言可以用於大眾服務；有些語言可以用於新聞出版、廣播電視和科研活動；有些語言可以用於公務活動；有些語言可以作為族際交際語，甚至國際交際語，等等。

　　應當謹慎而全面地研究各種語言的發育狀態，研究各種語言可以在哪些社會領域發揮作用，繼而在「語言平等」理念的基礎上，根據語言的發育狀態，進行合理有序的語言功能規劃，讓各種語言在語言生活中充分發揮應當發揮的作用。（《語言的文化職能的規劃》2012 年）

　　中國是多民族、多語言、多方言、多文字的國度，擁有豐厚的語言文字資源，但也存在着或顯或隱、或銳或緩的各種各樣的語言矛盾。對這些語言矛盾認識不足，處理不當，就可能激化矛盾，甚至發生語言衝突，語言財富變成「社會問題」。

語言矛盾是社會矛盾的一種，也是表現社會矛盾的一種方式，甚至在某種情況下還是宜於表現社會矛盾的一種方式。（《語言的文化職能的規劃》2012 年）

從根本上來說，還是要提高全社會的語言意識，樹立科學的語言觀，特別是樹立科學的語言規範觀和語言發展觀。要處理好中華各語言、各方言之間的關係，處理好本土漢語與域外漢語的關係，處理好母語與外語的關係，處理好現實空間和虛空間的語言生活的關係，把握好中華語言國際傳播的路向與火候，構建和諧的語言生活，並通過語言生活的和諧促進社會生活和諧，為建設「美麗中國」作出貢獻。（《語言的文化職能的規劃》2012 年）

我國的語言生活，七十年發展變化很大。七十年來，我國國民大多數由單言單語人發展為雙言雙語人。語言媒體由平面媒體發展出有聲媒體、電子媒體、網絡媒體，當前這些媒體又正在向融合媒體發展。語言生活過去只在現實空間發展，現在有兩個空間——現實空間和虛空間。同時，隨着語言智能的快速發展，機器正在介入我們的語言生活。（《中國語言研究斷想》2019 年）

漢語（Chinese，又稱「中文」）是一種擁有數千年文字與文獻、具有眾多方言、影響中國境內外諸多民族、流佈海外廣大區域且為世界各國和國際社會學習與使用的重要語言。漢語是一個由各種變體、各種語言關係構成的龐大家族，是一個龐大的語言世界。（《世界漢語與漢語世界》2020 年）

　　普通話和國家通用語言，也一直在行使着三大語言職責：1. 漢民族共同語；2. 國家的官方語言和工作語言；3. 在國際上代表國家行使語言職責。由「普通話、國家通用語言」的名稱也可看出，國家語言地位規劃的思路是通過「用」而不是「權勢」來顯示語言地位。普通話面對着眾多方言和民族語言，強調「通用」也顯然符合「人民至上」的國家精神，符合「約定俗成」的語言發展規律，符合中國的語言國情。(《世界漢語與漢語世界》2020 年)

　　普通話的發展也得到方言的支持。百餘年來，共同語向方言吸收了大量語言成分，其中詞彙最為明顯，共同語從北京方言、吳方言、粵方言、湘方言、閩南話、東北話中吸收詞彙最多，強勢方言也是為共同語做語言貢獻最大的方言……共同語與方言存在着語言矛盾，存在着語言競爭，但是也不能因此把二者簡單對立起來。方言也是共同語的「不歇之泉」，沒有方言的「語言供給」，共同語的發展就是無源之水。(《世界漢語與漢語世界》2020 年)

　　方言對共同語的另一貢獻是「地域普通話」。地域普通話也稱「地方普通話」「方言普通話」「方言口音普通話」「帶方言腔的普通話」，或乾脆叫「XX 普通話」「X 普」，如「上海普通話」「川普」等。學習普通話是一個過程，各地人在學習普通話的過程中，會產生一種類似中介語的「藍青官話」。地域普通話帶有各地的特點，聽不同地區的人講普通話，常常可以辨析出他是什麼地方的人。儘管如此，地域普通話屬共同語的範疇，是共同語的一個層次，人們

在生活中所講的普通話一般都是地域普通話，其發揮的現實交際作用常被忽視。(《世界漢語與漢語世界》2020 年)

華語研究絕不單純是語言研究，實際上是對華人歷史、華人生活的關注，是對華人未來的關注。(《李宇明主編談〈全球華語詞典〉》2010 年)

語言是人類的精神家園。漢語(華語)是海內外華人的精神家園。古訓：「寧丟祖宗田，不丟祖宗言。」幾百年來，華人走出中國，到海外謀生，把中華文化帶到海外，也把海外文化吸收過來。海外華人是中國走向世界的「先遣隊」。華語既有傳統的中華文化，也有吸收進來的海外文化；既是華人為海外做出的文化貢獻，也是為祖語、祖文化做出的貢獻。(《一個傳神的商務故事》2020 年)

華語是華人的智慧，每個華語詞都閃爍着智慧之光。將它們收錄起來，就是收存起華人的片片智慧。更為珍貴的，是《全球華語詞典》所秉持的「大華語」理念。所謂「大華語」，就是以普通話／國語為基礎的全世界華人的共同語。清末以降，國語運動迭興。以新國音、新詞彙、新語體為代表的國語教育，伴隨着反對封建、昌明科學、復興民族的社會大潮，從中國內地興起，逐漸波及港澳、台灣及海外華人社區。這是現代漢民族共同語(國語)的第一波擴散。二十世紀五十年代以來，中國大陸(內地)進一步規範漢民族共同語，簡化漢字，制定並推行漢語拼音，大力推廣普通話。隨着中國的改革開放，普通話也在持續地影響港澳台及海外，

波及華人社會之外。這是現代漢民族共同語（普通話）的第二波擴散。同時，以老國語為基礎的港台及海外華語，也不斷登陸回鄉。新老華語相互接觸、相互借鑒、相互吸收，逐漸形成了現在覆蓋全球的「大華語」。（《華人智慧 華人情懷》2016 年）

海內外華人的交往從未停止過，而且隨着中國的快速發展，這種交往越來越頻繁，越來越密切，越來越有意味。海內外華人的交往，必然伴隨着海內外華語的交流，在交流中相互吸收，取長補短，差異漸減，共性更強。普通話源源不斷向各地華語輸送語言營養，同時也從各地華語中汲取養料，豐富自己。這種交往的結果是，以普通話為基礎的全世界華人的共同語正在新的世界背景中形成。（《南洋華語：漢語國際傳播的歷史先遣隊——序吳英成〈漢語國際傳播——新加坡視角〉》2009 年）

在經濟一體化、文化多元化的當今世界，華語的發展趨向如何？有人認為英語已經是個複數（Englishes），已經分化為英國英語、美國英語、大洋洲英語、南亞英語，甚至還有 Chinglish（中式英語）。仿此，大華語是否也會分化為不同的華語？就華人「尚統一」的傳統意識看，就漢字對各華人社區語音分歧的包容度看，就當前華人社會的頻繁交流、各社區的華語相互借鑒吸收的情況看，華語內部在向着「求同縮異」的方向發展，大華語在向着「整合優化」的方向發展。

在如此之大趨勢下，集各華語社區的詞語於一冊，無疑會更加方便華人社會的交流，促進大華語的整合優化。讀《全球華語詞典》，不僅讀到了一個個華語詞語，更讀到了華人的智慧，讀到了華人的情懷。(《華人智慧 華人情懷》2016 年)

大華語是全世界華人的共同語，是在清末以來的華文教育、國語運動及近幾十年來普通話影響下逐漸形成的。當前，世界各地的華語變體頻繁接觸、相互吸收，在普通話影響下逐步接近。從全球中文生活的視角看，大華語促進着華人經濟圈的發展，支持着國際中文教育和國際中文生活，在推動中文成為重要國際公共產品的進程中作用巨大。(《中國語言生活研究 20 年》2021 年)

最近十幾年，漢語走向世界的腳步空前加快。漢語的國際傳播具有客觀基礎，行家已有分析；與之同時，也需制定科學的語言傳播規劃，學人亦早有論述。在制定漢語國際傳播規劃時，學界的慧眼又投注到南洋。南洋華語是漢語國際傳播的歷史先遣隊，從這支先遣隊身上，語言規劃者會獲得何種啟迪？在當今漢語全球化的進程中，怎樣定位南洋華語？南洋又可能扮演什麼樣的角色呢？(《南洋華語：漢語國際傳播的歷史先遣隊──序吳英成〈漢語國際傳播──新加坡視角〉》2009 年)

未來應該是在文化之間能夠建立和諧、互信的時代。當前，世界上衝突不斷，戰爭不斷，衝突與戰爭的重要原因之一是文化上沒有互信。中華文化源遠流長，博大精深，對世界發展具有重要意

義。中華文化不僅保存在文獻中，也保存在華人的口語裏。把這些文化記錄下來，保存下來，不僅是為中華民族做貢獻，也是在為人類文化的多樣性、為人類的文化發展做貢獻。(《李宇明主編談〈全球華語詞典〉》2010 年)

語言在哪裏？語言在交際中，語言的自然狀態就是在交際中運用的活生生的話語。也只有在運用中，語言才能發揮其功能，才能不斷向前發展，才具有生命活力。因此，語言學研究的起點應當是語言的自然狀態。在此起點上，語言學可以向兩個方向進發：一是經過對話語的抽象，獲得對於語言這個符號系統的各種認識；二是研究語言運用。語言運用都是在一定環境中進行的，對語言運用的環境稍做概括，就是不同的社會領域，比如教育領域、新聞領域、法律領域、醫療領域等等；研究這些領域的語言運用，便會形成各種「領域語言學」，如教育語言學、新聞語言學、法律語言學、醫療語言學等等。(《語言研究的起點應是語言的自然狀態——序黃敏〈新聞話語中的言語表徵研究〉》2012 年)

外語也在向大眾傳媒領域躋身，電視台的台標以及體育、時尚、文藝類節目較多使用外語詞，便是外語競爭身影的閃現。(《語言競爭試說》2014 年)

大眾傳媒之外的社會語言運用，主要是一些社會領域、行業的語言運用，如商貿、交通、通訊、旅遊、餐飲、文博、醫療衛生等等，當然也包括一些會議語言。這些行業、領域的語言運用，具有

通用性、服務性、行業性和象徵性等特點，即傾向於使用通用面廣的語言，使用適合服務對象的語言，語言中含有較多的行業特點，還會因某種文化追求而使用象徵性的語言或符號。這些領域、行業的語言應用，形成了社會的主要「語言景觀」，也因其影響面廣而常常成為語言競爭之地，充滿語言矛盾之地，社會關注，政府關心。（《語言競爭試說》2014 年）

家庭是語言之「根」，是通俗口語的保留地和傳承地。當人們感受到其他語言或方言在家庭空間的競爭時，便會產生威脅感，便會引發這一語言群體或方言群體的防範與反擊。一種語言或方言在家庭空間的逐漸失守，便意味着其瀕臨危險，意味着語言之根的動搖。（《語言競爭試說》2014 年）

家庭語言規劃，關係到家庭語言的和諧，特別是祖孫兩輩人的交流；關係到孩子的多語能力培養，包括文化的傳承和對家鄉、對民族、對國家的認同；關係到國家語言資源的保護、國家語言政策的實施和國家語言能力的提升。因此，需要研究家庭語言規劃問題，需要對各類家庭的語言規劃給以諮詢、做出指導。（《中國家庭語言規劃問題》2021 年）

了解家庭的語言使用情況，了解家庭的語言規劃現狀，是家庭語言規劃研究的基礎性工作。家庭是十分複雜的社會末端組織，必須分類認識。分類可從內外兩個方面考察：內部看，可以根據家庭語言種類分為單語家庭和多語家庭，多語家庭需要處理的語言矛盾

相對複雜，需要對祖輩、父輩、孫輩及其相互之間語言使用狀況逐一了解，以便發現家庭及其成員的語言意識形態和使用策略。外部看，是看家庭所處的外部語言環境，社區、城市、區域等通用的語言都會直接或間接影響家庭的語言選擇。家庭語言與其外部語言環境一致時，家庭語言規劃的難度一般不大，如果家庭語言與其外部語言環境不一致，家庭語言規劃的難度就比較大，家庭如何與其外部語言環境相適應、家庭語言如何維持，就特別值得觀察。現在，由於人口大規模的流動，多語家庭增多，家庭與其外部語言環境不一致的情況增多，語言矛盾就會特別凸顯。

觀察子女的語言教育狀況，也是了解家庭語言規劃的重要切入點。在孩子牙牙學語階段，選擇以何種語言作為孩子的第一語言，反映了家長的語言態度，也為子女塗上了身份認同的底色。兒童入學（包括幼兒園）學習國家通用語言，以後還要學習外語。當前中國兒童語言學習的實際情況，也許有些家庭是要加強國家通用語言學習，有些家庭是要創造外語學習條件，但整體而言，是對於漢語方言和民族語言的學習積極性不高，這將導致國家語言資源的流失。(《中國家庭語言規劃問題》2021 年)

在中國，很多家庭養育後代都需要依靠祖父母輩。城市中年輕父母需要上班，需要祖輩幫助理家和照管孩子；農村的年輕父母多數都進城務工，留守子女需要祖輩照管。中國本就有祖輩參與育兒的傳統，而今祖輩參與育兒幾乎成了中國家庭的重要特徵。祖輩的語言一般都是「老式」的，在農村，這種育兒方式聯通了祖孫語言

傳承的紐帶，雖然也可能與孩子的學校語言稍有衝突；但在城市，祖輩多來自外地，所操語言可能與兒孫所在城市的語言不同，與兒童的學校教育語言不同，這樣，家庭就會出現多語或多語碼。多語或多語碼家庭，從一個角度看對兒童的語言發展有利，在語言習得關鍵期內，兒童可以習得他所接觸的語碼，從小形成多語能力。從另外的角度看，許多年輕父母都希望兒童自幼就能學好普通話，擔心祖輩所操的方言、民族語言或「老式語碼」影響孩子的語言發展，因而形成家庭語言矛盾。

在中國的育兒傳統中，不只是祖輩深度參與，任何接觸兒童者，如保姆、親屬、鄰居等，都與兒童說話逗樂。這種傳統使得兒童只要睜開眼睛就能聽到話語，具有優越語言發展環境。經驗性觀察告訴我們，這種育兒環境中成長的中國兒童，說話要早於西方兒童。（《中國家庭語言規劃問題》2021 年）

2016 年，中國全面放開「二孩」，很多家庭的人口結構隨之發生重大變化。「二孩」家庭與一般兩個或多個孩子家庭的不同，在於這種「二孩」家庭是從獨生子女家庭發展而來，大孩與二孩的年齡距離較大，其語言既像玩伴又似長輩，大孩還需要從「獨生子女」的心態中逐漸走出來，不嫉妒、不爭寵。而父母對二孩可能會更為嬌寵一些，兩個孩子有爭端，父母批評大孩居多，這也可能會帶來大孩心理上的陰影，從而影響家庭未來的和睦。二孩的語言發展也必然具有不同於自然二孩、不同於獨生子女的特點，這是值得研究的。（《中國家庭語言規劃問題》2021 年）

　　祖輩深度參與育兒、獨生子女家庭、二胎家庭，都是中國育兒傳統和中國特殊時期造就的難得的「語言實驗室」，獨生子女家庭、二胎家庭甚至是不可復得的「語言實驗室」，對於研究語言輸入與兒童語言發展的關係，驗證喬姆斯基的大腦語言習得機制假說，具有獨特的學術價值。（《中國家庭語言規劃問題》2021 年）

　　家庭語言規劃，既取決於家庭條件，更取決於家長的語言意識。當前，子女語言教育開始由「自然」走向自覺，多數家庭都比較關心子女的語言教育，且傾向於讓子女學習較有地位的語言，如普通話和英語。關鍵是需要弄清楚，是誰在影響家長的語言意識？是傳統的自然影響，還是當今的大眾傳媒？是早教機構、孩子的學校，還是家長之間？目前看來，早教機構和家長之間是影響家長語言意識的主要管道。（《中國家庭語言規劃問題》2021 年）

　　幫助家長做好語言規劃，首先要幫助家長樹立「語言資源」觀念，認識到當代社會應當培養兒童的多語能力：通過家庭和社區培養兒童的漢語方言或民族語言的能力；入學後主要培養兒童的國家通用語言能力；一些語言較為發達、具有民族教育傳統的民族，還需要進一步培養兒童的民族語言使用能力；有條件的還要在小學三年級開始培養兒童的外語能力。通過多語能力的培養，滿足下一代在情感維繫、文化傳承、認知發展的需要，同時也是國家擁有豐富的語言資源和充實的語言能力的必由之路。

在幫助家長樹立「語言資源」觀念的同時，也需要暢通和擴大影響家長語言意識的管道。當地學校、社會媒體、語言文字工作部門、相關專家，要認識到家庭語言規劃關係到家庭語言生活、公民語言素養和國家語言政策與規劃，要看到家家有語言投資、家家亦有語言焦慮的現實，負起社會責任，幫助家長樹立合時的語言意識，做好家庭語言規劃。(《中國家庭語言規劃問題》2021 年)

家庭和教堂也是語言生存的最後營壘。(《語言競爭試說》2014 年)

家庭和社區的語言傳承是「自然傳承」方式，而教育的語言傳承是「理性傳承」方式。(《語言競爭試說》2014 年)

學校、家庭和教堂是語言的「鐵三角」。在沒有教堂活動的民族，可以把學校、家庭、民俗活動看作其語言的「鐵三角」，如漢民族，重要的民俗活動就有宗教活動的一些語言功能。語言擁有這一「鐵三角」，自然傳承和理性傳承兩種方式並行發力，它就是安全的、穩固的、充滿發展希望的。失去一「角」甚或兩「角」，特別是學校或家庭，語言就存在着嚴重的發展隱患和安全隱患。(《語言競爭試說》2014 年)

人生不同階段的語言任務及語言表現

0-6 歲的學齡前階段是語言習得的關鍵期。此期的主要語言任務是發展口語，同時也是培養語感的黃金期。

7-18 歲是小學、中學教育時期，亦稱基礎教育時期。此期的語言任務主要有三：第一，識字，發展書面語；第二，在書面語的基礎上發展高級口語；第三，在學習各門專業課程的過程中掌握基本的科學用語。

19-40 歲是人生重要的語言時期。此期的主要語言任務有二：第一，發展專業語言。大學和研究生教育階段，在中學科學語言學習的基礎上，要進一步發展專業語言。完成教育之後就業，在特定的職業崗位上掌握和運用相關行業的專業語言。第二，制定語言規劃。這一年齡段的人大都要成家立業，是社會各領域的骨幹，家庭和單位元都需要制定語言規劃，比如孩子最先學習什麼語言，對單位員工的語言要求，對待語言規範的看法，自己使用語言的追求等等。

這一時期，語言應用上顯示出一系列的成熟標誌，進入「語言成熟期」。他們大學或研究生畢業之後，或做教師、醫生、學者、作家、新聞發言人、記者、編輯、播音員、演員、祕書、基層領導等，是最主要的「社會發言人」，他們的語言運用決定着社會用語的基本面貌。而且，此期人思想最活躍，語言最活躍，語言的吸納能力和創新能力最強，故而也最能體現社會語言競爭的總體狀況。

41-70 歲是語言保持期。人到此期，大都有了一定的社會身份，有經驗，有成見，行事穩重，語言持重。總體上看，此期的語

言使用比較規範穩定，對待外來語、新詞語、網絡趣語等不會「跟風般」接受。語言保持期，也是人生出產語言精品的最佳期。

71 歲之後是語言衰退期。大約在 60 歲前後，語言使用便有些衰老跡象，比如「專有名詞遺忘」現象增多，語言反應的敏捷度下降等。但是據劉楚群（2014）的研究，語言「老化」是從 70 歲或 75 歲之後才開始明顯的，將 70 歲之後定為「語言衰退期」比較合適。此期的語言任務主要是語言補償，包括心理補償和技術補償。心理補償是指彌補當年的「語言遺憾」，比如：當年一些雜居的民族人士沒有掌握自己的母語，退休後就又去學習民族語言；當年對語言藝術沒有掌握好，退休後又去學書法或朗誦。技術補償是指因眼睛昏花而配備老花鏡，因聽力下降而配備助聽器，因要使用手機而重新學習漢語拼音等。（《語言競爭試説》2014 年）

學齡前是語言的根基，當語言失去了學前兒童，它就失去了發展根基。基礎教育階段是語言的理性傳承期，失去基礎教育的語言，就只能靠自然的途徑傳承。19-40 歲是語言的主用期，這一時期的人若不再使用某語言，該語言就將瀕危。41-70 歲的人若都不能使用某語言，該語言就退出了社會交際，處於「植物人」狀態，理論上説這種語言已經死亡。當然，如果連 70 歲以上的人都不能説或很少説，那麼這種語言就是「記憶」中的語言，就消亡了。（《語言競爭試説》2014 年）

話語如人，說話都表現出一定的風格。語言風格本無優劣，就看是否與語境匹配。(《孔子學院語言教育一議》2014 年)

語言風格、語言倫理等等，雖然可以通過學習得其大要，但要時時用妥，事事用妥，非得大量的語言實踐不可。(《孔子學院語言教育一議》2014 年)

語言還是行為，需要遵循語言倫理。比如「謊言」，是語言倫理學的批評對象，但若出自童稚之口，若是醫生出於病理需要對絕症病人隱瞞病情，若是軍事雙方鬥智鬥勇，謊言則不僅不違背語言倫理學，還會看作是道德的、聰慧的。(《孔子學院語言教育一議》2014 年)

研究語言傳播是應用語言學等學科的天然職責，但以往的學術精力，多集中在二語教學（第二語言教學）的技術層面，對語言傳播的宏觀規律關注較少，認識有限。語言傳播也常納入政府視野，因為它會成為社會問題或政治問題；支持還是阻止語言傳播，都是國家政策的重要內容，其根基是語言傳播規律。

語言傳播的根本動因在於價值。有價值的語言，才會被他族他國學習和使用。語言傳播價值體現在社會生活的方方面面，如外交、貿易、學習、謀職、旅遊，乃至追趕時髦或是純粹的生活興趣，這些價值可歸總為交際價值和文化價值。語言傳播價值的大小有無，不在語言自身，而首先取決於語言領有者的社會及歷史地位。一個弱小民族，其語言除去學術上的認知意義，及或許存在的

微弱的外交作用，幾乎沒有傳播價值。世界上有五六千種語言，能在國際間傳播者為數甚少。在第一次世界大戰之前，西方世界最有價值的語言當屬法語，但在第二次世界大戰之後，由於美國的崛起，加之英國的傳統威權，英語最終超越法語，成為世界上價值最高的語言。（《探索語言傳播規律》2007 年）

人類作為一個命運共同體，需要許多公共產品，其中包括通用語言。英語已經成長為人類命運共同體的通用語言，中文有可能發展為第二通用語言，在世界許多機場、商店的語言景觀中，中文已經居於第二語言的地位。隨着中國綜合國力的提升和中文國際教育的發展，中文已經進入七十個國家的基礎教育，開始扮演「基礎教育外語」的新的外語角色，下一步就是要爭取基礎教育中「重要外語」的地位。增加中文的科技含量、文化含量、思想含量等，提高中文的國際知識供給，根據衡量語言功能「8+3」的指標體系全面提升中文的語言功能，是中文發展為世界公共產品的基本途徑。（《中文的國際知識供給問題》2021 年）

中國向世界傳播中文，是中國在為人類命運共同體貢獻一個公共產品；外國朋友學習中文，是要掌握未來世界的一個重要公共產品。（《中文的國際知識供給問題》2021 年）

提升中文的國際地位是必須關注的時代命題。中文目前的國際地位與中國的國際地位極不相稱，與中國的人口、國土面積、悠久歷史、燦爛文化、經濟實力等極不相稱。要加強海外華文教育和國

際中文教育，特別是支持中文進入各國的國民教育體系，發展為主
要外語；支持國際組織和跨國組織、國際會議與國際活動、國際化
大都市、跨國公司、國際上有影響的圖書館博物館等使用中文和漢
語拼音；提升中文在學術領域的影響力，在國內提倡科研成果「中
文首發」，特別是國家資金支持的科研項目必須「中文首發」或「中
外文並發」。要加強對世界語言、世界語言生活的研究，了解世界
語言發展走向，多參與處理國際語言事務，加強對世界語言政策和
語言應用的話語權。當然，中文的國際地位和影響力，最終受制於
中國的世界作用，決定於中國對世界思想、文化、經濟等領域的貢
獻。(《邁向現代化強國新征程的語言規劃》2021 年)

　　一般情況下，不管一個國家的國力如何，總是有人來學習它的
語言。這是為了滿足外交的需求，有時還兼及學術研究的需求。凡
是作為國家官方語言的語言，都有成為「外事外語」的可能。(《中
文的國際知識供給問題》2021 年)

　　一個國家在某個方面比較突出，某個相關領域的人就會去學習
它的語言。比如：學美聲唱法的人要學習意大利文；對中醫感興趣
的人要學習中文等。(《中文的國際知識供給問題》2021 年)

　　一個國家的發展水平，可以明顯地有助於他國發展，其語言就
會進入其他國家的基礎教育。一個國家的經濟、政治和綜合國力居
於世界前列，它的語言就會作為世界眾多國家的重要外語，甚至是
第一外語。(《中文的國際知識供給問題》2021 年)

　　一個國家長期居於世界或某一地區的領先地位，一些外國人就可能將其語言作為兒童的第一語言。這是一種「超外語」角色，扮演着「準母語」的角色。一種外語能成為準第一語言或第一語言，有特殊的歷史淵源，一般源於軍事佔領或者軍事殖民的特殊背景，現代社會已不大能發生，也要避免發生這種情況。(《中文的國際知識供給問題》2021 年)

　　有價值的語言並不一定能順利傳播。二十世紀五十年代到七十年代，英語雖然走紅世界，但在中國並不走紅。語言有無價值，語言能否順利傳播，不僅看語言領有者的社會狀況，還要看它對語言接納者有無價值，看語言接納者是否認識到其價值。英語對於中國，其價值在改革開放時期才表現出來，如今學英語者約有三億，不久就能超過以英語為母語的總人數。(《探索語言傳播規律》2007 年)

　　法語的國際形象可以概括為「優美」「文明」。法國的啟蒙運動，伏爾泰、孟德斯鳩、盧梭以及以狄德羅為代表的百科全書派，創造了燦爛的法國文明，對法國和人類都產生了重大影響。法國文化的光環自然也冠於法語之上。這些是法語國際形象的客觀基礎，但法語的形象不僅與其客觀基礎相關，而且也與人們有意識地形象塑造相關。法國人對於自己母語的熱愛，世界上大概沒有幾個民族可以與之相提並論。(《漢語傳播的國際形象問題》2014 年)

　　法國語言政策的轉變，主要是為了應對國際語言形勢，維護法語的國際地位。其實，現在的大國語言規劃，都應關注國內和國際兩個大局，不能不考慮如何維護文化的多樣性，不能不考慮「一語獨大」對人類的負面影響，為緩解各種語言矛盾，「多語主義」是必須的選擇。我國實行改革開放的時間還不長，語言規劃考慮較多的是本土，語言規劃的內容也比較單一。在改革開放的今天，在提出「一帶一路」倡議和人類命運共同體構想的今天，語言規劃必須兼顧國內、國際兩個大局，必須具有國際眼光。而如何做好中國的語言規劃，法國的經驗是值得借鑒的。（《國家語言規劃須有國際意識——序許靜榮〈法國語言政策研究〉》2020 年）

　　英語最為顯著的國際形象是「國際化」「現代化」。所謂國際化，是因為英語幾乎成為當今世界的通用語，學會了英語，就可以在世界各地行走，可以在不同的文化領域穿行。所謂現代化，是現代科學文化，甚至是互聯網的信息，大多數都貯存在英語文獻中。學習了英語，有利於掌握英語文獻，有利於掌握現代科學文化知識。

　　英語的國際形象，自然與以英語為母語的國家的國際地位分不開，特別是與當年大英帝國建立的「日不落」帝國相關，與後來美國對世界各領域的巨大影響更加相關。此外也應看到，以英語為官方語言的國家、以英語為主要外語的國家也為英語的國際化推波助瀾，注入了強大的活力。（《漢語傳播的國際形象問題》2014 年）

　　法語是「高雅」的，英語是「實用」的。英語一步一步奪去法語的國際地盤，反映了「實用」是當代的國際語言選擇意識。(《漢語傳播的國際形象問題》2014 年)

　　漢語向世界傳播，關乎全世界各地的華人。讓世界共享漢語，並由之共享漢文化及中華文化，關係到人類語言文化的多樣性乃至人類的和諧進步。故而漢語的國際傳播與共享，深為海內外所關注。漢語國際傳播的效率，同任何語言一樣，最終取決於有多少人把它作為第二語言來學習和使用。(《漢語傳播的國際形象問題》2014 年)

　　漢語、漢字、漢文化之於西方，的確有神祕、奇特之特點，這些特點也能夠對世界上許多學者和年輕人產生吸引力，吸引他們來學習漢語，來解碼漢文化。但是，被「神奇」所吸引，必然只是少數具有「探險」精神的人，許多人也許會望奇興歎，會淺嘗輒止；而且，對世界上漢語學習者的文化導向，也不應當只是「考古」式地求奇回溯，而還應當將其目光導至中國的當下與未來。就此而言，漢語的國際形象應當由「神奇文化」向「魅力文化」嬗變。嬗變的途徑之一，就是要探討中華文化對人類當下和未來的價值，發掘中華文明與其他文明的相同、相似、相通、相關之處，並及時加入現代文明的創新成分。(《漢語傳播的國際形象問題》2014 年)

　　漢語難學，不管是真問題還是假問題，不管是漢語形象問題還是教學實踐問題，都是漢語國際傳播必須充分重視、妥善解決的問

題。因為學習一種語言需要很大的人生投入，包括學資、精力、年華以及對其他想做事情的放棄，「漢語難學」會讓許多人望而卻步，嚴重妨礙漢語的國際傳播。因此，在輿論上應當努力破除「漢語難學」的印象，在實踐上應當盡力提高漢語學習效率。(《漢語傳播的國際形象問題》2014 年)

語言複雜度並不等於語言學習難度，甚至也不是語言學習難度的最為重要的元素。仔細分析，語言學習難度取決於三個變量：其一，語言距離。決定語言距離遠近的因素主要有：學習者的母語與目的語有無同源關係，若有同源關係還要看譜系關係的遠近，相互之間語言借貸關係的多少，文字系統的相似度，有無相同、相通、相近的文化等。其二，語言學習條件。比如有無目的語的生活環境、有無合適的學習材料、有無懂行的教師等，對於語言學習的影響都是巨大的。其三，語言學習動力。不同的語言學習動機產生不同的學習動力，不同的學習動力對於克服學習困難、獲得學習成效影響深巨。(《漢語傳播的國際形象問題》2014 年)

以漢語為母語者，要珍視漢語，維護漢語的尊嚴，遵從漢語規範並不斷創建漢語新規範。要最大限度將本國文明與人類文明注入漢語，包括自覺將本國的知識創造用漢語表達，包括重視外漢翻譯事業，將人類的知識創造貯存在漢語之中，以此提升漢語的信息量，提升漢語的國際應用價值和學習價值。(《漢語傳播的國際形象問題》2014 年)

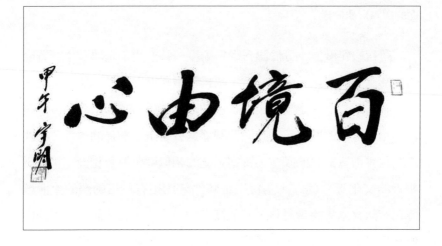

百境由心

　　總而言之，一種合適的、正面的語言形象，對於語言和文化的國際傳播具有十分重要的意義。良好的語言形象，不僅與語言所屬國的國際影響相關，也與語言貯存的信息量相關，更需要人們的理性塑造。漢語現在的國際形象是「神奇、經濟紅利、難學」，應在此基礎上，通過各種舉措，使其嬗變為「經濟紅利＋魅力文化」的形象。要實現這種嬗變，需要理性認識語言形象塑造規律，借鑒世界一些通行語言的「包裝術」，調動全世界的積極性來一起正面塑造和持續傳播漢語的形象。（《漢語傳播的國際形象問題》2014 年）

　　二十世紀末興起的「漢語的當代國際傳播」，必須理性考慮漢語的國際形象應如何再塑造的問題：是塑造成「古老文明」的語言，還是「擁有未來」的語言？前者是從歷史文化的角度設計，後者是從經濟生活的發展設計。「實用」是當代的國際語言選擇意識。故而加強漢語的「經濟紅利」形象，應該是漢語最吸引人的學習價值。如此分析，「經濟紅利＋魅力文化」應當成為塑造漢語當代國際形象的關鍵詞。漢語是一種負載着「魅力文化」且具有「實用價值」的「未來語言」，擁有漢語，就能夠擁有未來！（《漢語傳播的國際形象問題》2014 年）

　　到目前為止，對影響語言形象的各種因素及其相互作用機理的全面分析，還不多見。據筆者初步觀察，這些因素主要有三類：第一類，語言所屬的國家的國際形象，這是構築語言國際形象最為重要的因素，是語言國際形象的基礎；第二類，語言本身的狀況，

包括語言的結構類型、文字（字母表）情況、語言負載信息量的多
寡、以及語言在國際各領域的流通情況等；第三類，人們有意識的
對語言形象的塑造與傳播。法語、英語的國際形象的形成與發展，
可以作為語言形象分析的典型例子。（《漢語傳播的國際形象問題》
2014 年）

　　一種語言要具有良好的國際形象，其基礎是這一語言所屬的國
家的形象，特別是國家對世界所做出的貢獻。漢語要有良好的國際
形象，需要所有使用漢語的國家和地區在思想文化、科學技術、
經濟、藝術等方面，都取得輝煌成就，並因其成就而促進人類的進
步。漢語不僅在中國大陸使用，也在香港、台灣使用，也在海外許
多華人社區使用，因此，需要全世界華人的共同努力，共同弘揚和
創造華人的優秀文化。（《漢語傳播的國際形象問題》2014 年）

　　國家、語言的狀況是語言形象的基礎，但是語言形象仍然需要
在此基礎上進行塑造。語言形象的塑造者首先是母語人或「母語
國」，但也有「外語人」和「外語國」。一旦「外語人」「外語國」
參與某語言的正面形象塑造，這種語言的國際傳播能量就會加倍增
長。（《漢語傳播的國際形象問題》2014 年）

　　漢語至少從先秦就不斷向四方蔓延，漢唐為盛，形成了至今
仍具有重要意義的包括越南一帶、朝鮮半島、日本等地在內的「漢
字文化圈」。漢語在亞洲地區傳播的特點之一，是周邊地區逐漸
將漢語、漢字民族化。一開始是引進漢文經典，漢語作為第二語

言的教學活動由之發軔。社會上層及知識界在學習漢文經典的同時，也逐漸用漢語文進行寫作，撰寫政府公文，等等。進而使用漢字記錄本民族語言，為滿足記錄本民族語言的需求，還改變一些漢字的作用，並造出一些特殊的漢字，如越南的字喃、日本的「國字」等。此後，依照漢字的某種特點設計本民族文字，如日本在漢字的基礎上設計出假名，朝鮮仿照漢字的結構方式設計出諺文，且長期漢字同假名、諺文合用。直到今天，日文還夾用 1945 個當用漢字和若干人名用字，韓國也在使用 1800 來個漢字。更為重要的是，在日語、朝鮮語（韓語）、越南語中存在着大量的漢語借詞，雖然現在越南和朝鮮已經不用漢字。（《重視漢語國際傳播的歷史研究》2007 年）

　　漢語在歷史上曾是東亞的「國際語言」，在東亞一些國家的歷史發展和文化成長中，發揮過甚至仍在發揮着重大作用。漢語也曾經以書面語的形式傳至西洋，形成獨特的漢學，歷史上的西洋漢學與當今的「新漢學」、中國學結合，在西方乃至世界學壇都有一定的地位，產生了新的活力。漢語也曾隨着華人船隻游向南洋等地，並在華人華僑聚集地立足發展，成為今天的海外華語。

　　語言在非母語人群中傳播，似乎從來就與國力密切相關。漢、唐與明朝，國力強盛，文化先進，中土禮制、文物對周邊具有巨大魅力，他們紛紛來朝來學，漢語也隨之遠播。清末以降，國勢日衰，周邊的國家和地區「淡化漢文」竟成一時之趨。越南廢除一度使用的漢字，創製、推行拉丁字母式的越南文；日本雖然仍在假名

中夾用漢字，但是減少了漢字字量；朝鮮和韓國用諺文代替了漢字，雖然韓國現今還夾用一些漢字。

　　二十世紀七十年代末，中國改革開放，一批批新華人走到世界各地，為世界各地唐人街的漢語注入了新活力，並逐漸使唐人街由漢語方言流變為普通話，同時也有了舉辦漢語學校或漢語夜校的需要與行動，以期在華人子弟中保存漢語和漢文化之根。與之同時，中國經濟以世人始料不及的方式持續發展，漢語對世界重新具有了吸引力，世界對東方巨人刮目而視之時，也在逐漸關注漢語、學習漢語，就連曾經「淡化漢文」的鄰國也在重新審視漢語，加強漢語作為外語的學習，日文還增加了使用漢字的數量。關注漢語、學習漢語的世界大潮方興未艾，就目前趨勢看，漢語可能比歷史上走得更遠，能為世界做出更為重要的貢獻。(《孔子學院語言教育一議》2014 年)

　　世界上，凡語言能流行者，皆因其所屬的文化有魅力；當某語言由盛而衰，背後多是其所屬的文化由盛而衰。希臘語之與古希臘文化，拉丁語之與古羅馬文化，阿拉伯語、法語、德語、俄語等在國際上的舒展捲縮，根源在於其文化的舒展捲縮。英語在二戰後風靡全球，已經成為人類交際的「通天塔」，這斷非偶然，其根本原因，就是這一時期的美國文化科技在領跑世界。欲了解先進文化，欲擁有先進文化，就必須學習其語言，獲得其語言。(《提升中華語言文化的國際魅力》2013 年)

中華語文的魅力來自古老的中華文化。儒墨老莊等諸子百家的光輝思想，「天下為公、講信修睦」的大同理想，大漢盛唐的武功文治，領先世界的四大發明，賦予了中華語文的無窮魅力。當今之世，文化競爭，語言競爭，其激烈程度不亞於秦漢之際的「逐鹿中原」。要提升中華文化和中華語文的國際魅力，必須在弘揚傳統的基礎上，努力發展新文化，特別是以計算機網絡為標誌的信息時代的新文化。(《提升中華語言文化的國際魅力》2013 年)

中文要成為世界的公共產品，特別是要成為世界第二語言，必須要有三個方面的條件：第一，中文必須負載有人類先進的科技文化知識；第二，中文自身要高度的豐富且具有一定的規範性；第三，要具有先進的中文教育理念和教育教學方法。(《中文的國際知識供給問題》2021 年)

欲讓人信，先要己信。欲提升中華語言文化的國際魅力，首先自己須篤愛中華語言文化。這種篤愛不僅在廟堂上，在學林裏，在經卷中，而且更在市井裏，在鄉村間，在生活中。這種篤愛不僅在老年一代，在讀着報紙成長的一代，在聽着廣播成長的一代，在看着電視成長的一代，更在「趴」在網上成長的一代。這種篤愛甚至不僅在大陸、台灣、香港、澳門，也在海外華人華僑社區。現在，世界各種文化的縱向傳承，似乎都遇到了點麻煩。我們應當尋找對策，使中華文化的縱向傳承不應因年齡代溝、地域隔閡而消減。(《提升中華語言文化的國際魅力》2013 年)

語言也是一種化石，而且是活在我們口頭上和書面上的化石。通過一些語言成素的研究，也可以使我們看到古代社會的一些情況。(《語言‧社會‧人生》1997 年)

人們的話語材料是無限的，研究者絕無可能把所有的話語材料都搜索來進行歸納概括。但是，語感可以說是話語的發生器，只要能描寫出人們的語感，不必把所有話語材料都搜集起來，就能揭示出各種語言規律。因此，語言學家的任務應該是尋找出描寫人們語感的途徑，真實地刻畫出人們的語感。(《詞性判定能力的測試》1989 年)

「模仿」在中國語言學界是個很臭的字眼，然而，縱觀中國語言學發展史，不能不說模仿曾起過不可忽視的積極作用。其根本原因在於：一、不同語言之間存在着一定的共性，即使是照搬模仿也可以解決一些共性的問題；二、模仿是一種引進方式，而且也是一種帶有消化意義的引進方式，任何時期引進都是科學發展的促進因素；三、在語法學初建和重大轉折時期，模仿可以較快建立起一個體系或一個新體系，以為此後的發展修訂參照。在這種時侯，模仿往往是必需的快捷的；四、特別重要的是，模仿具有對比的意義，通過模仿，可以發現自己語言的特點，並為解決自己語言的特點做出準備。這樣看來，如果不把模仿作為終極目的，而是作為科學發展的一種手段、作為發展自己語言學的一種早期工作的話，模仿不僅無過而且有功。(《〈馬氏文通〉新評》1993 年)

有無科學的研究方法，常是判定一個學科是否屬科學家族成員的重要指標之一，自然也是保證每項具體研究能否得出科學結果的關鍵。正因如此，任何一門學科都無不對其研究方法投放較多的注意力，甚至進行專門的研究，以對其進行全面的審視和不斷的創新。（《語言的理解與發生》1998 年）

科學和臆想之間本質的差異就是方法。用科學的方法得出的結論叫科學，靠想像得出的結論就是猜想、臆想。科學和非科學乃至巫術間最大的差別就是方法問題。（《語言學研究方法之我見》2018）

不同的學科有不同的方法，對方法有不同的適應和要求。人文科學和自然科學間最大的差別就是方法。（《語言學研究方法之我見》2018）

隨着時代的進步，研究方法也在與時俱進。現在逐漸出現了兩大發展趨勢：第一，不同學科方法在趨近；第二，國際學界相近領域的方法在趨同。（《語言學研究方法之我見》2018）

重視方法和技術，但也不能迷信。研究者的感知、體驗、情感、認識等等也非常重要，特別是人文科學和社會科學的研究。如果對研究對象沒有感知、沒有體驗、沒有情感，那麼數據就是冷冰冰的。我們的語言學應該是有溫度的。（《語言學研究方法之我見》2018）

語法研究，就是尋求語形與語義的錯綜複雜的對應關係。就研究路向而言，從語形入手研究語義，稱為「從外到內」的研究；從語義入手研究語形，稱為「從內到外」的研究。（《漢語量範疇研究》2000 年）

語言並不僅僅是人類交際的手段，語言也是人類認知的必不可少的參與者。如果只看到語言的交際功能，看不到或是忽視語言的認知功能，其觀念就沒有進入當代語言學的階段。（《漢語量範疇研究》2000 年）

術語是人類科學知識的語言投射，術語研究本質上是對人類科學知識的系統梳理，術語的傳播就是人類科學知識的傳播，術語規範化，可以起到推進科學研究和技術發展、統一科技產品的技術規格、促進科技交流和科學知識傳播的重要作用。（《中國語言規劃論》2005 年）

因特網是二十世紀人類最偉大的發明，它的應用與推廣，是信息時代得以形成的基礎。因特網為人類構築了一個「虛空間」，這虛空間，既是信息技術的傑作，同時也將是人類信息處理最為重要的場所。虛空間的語言生活已成為人類語言生活的重要組成部分。

虛空間的語言生活圖景，現在還難以精細描繪。就因特網的已有應用實踐而言，數字政府、電子商務、遠程教育及科學研究、網絡娛樂等四個方面，將成為虛空間中人類的主要活動，而這些活動

都要依賴於各種各樣的數字化的數據庫，因此，數字化數據庫（例如數字化圖書館、數字化博物館、數字化檔案館等）的建設、網絡傳輸、充分的共享與利用等，便成為信息社會必須認真考慮、妥善解決的問題。由於信息的載體主要是語言文字，所以數字化數據庫的建設、傳輸與利用，便構成了人類語言生活的新內容，需要語言文字工作者主動參與，研究問題，保障網絡世界語言生活的健康發展。（《中國語言規劃論》2005 年）

　　虛擬語言生活是一個挑戰思想力的課題，從語言生活管理的角度看，有以下問題需要及時關注。

　　第一，中國虛擬語言生活的網絡空間，應當盡可能地適合國人的生活習慣，最大限度地適合中華語言文字的使用習慣。這關係到硬件、軟件和各種語言信息技術，需要擁有更多的信息技術方面的知識產權。

　　第二，不斷提升國人的虛擬語言生活質量。從發展的眼光看，虛擬語言生活不是少數人或某一部分人的語言生活，而應當是大多數人的語言生活，具有普惠性。應當幫助更多的人步入虛擬語言生活，減少「信息邊緣化」的人群。應當放開思路設想在虛空間中可以過哪些語言生活，並有計劃地孕育發展它。應當着意建立虛擬語言生活的合理秩序，着力提高虛擬語言生活質量；並把這種秩序盡力向外擴展，為國際虛擬語言生活做貢獻。

　　第三，虛擬語言生活與現實語言生活相互促進。當前，現實與虛擬兩個空間的語言生活格局已經形成，這兩個空間的語言生活應當相互溝通、相互輔助、相互促進。(《關注語言生活中的問題》2013 年)

　　前些年，人們比較強調網絡空間的「虛擬性」，虛實兩空間彷彿兩世界。在現實空間是「現實人」，入虛空間取一網名，就彷彿裂變為另一個「虛擬人」。隨着網絡媒體，特別是網絡新媒體的快速發展，人們逐漸體認到虛空間與現實空間的密切關聯，甚至把互聯網視為現實空間的延伸。特別是「互聯網＋」理念的提出與實施，現實生活與虛擬生活幾乎交互在一起，現實生活都要儘量「挪移」到虛空間去，「互聯網＋」彷彿就是「空間大挪移」的魔術。虛中有實、實中有虛、以虛帶實、以實撐虛的局面正在逐漸形成。

　　虛擬語言生活對語言學研究的影響也將是巨大的。首先，新的媒體從來都是語言發展的溫床，報紙的出現、廣播電視的出現，對語言和語言生活的發展都曾經產生了並仍在產生着巨大影響。而今，網絡語言從詞語到交際都有很多新特點，如網民的語言行為、語言態度，如網絡詞語產生傳播的特點、網絡文體的新樣式，如虛擬語言生活與現實語言生活的關係等等。其次，信息化技術及其構建的網絡空間，為語言研究、語言教學提供了強大的新手段，並能將語言、語言知識轉化為生產力，促生新的語言職業和語言產業，形成最具低碳屬性的語言經濟。再者，已有的語言學理論是在研究「人際交際」的語言現象中發展起來的，而虛擬語言生活則是混

合交際，除了傳統的人際交際之外，還有「人機交際」和「機際交際」。對這種混合交際的語言現象的研究，一定能夠帶來語言學理論的新發展。（《語言技術對語言生活及社會發展的影響》2017 年）

　　虛擬語言生活並不虛幻，而是一個非常現實的學術命題，牽涉到公民的語言能力和語言生活質量，也牽涉到國家的語言能力和國家的語言生活；同時，語言學也將為之具有新的學術生長點，使語言學產生新價值、孕育新使命。雖然虛擬語言生活還處在起步階段，虛擬語言生活的概念才剛剛提出，對虛擬語言生活的認識僅僅是感受性的，但卻應當引起學界的高度關注，以促進虛擬語言生活的發展，以幫助國人過好虛擬語言生活。（《關注語言生活中的問題》2013 年）

　　互聯網不僅是技術的，而且更是文化的。克服「數字元鴻溝」，不僅需要技術，而且也更需要文化。文化是人類文明的積澱，是人類生活的底蘊。文化的傳承與開發，是人類生存與發展的重要方面。以計算機和互聯網為基本技術支撐的數字化信息時代，文化的傳承與開發更加重要。中華文化是由多民族文化構成的源遠流長的燦爛文化，在世界文化發展史上具有不可代替的重要性。促進中華文化在信息時代發揮更為重大的作用，是我們的歷史責任。（《搭建中華字符集大平台》2003 年）

　　在信息變得越來越重要的時代，在信息公平成為社會公平的一個要素的時代，人們對信息的需求也越來越大，及時共享信息的要

求也越來越強烈。在現代社會中，政府無疑是信息的最大擁有者。因此，除一些機密信息外，及時地、如實地向社會發佈所掌握的各種信息，已經是現代政府的職責。信息知情權逐漸成為新時代社會成員的基本權利。（《發佈年度新詞語的思考》2007 年）

　　信息平等是當今社會平等的重要內容，涉及獲取信息的權利、擁有獲取信息的管道和技能等多個方面。信息時代，信息不平等猶如過去的貧富差別一樣。「信息財富」分配不公，是社會財富分配不公的新表現。應特別關注那些被信息邊緣化的人群和地區，如：離退休人群、家庭婦女，少數民族地區、中國的西部地區、農村地區等。關注信息邊緣化的人群與地區，消弭社會「信息鴻溝」，是公權力的應盡之責。（《語言技術對語言生活及社會發展的影響》2017 年）

　　語言是文化資源，這在過去已有學者進行過不少論述。語言同時也是信息產業的資源，網絡世界的資源，這種資源觀已經受到注意。信息產業的競爭，網絡社會的競爭，不完全是技術的競爭，同時也是文化的競爭，也是文化載體——語言的競爭。保護與開發本土語言資源，使其在信息時代仍然具有旺盛的活力，儘量不使本土語言或方言消弱或泯滅。因此，在促進語言溝通的同時，還要進行合理的語言保護；在發展外語教育以進行國際語言交流的同時，還要特別注意保護、發展母語和本土語言。國家要努力開發語言資源，建立國家級的語料庫，語言文字知識庫等等。要保護瀕危語言。（《中國語言規劃論》2005 年）

　　語言資源意識的建立帶有明顯的時代性。語言資源古已存在，古已被人類開發利用，但是只有到了信息時代，語言資源意識才可能建立並充分顯示其價值。語言資源意識具有濃重的「以人為本」的人文性，甚至可以說，它是帶着對人類終極關懷的思想而產生的尊重文化、善待人類自己的意識。語言資源意識是「綠色」的，是科學發展思想指導下的語言規劃理念。(《保護和開發語言資源》2009 年)

　　語言資源早就為人類所利用，一方面是人類的資源認識不全面，一方面是語言資源的用途遠不如今天突出，所以很多人還認識不到語言資源的重要性，而認識不到語言的資源性質，就可能失去很多利用語言的機會。(《智能時代的語言資源問題》2018 年)

　　語言資源有諸多功能域，目前最為重要的功能域在語言保護、語言學習和語言信息處理。語言保護功能已是廣為認同的語言資源功能，通過對語言或方言的語料的搜集保存來保存語言；通過改善語言的生態條件來保護語言。語言中包含着語言成分、語言知識、語言習慣和傳統文化，故而保存、保護語言就是保護人類已有或舊有的文化世界。

　　語言學習功能是較早被提及的語言資源功能，不管是母語學習、國家通用語言學習、華語學習，還是外語學習、中文國際教育，都需要甚至是依賴語言資源。

語言信息處理功能是與信息技術發展相關的語言資源功能。計算機處理語言的能力，包括語言智能的發展，都離不開語言資源的支撐，或通過語言資源獲取語言處理能力，或通過特定的語言資源來測試、評價機器的語言處理能力。二十世紀五十年代人類就開始進行機器翻譯嘗試，中文信息處理經過字處理、詞處理階段的艱難行進，已順利步入話語處理階段，努力讓計算機具有語言智能。信息檢索、自動翻譯、機器寫作、人機對話等快速進展，得益於語言大數據的集聚與應用。離開語言資源的飼養，機器是無法具有和不斷提升處理語言的能力的。如果說語言保護是保護人類已有的世界，那麼語言信息處理是在幫助人類創造未來的新世界。（《語言資源與語言資源學》2021 年）

語言資源建設的科學目標，是滿足計算機發展語言智能、從事各種機器語言行為的需要，滿足計算機「社會計算」（Social Computing）的數據需要。語言資源建設的經濟學目標，是充分發揮語言資源生產要素的作用，支持數字經濟發展。這就需要全面加強對語言資源的管理或治理，建立語言數據集聚、管理、標準、產權、共享、取酬等若干方面的準則，發展語言數據產業與職業，促進語言數據的生產與市場流通，促進語言數據的數字化、智能化和潔淨化。（《語言資源與語言資源學》2021 年）

人類提出「語言資源」的概念已近五十年，且有澳大利亞、中國和聯合國教科文組織等語言規劃實踐，有數以萬計甚至百萬計的語料庫、知識庫建設實踐，有中國學者近二十年來的深入研究，語

言資源學的建立具有一定的實踐基礎和學術基礎。語言資源中包含有重要的科學問題和社會問題，科學問題如語言和話語、語言與文化、語言的經濟學屬性、語言智能、機器語言行為等，社會問題如人類語言文化保護、語言學習的促進、數字經濟的發展、信息無障礙社會的構建等；這些問題有許多在數字時代更加凸顯，探討和解決這些問題變得更為迫切，這是語言資源學建立的科學需要和社會需要。（《語言資源與語言資源學》2021 年）

語言資源學是研究語言資源及其相關問題的科學，是語言學、資源學、經濟學、信息科學等的交叉學科。學術上，它需要進一步界定學科對象，明晰本學科的科學問題，尋求合適的研究方法和研究手段，梳理相關文獻和學科研究範例，逐步形成學科理論，逐步建構學科體系和人才培養體系；實踐上，要與社會保持密切聯繫，積極了解語言資源的需求者、建設者和管理者，凝練出語言資源學最需解決的社會問題，通過解決社會問題來推進語言資源學發展，通過語言資源學的發展來推進社會進步。

語言資源學是科學家族的新生兒。新生兒總是脆弱的、稚嫩的，但也是最具發展潛力和無限可能的。（《語言資源與語言資源學》2021 年）

就人類已有的歷史來看，經濟大國必然是一個語言大國，語言大國也肯定會促使一個經濟大國的形成。所謂語言大國，不僅要看使用這種語言作母語的人數，還要看該語言作為外語學習的人數，

看用該語言出版的文獻數量，看該語言在國際上和因特網上所發揮的作用。我國正在向經濟大國邁進，相應的也應努力促使我國在未來成為語言大國。(《中國語言規劃論》2005 年)

　　數字鴻溝，絕不僅僅是互聯網使用者的數量懸殊和多少人用不上互聯網的問題，由於信息時代的特點，數字鴻溝會帶來社會、經濟、科技、教育等方方面面的鴻溝。數字鴻溝意味着知識資源分配嚴重失衡，使沒有機會使用信息網絡的國家或個人，處在經濟全球化和信息革命的邊緣地帶，數字鴻溝帶來社會鴻溝。信息產業是當前世界最為重要的經濟增長點，數字鴻溝帶來經濟鴻溝。信息技術成為當前科技的領先技術和從事科學研究必需的現代化手段，數字鴻溝帶來科技鴻溝。聯合國教科文組織認為，新的信息技術為改進學習和教學、增加學習機會、提高教育質量、改善管理和辦學提供了極大潛力，數字鴻溝加深了知識鴻溝。就此而言，數字鴻溝應定義為由於信息技術發展不平衡而帶來的社會方方面面的巨大差別。(《中國語言規劃論》2005 年)

　　虛空間裏的學術競爭才剛剛開始，我們處在一個新的「跑馬圈地」時代。誰能夠盯住虛空間的學術發展，誰就能夠佔領未來學術發展的制高點。虛空間裏的學術在哪裏？在數據庫。擁有一個強大的某一個專業的數據庫，就等於擁有了這個專業。將來，知識的挖掘，學術的研究，數據庫是最為基本的工具。(《我國的語言生活問題》2005 年)

數據是學術之基礎，是思想之根源。(《流響出疏桐——序郭熙〈華語研究錄〉》2010 年)

要發展網絡，擴大網絡，造就大量的網民，讓漢語信息在網上跑起來。漢語信息越跑越多，漢語在虛空間的地位也就越高。(《我國的語言生活問題》2005 年)

網絡是集中各種媒體、各種網民語言智能的平台，是新詞語等語言新現象的重要生產地和傳播源，故而網絡語言現象就特別炫目，並具有原子核裂變般的擴張能量。網絡語言生活也是語言生活，甚至會成為重要的語言生活，故而對網絡語言的使用也需要管理、規範和專業引導，對網絡語言中的不良現象也需要給予批評和矯治。但也需注意，不能「以舊律新」，更毋需用「語言純潔觀」苛責網絡語言。幾千年前，商湯就把「苟日新，日日新，又日新」刻在澡盆上，日日自勉。生活在當今之世，生活在創新驅動成為國家發展戰略的當今之世，我們更應有點「惟新是舉」的胸懷。具有這種胸懷，方能正視新媒體，適應新媒體，駕馭新媒體，擁有新媒體。(《語言技術對語言生活及社會發展的影響》2017 年)

應特別指出的是，不管是媒體還是其他語言用戶，語言規範的目標都不應是「語言純潔」，而是語言生活和諧。「語言純潔觀」只不過是一種對待語言的態度，語言自身其實是不可能純潔的。不同職業、不同文化層次的人在使用語言，人們在不同場合、憑藉不同的媒體使用語言，語言焉能純潔？語言在不斷發展，新詞語、新

用法可能同舊的語言規範、甚至是社會規範發生抵牾，怎能強求其純潔？語言具有強大的自組織能力，披金淘沙，捨劣存優，焉懼其不純潔？(《語言技術對語言生活及社會發展的影響》2017 年)

國際話語權，已經是不容忽視、不容迴避的社會課題。(《語言技術對語言生活及社會發展的影響》2017 年)

話語權是大國參與全球治理的必要條件。通俗講，話語權就是「有理說得出，說了傳得開」。話語權不僅表現在國際的多邊關係中，也表現在雙邊關係中；不僅表現在政府間的交往中，也表現在世界各國的民眾交流中。新時代的全球治理，必須「重心下沉」，面向民眾，民間交流尤為重要。(《全球治理，需要語言助力》2019 年)

建構國際話語體系，獲取國際話語權，要有耐心和恆心。話語是表達方式，也是一套概念體系。「一帶一路」「人類命運共同體」「共商共建共享」等，就是近來提出的具有世界意義的新概念，就是體現中國智慧的新話語。語言的力量就是能夠構造新概念，傳播新話語。研究國際話語體系，就要研究國際流行話語、特別是具有話語權的話語概念體系，並在此基礎上或「重釋」、或補加，從而演繹出新的話語體系。(《全球治理，需要語言助力》2019 年)

設置話題是話語能力的最重要的表現。在了解國際話語規則、樹立積極話語態度、構造新概念、傳播新話語的基礎上，還要有強烈的設置話題意識，具備設置話題的能力。只有主動在全球治理中設置話題，才能變被動為主動，變應對為引領。當然，國際話語

體系的建構和國際話語權的獲取，是一個系統工程，既要有「軟工程」，也要有機構、設備、人才等「硬工程」；既要有國家的「軟實力」，也要依靠國家的「硬實力」。說到底是一個國際形象問題，是我們在國際上能夠塑造一個什麼樣的「中國形象」的問題。（《全球治理，需要語言助力》2019 年）

　　話題設置本質上是需要有獨到見解，能夠把握人類社會的發展規律，了解物理世界的運行規律，凝練出社會所關心的、能夠解決社會問題的、引領社會進步的前沿話題。（《試論個人語言能力和國家語言能力》2019 年）

　　中國近代知識分子，如林則徐、魏源諸君（其實還可上溯到明末的徐光啟），開始「睜眼看世界」。但在當時，或欲「師夷長技以制夷」，或稱「西方的月亮比東方的月亮圓」，雖「睜眼看」，卻不能「正眼看」。歷史步入二十一世紀，對世界我們既應「睜眼看」，還應「正眼看」。（《正眼看世界——序〈世界語言生活黃皮書〉（2016）》）

　　獲取新媒體的話語權，或者推動新媒體獲得話語權，都需要認識其發展規律，掌握其發展規律。新媒體是語言科學、語言技術開拓的新地域，也是語言科學、語言技術施展身手、發展壯大的新舞台。新媒體的發展與運作，應引起語言學的足夠重視，當然也應得到語言學的學術滋養。（《語言技術對語言生活及社會發展的影響》2017 年）

　　一個不容懷疑的事實是，將來哪一種語言不能進入計算機，不能進入互聯網交際，就可能導致該語言的消亡。因為未來主導我們世界的是虛擬世界，是人類造出的這個信息虛空間。在這個虛擬世界裏，漢語有自己的優勢，但是弱勢也非常明顯。（《我國的語言生活問題》2005 年）

　　世界的競爭，表面上是經濟競爭、軍事競爭，本質上是文化競爭。一個國家不能在世界上用他的文化來影響世界、貢獻世界、傾倒世界，乃至征服世界，便不能成為真正的世界強國。衡量國家的強弱，表面上是看國民生產總值，看軍事力量、看科技水平，但是最終還是看文化，看你的文化別人是不是願意學習，願意模仿。古希臘、古羅馬、古代中國，後來的法國、英國、俄國，其文化都曾經被周邊國家乃至世界所欣賞，所仿效。（《我國的語言生活問題》2005 年）

　　應當認識到，語言學界如果不能成為語言文字信息化的中堅力量，就可能被信息化給「邊緣化」。（暨南大學「應用語言學學科建設高級專家研討會」2004 年）

　　現在西方也有很多人喜歡中國的文化，但這種喜歡並不都是「欣賞」，有不少人只是「觀賞」。欣賞和觀賞是完全不同的概念。什麼叫觀賞？沒見過的新鮮玩意，圖新奇來看看。欣賞則不同，欣賞是一種價值取向，是要向你學習，是文化認同。（《我國的語言生活問題》2005 年）

　　講好中國故事，首先要有「好故事」。中國有數千年不間斷的歷史、文化，有悠久且充滿活力的語言文字，文獻汗牛充棟，故事耳不暇聽。從中遴選出「好故事」，需要眼光，需下功夫。故事是講給他人聽的，不僅自己覺得好，更要聽者覺得好，一要聽得懂，二要喜歡聽，三要有所獲。（《講好中國故事》2021 年）

　　每個民族都有自己的「好故事」。這些故事所包含的理想甚至都很近似，比如「小康」「大同」的思想，比如建立人類命運共同體的願望。中國的故事不僅是中國的，也是世界的。在講中國故事的同時，也要樂意傾聽其他人的故事。其他人的故事，也是人類命運共同體的故事。（《講好中國故事》2021 年）

　　母語不僅是民族交際的工具，而且也是思維的最為重要的工具，也是民族文化的載體和社會凝聚團結的「圖騰」。愛我中華，亦愛我語言；熱愛社會生活，也包括熱愛當今的語言生活。通過熱愛母語的教育，來培養愛國家、愛民族、愛中華優秀文化的感情。世界上很多偉大的人物，都曾放聲謳歌他們的母語，我們也應縱情謳歌我們的母語，維護我們母語的尊嚴，提高我們母語的地位與聲望，促進母語的國內推廣和國際傳播。（暨南大學「應用語言學學科建設高級專家研討會」2004 年）

　　文言文適合「目治」。白話文「目耳兼治」，彌合了言文之間的鴻溝，使口語與書面語既保持一定距離，又能良性互動。歷史上，白話文對於喚醒民眾、文化普及、發展教育、新文化建設和有

聲媒體的發展，起過關鍵作用；而今能夠適應計算機網絡、手機等現代新媒體，保證國人過好現代語文生活。（《紀念白話文運動九十周年》2009 年）

白話文充分利用漢語詞彙多音節化的發展趨勢，快速譯造科技術語，使漢語具有了表達和發展現代科技的能力。言文一致還意味着「心手一致」，使思想不與寫作脫節。白話文是漢民族現代思維的不能替代的語文工具。

早年的白話文運動或有缺點，今日的白話文或不完美，但其歷史功績不應否定，其在現代語文生活中的地位難以取代。文言文負載着悠久豐厚的中華文化，其歷史價值應充分肯定，今人應有一些文言文素養，社會也需要培養文言文專才，但若以此來否定白話文，甚至欲廢白話興文言，與理不通，也不具有現實可能性。（《紀念白話文運動九十周年》2009 年）

第一語言一般都是母語，是文化縱向傳承的基本管道，是個人文化歸屬的身份證。正因如此，熱愛母語、守望母語為民族之聖任、個人之天職。但不能因此而忽略第二語言。

第二語言一般是外國語或外族語，掌握第二語言的雙語人首先引發語言接觸，帶來語言的相互影響。在語言影響中，詞彙譯借最為常見，但借詞增多可能會影響到語音系統；一些語法和章法也可能被借入；還會影響到文字形式和字母表的變化。長時間的特殊環

境的語言接觸會出現語言聯盟等現象，會產生洋涇浜現象和克爾奧耳語。語言接觸不僅促進了語言的發展，甚至是語種的豐富，而且也使一些語言更加強勢，侵蝕甚至侵佔了弱小語言的使用空間，許多語言面臨瀕危。（《第二語言的力量》2015 年）

伴隨着語言接觸的是文化接觸。雙語人是異文化的首先接觸者，他們一方面會受到異文化的影響，同時也會更理性地看待本我文化。雙語人將異文化引進來，也將本我文化介紹出去，促進文化的橫向傳播，促進社會文化的多元化，使單語人也能分享多元文化。由於雙語人的大量產生，加之通訊、傳媒、交通的現代化，人類的活動半徑迅速增大，人口流動空前加劇，信息交換異常便捷，文化橫向傳播的力度也急劇增強。（《第二語言的力量》2015 年）

文化的接觸，民族的接觸，常以語言接觸為先導。語言接觸不僅帶來語言的豐富發展，也帶來語言之間的相互競爭。語言競爭可以激發語言活力，也會觸發各種語言矛盾甚至社會矛盾，因此，語言接觸、語言競爭和語言衝突，應得到語言規劃學的重視。（《語言競爭試説》2014 年）

「一個國家、一個民族、一種語言」的單語主義，雖然在人類歷史上流行了數百年，雖然至今很多國家還在做着單語主義之夢，但是它顯然與全球化的「新常態」不相適應。全球化及文化多元化的大趨勢，要求語言規劃必須放棄單語主義，自覺轉向多語主義。（《由單語主義走向多語主義》2015 年）

　　傳統的「單語主義」，已經不適合全球化、文化多元化的時代。不管是單一語言國家，還是多語言國家，乃至「語言馬賽克」國家，凡堅持單語主義者，國內都有不小的語言矛盾，乃至語言衝突，甚至爆發語言戰爭。（《多元文化與多語主義》2017 年）

　　單語主義與多語和多元文化現實，本質上是衝突的。在交通、通訊、新聞傳媒不太發達的時代，在族群語言權力尚不自覺的時代，在國內民眾和國際社會能夠容忍高壓政治的時代，單語主義所引發的社會矛盾和文化衝突也許還不太顯著，但是在二十世紀下半葉，單語主義便遇到了極大麻煩，愈來愈不能適應現實世界。（《由單語主義走向多語主義》2015 年）

　　語言衝突是第二次世界大戰之後愈來愈頻發的問題。在新獨立國家的國語選擇過程中，在多語多方言國家發展到一定階段時，常常發生各種語言矛盾，處理不當就會激化為語言衝突，甚至出現流血事件，爆發語言戰爭。正視語言矛盾，減緩語言衝突，避免語言戰爭，構建和諧的語言生活，是全球治理的一個重要任務。（《全球治理，需要語言助力》2019 年）

　　語言是文化的根基。維護文化的多元化，最重要的措施就是要維護語言的多樣性，在觀念上自覺提倡「多語主義」。（《多元文化與多語主義》2017 年）

　　多語主義理念之於個人，首先要求掌握好母語，掌握母語是為了傳承文化；然後要掌握一門本地區最重要的語言，本地區是人們

最重要的活動範圍；同時還要掌握一門世界上最重要的語言，以便於了解世界，參與國際事務。一百多年來，中國一直在進行「多語多言」的教育實踐。就漢民族來說，希望其成員從小就能夠把方言保持下來，然後掌握普通話這一民族共同語，此外還要學習一門外語。對於少數民族來說，希望其成員能夠把母語保持好，並能掌握好國家通用語言，同時也要學習一門外語。如果要讀研究生，還要再學習第二外語。在中國，一般公民要接受三語或「準三語」教育，研究生等精英人才實際上需要接受四語或「準四語」教育。（《多元文化與多語主義》2017 年）

　　多語主義理念之於國家，最重要的就是要處理好國內的語言關係。世界絕大多數國家都是多民族、多文化、多語言國家。即便是「單一民族、單一語言」的國家，如韓國，也有大量的外國移民和短期旅居者。就中國來說，主要是處理好民族共同語與方言的關係，處理好國家通用語言與民族語言的關係，處理好本土語言和外語的關係，其目標就是要維護民族的團結和國家的和諧統一。同時，維護語言的多樣性，也有利於保護和開發語言資源，有利於提升國家的語言能力，有利於對全民提供語言服務，包括對外國移民和短期旅居者的語言服務。（《多元文化與多語主義》2017 年）

　　管理就是服務。國家治理的重要任務之一就是向社會提供服務，其中包括語言服務。狹義的語言服務主要指的是語言翻譯業，廣義的語言服務是指向社會提供一切語言產品的服務。（《試論個人語言能力和國家語言能力》2019 年）。

　　狹義語言服務是指語言翻譯業，廣義則指利用語言（包括文字）、語言知識、語言技巧、語言藝術、語言技術、語言標準、語言數據、語言產品等來滿足語言生活的各種需要。增強語言服務意識，提升語言服務能力，準確了解社會語言需求，及時滿足語言需求，引導提升語言需求，由此而豐富語言生活，推進社會進步。（《開拓語言規劃新職能──中國語言生活研究 20 年》2021 年）

　　做好語言服務是學界、業界、政界的共同職責。要做好語言服務，首先要有足夠的語言服務意識，要有全心全意為人民服務之心；其次，要有足夠的語言服務能力。語言服務能力，是國家的重要能力。語言服務，其實體現着國力，體現着為民服務之心。（語言服務體現國力人心──序李現樂《語言服務的價值與戰略研究》2022 年）

　　多語主義理念之於世界，主要是處理好當今世界最嚴重的三大語言問題：第一，語言歧視，即把語言分為優雅或粗俗、先進或落後。事實是人類各種語言發展到今天，已經沒有先進與落後之分，語言應該是平等的。第二，語言衝突。第三，人類語言出現的大面積瀕危情況。（《多元文化與多語主義》2017 年）

　　語言保護和語言溝通，是當代語言生活的兩大課題，也是牽涉到國家語言政策的兩大課題。解決這兩大課題必須統籌考慮，只談語言保護還是只談語言溝通，都難免片面；孤立地強調語言保護或語言溝通，都會帶來社會問題。中國是一個多方言多語言多文化的

發展中的大國，語言資源異常豐富，語言問題也相當複雜，因此，合理解決語言保護和語言溝通的問題，也就顯得尤為重要和急迫。本文認為，造就大量的雙言雙語人，是統籌解決這兩大課題的重要途徑。(《努力培養雙言雙語人》2003 年)

語言保護有三個層次：第一個層次是「語言保存」，即通過書面記錄方式和錄音錄像方式，將語言（包括方言）記錄下來，並建立起數據庫、博物館把這些「語言標本」保存下來。當前學者進行的多是語言保存層面的工作。第二個層次是「語言衞護」，是通過各種措施來延長語言的生命，維護語言的活力。這類工作保護的是「語言活態」，由於語言活態保護必然會對語言用戶的生存、生活方式及生存、生活環境進行不同程度的干預，倫理學上的要求很高，工作的難度很大。國內外在語言衞護上都做了一些探索，積累了一些經驗，但總體上看成效並不明顯，前景並不清晰。第三個層次是語言資源的開發利用，即對語言保存、語言衞護的成果進一步開發，獲取語言保護的社會「紅利」。「紅利」意識十分重要，它可激發語言保護的動力，及時發揮語言保護的效力，不斷增加語言保護的實力，保證語言保護事業可持續發展。(《中國的語言資源理念》2019 年)

資源的基本屬性是其「有用性」，全面認識語言資源、充分利用語言資源，都需要認識語言資源的功能。語言資源的功能也是隨着社會的進步而逐漸被認識的。在我們的文化傳統中，文字和書面語比口語更受重視，但是在近來以語言保護為首要任務的語言資

源研究與實踐中，口語的語言資源意義得到了較多關注，而書面語的語言資源意義則反而關注較少，研究較少，而語言知識、語言技術、語言藝術、語言人才等衍生性的語言資源，才剛剛出現在某些語言資源研究者的論述中。全面認識語言資源，科學評價語言資源工作，包括語言資源的收集整理、標註入庫、分析研究、開發應用等，都需要明確的語言資源功能意識。（《中國的語言資源理念》2019 年）

　　普通話的推廣非常必要。中國要形成統一的市場，語言必須統一；中國要實現工業化、現代化、信息化，語言必須統一；中國要走向世界，語言也必須統一。西方國家在實現語言統一的過程中，即使是號稱非常民主、非常文明的國家，也沒有科學地處理好標準語與方言的關係，致使其方言滅亡或嚴重萎縮。當然在語言統一的過程中，有許多發達國家也沒有處理好主體民族的語言和少數民族語言的關係，致使其少數民族語言瀕臨滅亡，甚至還對土著語言故意打壓，導致土著語言大量消亡。現在要提出的問題是，我們在語言統一的過程中，能否避免西方一些發達國家所走的彎路？我國方言繽紛多彩，所說的漢文化有很大一部分是通過方言來負載的，如地方戲曲、歌謠、民間故事傳說等等。如果沒有異彩紛呈的方言文化，漢文化將會非常貧乏。方言及其所負載的文化必須保護，為了語言溝通又必須推廣普通話，這需要語言學家研究出兩全其美的解決辦法，給國家提供學術建議。（暨南大學「應用語言學學科建設高級專家研討會」2004 年）

　　當今的語言學，已經成為研究語言及其相關現象的科學。與相關學科結合，解決某一領域的語言問題，促進社會進步，將成為語言學發展的大趨勢。(《語言研究的起點應是語言的自然狀態——序黃敏〈新聞話語中的言語表徵研究〉》2012 年)

　　我覺得，語言學有四大任務：第一，研究語言、認識語言。第二，促進語言傳播交流，語言通過交流才能變成人類的公共產品。每個語言社團都有責任、有義務向世界傳播自己的語言。第三，解決社會發展中的語言問題。第四，特別關注語言與認知、語言與健康、語言與信息化三大問題。(《做人為學，全在一個真字！》2021 年)

　　今日的語言學是個「大學科群」，不僅自己橫跨人文科學、社會科學、自然科學和技術學，而且還影響到一系列學科的發展，形成了眾多的交叉學科、邊緣學科，是名副其實的極具擴張性的「帝國主義學科」。進入新世紀，語言學走到了一個新關頭：一些強勁學派的活力正在衰減，一批學術興趣點正在悄然轉移，一些新的學術生長點正在萌發……做慣了「學生」的中國語言學界，身處如此境地，做得好，也許可在未來的學術競爭中得風氣之先；做不好，即使在舊轍老軌上埋頭追趕，也許在未來仍被甩得很遠。故而需要盤點既往以明史，細察現狀以明實，遠望未來以明勢。(《語言戰略研究》2018 年第 1 期主持人語)

　　語言學是富於使命感的學科。自古以來的語言教學，不同語言、不同文化、不同時代的翻譯，辭書的編纂等，都是語言學長期

堅守而不敢稍怠的領地。而今，從教人學習語言發展到教機器學習語言，擁有語言能力的人工智能，既是未來時代的標誌，也是未來社會的核心競爭力。人工智能或曰語言智能的需求及其學習方法，可能成為語言學未來發展的主場，教機器學習語言成為語言學新的社會重責。不管是為自身發展計，還是為履行社會責任計，語言學都必須正視人工智能問題。(《語言戰略研究》2018 年第 1 期主持人語)

計算機出現的時間並不長，計算機處理語言的時間也不長，計算機獲取的語言智能還十分有限。但是，「人工智能一小步，人類社會一大步」，計算機及其語言智能的發展已經帶來了人類生活的重大改變，而且這種改變還在以加速度的方式進展。(《計算機正改變着我們的語言生活》2019 年)

語言是人類獨有的符號系統，這是語言學的經典認識。但是隨着語言智能的發展，語言將為人類和機器這兩個「物種」共同享有。如今重要的語言交際，多數都是「人—機—機—人」的交際，是「人—機」「機—機」「機—人」的合成，疫情期間的雲端會議、在線課程、網絡購物、網上就醫等，都屬這種交際模式。如果與「人形機器人」對話，機器擁有語言這一現象，就會看得更為明顯。隨着物聯網的發展，只要在需要驅動的目的物上植入「語言傳感器」，人就可以通過具有語言智能的機器與萬物關聯，與萬物對話，使萬物具有「語言智能」。(《語言數據是信息時代的生產要素》2020 年)

　　人類形成之前，世界就是自然界，只是一個「物理空間」。人類的形成與發展，便在物理空間中生長出一個「社會空間」。語言與社會空間一起成長，大約距今三至五萬年前的舊石器時代，人類已有較成熟的口頭語言，口語的載體是聲波。大約距今 5000-5500 前，文字在兩河流域產生，語言有了新載體光波。二十世紀二十年代，廣播、電視相繼出現，有聲媒體使語言有了第三大載體電波。二十世紀末，互聯網商業化，語言信息處理也快速進步，人類開始建構一個新空間——「信息空間」。

　　信息空間是一個正在發展的空間，其結構和運行機理還在被逐步認識中，還在被逐漸完善中。但有一點相對明確，那就是信息空間主要是被數字化了的語言空間。語言過去是在社會空間中使用，如今是在社會空間、信息空間這兩個空間中使用。隨着物聯網、語言智能的發展和「智慧化新基建」的實施，語言將跨入物理空間，在人類的三元空間中運用。語言在人類生產活動的作用將更為顯著。（《語言數據是信息時代的生產要素》2020 年）

　　中文信息處理的發展過程中，語言學起到了重要的支撐作用，包括人才支撐和語言學知識體系的支撐。同時，中文信息處理也得到了一些新的數據，比如字頻和詞頻；提出了或強調了一些研究課題，比如詞的識別和詞性的識別、詞語兼類、專有名詞及其簡稱、數量結構、代詞的指代關係、詞語和句子歧義問題等等；建設了一批語言工程，如各種語料庫、知識庫等，這些資源支持着語言研究

的現代化；問世了一批語言信息化產品，如電子詞典、自動翻譯機等，幫助語言學開展社會語言服務。這些新數據、研究課題、語言工程、語言信息化產品也在啟發着語言學，裝備着語言學，提升着語言學的研究能力，推進着語言學的現代化。（《計算機正改變着我們的語言生活》2019 年）

　　信息化時代快步到來，數字經濟成為重要的經濟形態。語言技術是信息化最重要的技術，語言數據是數字經濟最重要的生產要素；特別是語言智能，目的是訓練機器獲得人類的語言智能，未來的語言將為人類和機器兩個「物種」所共享。為了適應現代語言技術和語言智能，人類必須做出各種適應：首先是行為適應，能夠使用現代語言技術產品，比如 PPT、微信等；其次是思維適應，特別是信息的碎片化和思維的碎片化；最後是生理適應，因使用信息化工具而逐漸改變人類的身體形態，甚至形成某些遺傳性的生理特點。人類的進化就是不斷的物化，不斷的「工具化」，如此說來，人類的未來進化就是不斷的「語言化」。智能機器是人類的朋友，還是人類的競爭對手，甚至還可能最終會成為人類的「主宰」，這是當今必須思考的「機器倫理學」問題，解決這一問題需要法律的約束、倫理的昭示，也需要從業者的自律。（《做人為學，全在一個真字！》2021 年）

　　語言學與中文信息處理有過一段超長的「蜜月期」，只是到了語料庫語言學時期，統計方法可以有效解決一些問題時，語言學的「規則」效力始被質疑。到了深度學習的理論與方法流行之後，語

言學的規則彷彿成了「無用之物」。語言學之「無用」源自三個方面：其一，數據效力遮蔽了語言學效力，其實語言智能關於語言的屬性與概念、語言各層級各單位之間的關係、語言與人類社會的關係的認識等，還都來自於語言學的基本知識體系。其二，語言學的知識表述沒有形式化，是供人看的知識，而不適合於機器閱讀。形式化表述成了語言學知識到達語言智能車間的「最後一公里」。其三，語言學是以語言結構為學術基點的，主要精力在於語言結構的研究上，而中文信息處理在基本解決了字、詞語的問題進入句處理階段後，就開始了對真實話語的處理，而語言學對話語研究用力不夠，積蓄不多。為了打造語言智能的語言學「規則之輪」，語言學必須實現「話語轉向」，把學術基點轉至「話語」。話語是語言的真實存在狀態，本應成為語言學研究的重要對象。(《計算機正改變着我們的語言生活》2019 年)

數據（data）是觀察客觀世界和人類社會得到的各種原始素材，通過對素材的加工處理獲取信息、建構知識、生發思想。人類社會形成以來就有資料存在，並為人類知識體系和思想觀念的形成發展不斷做出貢獻。計算機的產生和發展，數據的作用更加重要，科學地位更加凸顯，社會也對其更加重視。(《數據時代與語言產業》2020 年)

數據的價值首先被科學家所認識，特別是計算機專家和信息專家。計算機與信息科學是當今的先鋒學科，對社會發展影響巨大，當今政府常會關注這類學科的發展動向，並及時利用公權力支持這

些學科的發展，以便為本國的經濟社會發展贏得機遇。因此，政府
也會從這些學科領域認識到數據的價值，數據的意義由此從科技領
域轉入社會領域。(《數據時代與語言產業》2020 年)

兩個基本認識：第一，數字經濟是繼農業經濟、工業經濟之後
的新型經濟形態；第二，數字經濟的關鍵生產要素是資料。(《數據
時代與語言產業》2020 年)

數據是信息的表現形式，亦是信息載體。隨着科技與社會的進
步，資料的內涵和外延都在發生變化，甚至是重大變化。但有一點
可以肯定，那就是多數數據都是「語言數據」。(《數據時代與語言
產業》2020 年)

人類觀察世界所形成的數據，可供計算機處理的數據，據估計
80% 都是語言數據，故而語言數據是最為重要的數據。語言與其他
生產要素，如「勞動、資本、知識、技術、管理」等，也有密切關
係。認識語言與生產要素的關係，有利於在數據時代自覺地、最大
限度地獲取語言紅利，對於語言學研究和語言學人才培養也有重大
意義。(《數據時代與語言產業》2020 年)

計算機所要處理的數據，除語言數據外還有人面、人體動作、
聲音、氣味、顏色、物象等數據，但毫無疑問，語言數據是最為重
要的數據：其一，語言數據的數據量大；其二，語言數據與人類
的關係較為密切；其三，語言是人類最常用、最能反映人類心智的
符號系統。語言數據的計算機處理，較難也是最重要的是自然語言

數據處理。計算機對語言數據的處理，如漢字識別、詞語檢索、自動翻譯、自動寫作、客戶的機器語言服務等，每前進一步，就會產生新的語言產業，推進社會前進一大步。(《數據時代與語言產業》2020 年)

數據是生產要素，那麼，語言數據是最為重要的數據，也應當屬「生產要素」範疇。(《數據時代與語言產業》2020 年)

語言數據是信息時代的生產要素，如同土地之於農民，機器之於工人，計算機通過對語言數據的加工學習可以獲得知識與智能，從而去創造人類的新生活。(「東北亞語言資源數字化平台」寄語2020 年)

「語言智能」是人工智能的重要組成部分，是讓計算機擁有人類的語言智能。人工智能是對人類智能的模仿。人類智慧主要表現在思維能力上，語言是人類思維活動的憑藉，是思維成果貯存、傳播的載體，故而語言能力決定着思維水平。人類自幼成長，通過獲取語言促進思維發展，因各種原因而未能較好獲得自然語言者，如聾啞人，其思維水平便嚴重受限。人類的書面語學習和外語學習，大大提升了思維質量，掌握了書面語、外語的人比文盲和單語者更具思維優勢。思維與語言的關係儘管學界還有不少爭論，但語言在思維中的重要地位不能否認。語言智能是人類最為重要的智能，讓計算機獲取人類的語言智能是人工智能的重要任務。(《數據時代與語言產業》2020 年)

　　智慧寫作儘管離人類寫作、閱讀習慣還有很大距離，但已經看到把人類從「筆耕口傳」、高創作成本、高傳播壁壘中解放出來的曙光。當然智能寫作技術在工商業、公共管理和文化傳承等領域不加限制地應用，也將造成現實損失，產生倫理焦慮，必須直面智能寫作帶來的語言不規範、語言暴力、語言偏見、傳播虛假信息、擾亂日常生活乃至社會秩序等問題。（《數據時代與語言產業》2020 年）

　　語言智能的發展，離不開語言資源，沒有合適的足量的語言資源，語言智能是難以發展起來的。面向語言智能的語言資源，大概需要三類：一類是經過精心標註的語言資源，機器由此獲取語言知識。這樣的語言資源需要規範化、內部一致性要強，而且要一定的數據量。第二類是知識庫，包括語言知識庫和世界知識庫。第三類是一般的原始語言數據，也就是大數據。這些數據、這些資源直接牽扯到人工智能的發展，所以資源建設非常重要。（《智能時代的語言資源問題》2018 年）

　　語言是人類獨有的符號系統，這是語言學的經典認識。當然，也有關於「動物語言」的研究，動物界的確存在信息交換系統，但與人類語言相比，可謂雲泥之別。擱置「動物語言」不論，可以說，語言信息處理之前的語言學，皆把語言看作人類獨有的。但是由於語言智能的發展，語言已為或將為人類和機器這兩個「物種」共同享有。（《數據時代與語言產業》2020 年）

　　發現新語料還需藉助新手段，語料庫便是這重要的新手段。它極大地擴展了研究者的觀察視野，較之於通過閱讀搜集例句，通過語感創造例句，具有顯而易見的優越性。而且，語料庫能提供多種統計數據，為認識語言現象提供量化參考。語料庫對語言學的幫助，還未被學界充分認識，未被學界充分利用。如何建設語料庫，如何利用語料庫，如何將語言學成果很好沉澱到語料庫中，是學界應積極思考的了。（《材料是學術之根　事實是理論之源──序司紅霞〈現代漢語插入語研究〉》2009 年）

　　人類社會正在跨越工業化進入信息化時代，語言智能成為信息化時代的寵兒。計算機自然語言理解不僅是前沿技術，更是時代課題，它正在造就一個人與機器人共同參與的語言生活時代。時代發展是推動語言學進步最為重要的力量，它為語言學提出了研究課題和應用場域，也為語言學提供了思路、技術、資金等等。支持語言智能的發展，是語言學未來發展的重要學術使命。語言智能的發展目前主要是「數據驅動」，用深度學習的方法和知識挖掘技術，通過大數據庫來獲取語言智能。集聚什麼樣的數據才能訓練計算機獲取「類人語言智能」，現在的訓練數據有何嚴重缺陷，如何利用「小數據」來讓計算機獲取語言智能，這是語言學家在「數據驅動」狀態下可以發揮作用的地方。當然，現在已有不少專家意識到數據本身的有限性，這種有限性決定了只靠數據驅動的語言智能是走不遠的，正確的路線是「數據＋規則」雙重驅動。語言學家是語言規則的主要提供者。計算機要處理的是真實的話語，只有語言結構的

研究，語言學家是不能完成「規則提供者」的使命的。就支持人工智能的發展而言，語言學實現「話語轉向」，加強對話語的研究也是十分必要的。（《語言學的問題意識、話語轉向及學科問題》2019 年）

　　未來的語言學家，大約需要用「三大法寶」來裝備自己：一是知識庫，該領域古今中外的相關知識，通過數字化形成該領域的知識庫。二是與各個專業相關的語料庫，語料庫是語言經驗的延伸，將成為發掘語言事實和語言知識的最重要的寶庫。三是一套便於語言學家使用知識庫、語料庫以及從事相關研究的軟件，這套軟件可以讓語言學家去做高深的、機器不能代替的研究，而不是把精力耗費在一個一個資料的查找和統計上。當代語言學家的任務之一，就是打造這「三件法寶」，促進語言研究手段的現代化。（暨南大學「應用語言學學科建設高級專家研討會」2004 年）

　　語言文字的信息化，不僅僅是文字、語音、語彙、語法的信息化，更重要的是語義、語用的信息化，是實現計算機的篇章理解。例如，網上電子文本的計算機學習及信息提取，信息檢索與信息過濾等等。為信息化服務，要求語言學家必須能夠同計算機學家、網絡學家對話。對話並不是一件很簡單的事情，需要共同的意願和一定的共有知識，為了對話，語言學家必須學習一些計算機知識和網絡知識。（暨南大學「應用語言學學科建設高級專家研討會」2004 年）

　　加強領域語言研究。應用語言學最大的特點，是研究語言生活中的、語言交際中的活的語言，在研究這種「活語言」時，必須充

．

分考慮語境，必須充分考慮使用語言的人。因此，社會各個領域的語言問題和語言狀況，都是應用語言學最為關心的研究課題。某個領域的語言研究有了大的收穫，便會形成應用語言學的分支學科。語言教學、計算語言學便是這樣的分支學科。在我國，法律、廣告、新聞、醫療等領域的語言研究已漸成氣候，法律語言學、新聞語言學、廣告語言學、醫療語言學等，作為應用語言學的分支學科已經是呼之欲出了。（暨南大學「應用語言學學科建設高級專家研討會」2004 年）

語言文字在具體使用中是千變萬化、豐富多彩的，而且不同的社會領域對語言文字有不同的規範要求，這就需要形成通用語言文字在各個應用領域中的規範標準。這些規範標準的制定，反過來也會使語言文字本身的規範標準更完善。（《通用語言文字規範標準的建設》2001 年）

研究社會各領域的語言問題，我們的知識結構就有不足，必須和各領域的學者聯合。因此，培養語言學研究生，不能只要求語言學的知識背景，還應該有其他的學科背景，所以學科建設不一定要「純而又純」，應用語言學也許需要「雜家」。應用語言學課程體系的設計，研究生的培養，以及科研機構的設置等等，都應當考慮領域語言學的「雜」的特點。（暨南大學「應用語言學學科建設高級專家研討會」2004 年）

　　從史的方面着眼，方言是古代語言和古代文化的「化石庫」。方言中保存着大量的古代語言的成分，通過不同方言的比較研究，可以擬測古代語言的面貌，發現語言發展演變的規律。方言是地域文化的重要負載者，民族文化不是抽象的，是由豐富多彩的地域文化綜合構成的。在方言及其所負載的地域文化中，蘊含着古代的民族文化成分，具有不可替代的文化價值。從現實和未來着眼，方言是滋養民族共同語發育的「營養基」。基礎方言規定了民族共同語的基本面貌，推動着共同語的發展。基礎方言之外的非基礎方言，在民族共同語的發展中也具有重要作用。1980 年代以來，現代漢語發生了並正在發生着重要變化，粵方言、閩方言、吳方言等南方方言（包括海外華人社區使用的「華語」），以及在這些方言基礎上所形成的「地方普通話」，為二十餘年來現代漢語的變化作出了有目共睹的重要貢獻。當代新詞新語的產生、外語詞語的譯借、新句法格式的出現和語體風格的嬗變，有許多都應歸功於這些方言。因此，不管是着眼於歷史還是放眼現在與未來，眾多的漢語方言都是不可多得的語言財富和文化財富，都是具有極大的開發利用價值的語言資源和文化資源。（《努力培養雙言雙語人》2003 年）

　　我國究竟有多少種語言，有待進一步研究，但這些語言無疑都是語言學的寶庫，為漢藏語系的譜系比較研究，為語言類型學、語言聯盟等方面的研究，提供了得天獨厚的基礎條件。民族語言是民族傳統屬性的重要標誌之一，繫連着民族的情感，它的地位和命運在一般情況下也體現着或關係着它所屬的民族的地位和命運。民

族的語言也是民族文化的重要載體，眾多的民族語言，代表着眾多的文化樣式。不同文化的接觸和交融可以推動文化的快速發展，甚至可以創造出新的文化。因此，眾多的語言及其所代表的眾多的文化樣式，是財富，是可供開發利用的資源。(《努力培養雙言雙語人》2003 年)

但是應當看到，隨着各地、各族人民和國內外的交往越來越密切，隨着社會生活的變遷越來越迅速，隨着因特網的使用越來越普遍，漢語各方言和許多民族語言的面貌正在發生重大變化，一些漢語的土話和一些少數民族語言正在消亡。在社會歷史進程中，一些方言和語言的消亡也許難以避免，但是，並不能因此而對瀕臨滅亡的方言和語言無動於衷。語言不同於其他東西，一旦消亡就很難復活(希伯來語也許是個消亡之後又復活的例外)，也無法複製。語言消亡也將帶來文化、次文化的消亡或「化石化」。因此，語言保護(或曰「語言～文化保護」)已刻不容緩。(《努力培養雙言雙語人》2003 年)

當前，愈來愈多的人已經認識到了環境保護、物種保護、水土保護、文物保護等的重要性和迫切性，社會宣傳的力度、採取的保護措施和投入的人力物力都比較大。但是非常遺憾的是，卻很少有人意識到語言保護的重要性和迫切性。(《努力培養雙言雙語人》2003 年)

　　在和平與發展的世界新秩序中，在日新月異的信息時代，每個地區、每個民族都不能把自己封閉起來。各地區各民族為自己的生存與發展，必須相互接觸、相互了解和理解，必須相互交流、相互借鑒與合作，以減少分歧、誤解和爭端，共同進步，攜手發展。地區間民族間的接觸、交流與合作，必以語言為先導，因此，需要語言溝通（或曰「語言～文化溝通」）。漢語各方言正以前所未有的速度縮小差異，「眾星拱月」般地向普通話靠攏；國內外各語言間的相互接觸、相互滲透也日漸增多。不同地區、國內各民族和國內外的語言溝通，在我國改革開放大潮的推動下有了相當大的發展，但是方言間的隔閡和語言間的溝壑，仍極大地妨礙着人們的語言交際和文化交流，大大小小的、或隱或現的、直接的或間接的、國內的和國際的語言衝突和文化衝突時有發生。因此，在當今中國的語言生活中，既需要考慮語言保護問題，保護和開發各種語言資源和文化資源，繁衍自己的語言和文化（包括次文化），保持其地域特色和民族屬性，又需要認真解決語言溝通的問題。（《努力培養雙言雙語人》2003 年）

　　語言是文化、次文化縱向傳承的「基因」，是不同文化、次文化橫向交融的梁津。語言資源的保護與開發，就某種意義而言，比物種資源、文物數據的保護與開發更為重要。應加緊對我國方言和語言的調查研究，建立能保存方言和語言真實面貌的語言檔案，設法創造一個良好的語言生態環境。與此同時，在現代科技、政治、經濟等大背景下制訂語言溝通戰略，爭取在不長的時期內培養出大

批的強勢雙言雙語人，以利於國際國內的交流與合作，以利於中國迅速地走向現代化。（《努力培養雙言雙語人》2003 年）

　　語言文字規範是一個龐大的系統，包括「成文規範」和「不成文規範」。不成文規範反映了語言約定俗成的性質，是成文規範的基礎。成文規範表現出社會對語言文字及其使用的明確干預，是不成文規範的升華。成文規範在歷史長河中逐漸發展，現今已具規模，它主要由兩部分構成：1、規範檔；2、語文辭書和語文教科書等。這兩部分在理論上應當是相輔相成的，有機統一的，但在現實中卻常有矛盾。（《中國語言規劃論》2005 年）

　　語文辭書和語文教科書等，是以記錄語言文字現象、描述語言文字規律、傳授語言文字知識與規範、指導人們正確使用語言文字為目的的圖書，屬成文語言文字規範體系的重要組成部分……因此歷史上常有語文辭書欽定、語文教科書國頒的故事。（《辭書與語言文字規範》2003 年）

　　許多朝代都有韻書、字書、教科書等，以為當世語言文字之準繩。當這些標準具有官修、官頒性質時，當這些標準與科舉考試關聯時，其權威其作用便如鋼鐵一般。（《語言文字標準六十年》2009 年）

　　我國雖然有古老而優秀的辭書傳統，但是到了二十世紀上半葉，卻還只能算個辭書小國。五十年滄桑巨變，我國由辭書小國成長為辭書大國，但還不能稱為辭書強國。要成為辭書強國，不僅要

處理好辭書與語言文字規範等一系列問題，還必須考慮信息時代辭書現代化的問題。(《辭書與語言文字規範》2003 年)

　　辭書是人類的知識庫，辭書編纂其實就是對人類長期積澱的文化的梳理，因此現代辭書編撰者，都須藉助各種工具書才能完成工作。藉助歷史上的工具書以實現傳統知識的承繼，藉助現時的工具書以實現現代知識的整合。現代知識呈「爆炸」態勢，更新快增長快，傳統的閱讀方式顯然難以應付存儲着海量知識的工具書。為此，必須為辭書編纂者建立適用的知識庫。(《關於辭書現代化的思考》2006 年)

　　辭書是知識的描述者、傳播者，是「集體記憶」的建構者，是為辭書用戶查檢知識服務的。無論從辭書編纂的角度看，還是從辭書查檢的角度看，數字媒體都是發展方向。融媒體時代，文本內容仍然是主體，但「融媒辭書」起碼改變了辭書的組織方式、表現方式和使用方式。(《促進「融媒辭書」發展，加強辭書生活研究》2019 年)

　　辭書的重要作用之一是構建民族與國家的「集體記憶」。一個共同體必有自己的集體記憶，一個共同體的形成必須構建自己的集體記憶。辭書在構建集體記憶方面發揮着重要作用，從詞條的選立、解釋、配例到辭書的附錄，以及辭書所使用的語文工具與知識架構，都無不發揮着構建集體記憶的作用。辭書的審評除了技術規範之外，主要審評的就是辭書所體現的集體記憶問題。辭書不僅在

構建集體記憶，而且也是集體記憶的存儲庫；用戶通過詞條查詢，也是在潛移默化地接受集體記憶。由此可一言蔽之：辭書是集體記憶的建構者、存儲者和傳播者。（《中國辭書歷史發展的若干走勢》2019 年）

　　辭書是特殊的讀物。一般讀物供人系統閱讀，但辭書主要功能是「備查」。要發揮備查功能，就不僅要有備查內容，還要提供對內容的檢索；內容系統和檢索系統，構成辭書的兩個基礎系統。供人系統閱讀的一般讀物，重視內容系統，檢索則較為簡略，多是通過目錄發揮檢索作用，頂多再在書後附上術語索引、人名索引之類，這顯然與辭書有別。

　　一部辭書發展史，可以說就是圍繞着處理檢索系統和內容系統逐步展開的。過去，書齋（包括圖書館、教室、辦公室）是信息的主要擴散源，紙質辭書置於書齋，便基本可以滿足文化精英的查閱需求。但是當人類進入因特網時代之後，辭書的查閱需求發生了革命性變化，同時信息技術也為辭書的發展提供了劃時代的機遇。研究信息技術對辭書帶來的和可能帶來的重大影響，是促進辭書事業發展的必備之課。（《信息化對辭書的重大影響》2010 年）

　　每個詞語都有一個「語言故事」，都有一個「文化故事」；每個詞條都有一個「編纂故事」。詞典是詞彙之倉，故事之庫，亦是文化縱向傳承、橫向傳播的載體。詞典編纂是在梳理和詮釋詞彙，也是在整理人類的文化與智慧；是知識管理工程，也是在構建民族的

「集體記憶」。中國古有《爾雅》《說文解字》，開人類詞典編纂之先河；後有《康熙字典》《現代漢語詞典》《辭海》《詞源》《中國大百科全書》《漢語大詞典》等，支撐着中國的「詞典大國」地位。（《弘揚「辭書人精神」提升辭書生活品質》2019 年）

辭書常在手頭，檢索隨心所欲，這是辭書檢索的理想狀態，信息技術可以最大限度地接近這一理想。（《信息化對辭書的重大影響》2010 年）

辭書的發展，一直是要解決「何人查、查什麼、何地查、何時查、以何種方式查」等問題，理想的辭書應當達到這樣的水平：在任何時候、任何地點都能回答任何人以任何方式查詢的任何問題。網絡辭書，特別是因特網的發展與利用，則可以最大限度地接近這一辭書理想。

從《爾雅》和《說文解字》的問世算起，中國辭書已經走了兩千多年的路程。在信息時代到來的時期，在辭書面臨天翻地覆變化的時期，辭書學界應先知春江水溫，儘快逾越傳統的編纂、出版階段，不僅為紙質辭書換上電子服裝，而且要充分利用信息技術建立具有自主知識產權的數據庫、語料庫，開發助編軟件；要研究網絡運行特點，預測辭書發展方向，唯陳務去，唯新務興，為中國的辭書事業乃至人類的辭書事業作出貢獻。（《信息化對辭書的重大影響》2010 年）

　　辭書強國，不僅應有享譽世界的精品辭書，更應有影響世界的辭書研究成就，應有領跑世界的辭書編纂實踐。樹立辭書編纂的現代理念，開發辭書編纂的現代化手段，迅速佔領虛空間，堅定走綜合集成之路，方能圓辭書強國之夢。（《關於辭書現代化的思考》2006 年）

　　我們的辭書研究，過去主要關注的是辭書編纂，對與辭書的編纂、出版的管理運作研究較少，對於辭書使用者的需求研究更少。辭書是供人用的，最大限度滿足辭書使用者的需求是辭書的根本工作。辭書編纂、辭書管理運作、辭書使用者的需求及其滿足，構成了我們的「辭書生活」。辭書學應把辭書生活作為研究對象，而不僅僅是辭書的編纂。作為辭書學會，應當極力促進兩大轉變：一是由辭書編纂向辭書生活研究的轉變，一是由平面辭書向「融媒辭書」的轉變。（《促進「融媒辭書」發展，加強辭書生活研究》2019 年）

　　用戶是辭書生活的核心角色，辭書生活的核心理念應是一切為了辭書用戶。要深入了解用戶在今天的辭書需求和檢索習慣，最大限度地滿足各種用戶的辭書需求，支持現代用戶的檢索習慣，並根據使用者的辭書需求和檢索習慣，改良辭書編纂，改良辭書檢索功能，改良辭書模樣，改良辭書的出版發行。

　　重視用戶使用辭書的數據，了解不同用戶的使用特點，從而可以更好地為用戶提供知識服務。用戶可以對詞條提出各種意見，這些意見有些可以成為詞典的補充，這樣的情況多了，讀者也就具有

了編者的身份。編者與讀者的身份也就逐漸融合了。(《中國辭書歷史發展的若干走勢》2019 年)

中國辭書事業的發展,正在由紙媒體向着電子媒體和融媒體的方向發展,國人的辭書生活正在發生重大變化。我們要從辭書編纂研究拓展到辭書生活的研究,特別是要研究用戶的需求,以及如何最大限度地滿足用戶需求。在移動互聯網普及、語言智能快速發展的今天,人們的詞典查檢習慣發生了重大變化,紙媒辭書已經無法滿足用戶需求,辭書電子化、融媒體化是大勢所趨。當然,「融媒辭書」目前還是一個具有一些先兆的概念,這個概念需要辭書人在辭書實踐中去定義它。融媒辭書區別於多媒體辭書的本質特徵在於「融合」:其一是不同媒體的融合;其二是編纂者與用戶之間的融合;其三是辭書與相關資源的融合。(《弘揚「辭書人精神」提升辭書生活品質》2019 年)

辭書的編纂、出版和應用構成了「辭書生活」。進入二十一世紀,辭書生活發生了並正在發生着重大變化,辭書的編纂、出版、研究必須重視辭書生活的變化,適應辭書生活的變化。辭書生活最為重要的變化有三個方面:第一,語言載體進入融媒體時代。「融媒辭書」將成為辭書的主要形式,詞目選定、詞目排序、釋義方式、舉例方式、檢索方式等,都會發生革命性變化。第二,人們的詞語查檢習慣發生了重大變化。比如:網絡查詢成為最常用方式;語文知識、百科知識融匯查詢;重視查準率,也重視查得率。第三,信息空間的新要求。大數據、互聯網、區塊鏈、語言智能的發

展，正在構造人類的信息空間，直接影響人類信息的生產、獲取、加工、傳遞、儲存等。且辭書的讀者不僅是人類，還應包括智能機器，「機讀辭書」亦應成為辭書家族的重要成員。辭書生活的這些變化，為辭書研究提供了新課題，為辭書的編纂、出版提出了新要求。

面對辭書生活的時代變化，辭書編纂、出版和研究必須儘快走出「平面媒體」時代，快速進入「融合媒體」時代，研發融媒辭書和機讀辭書，充分利用現代信息技術，最大限度適應辭書用戶的新習慣，滿足辭書用戶的新需求。(《南粵楷模　中法津梁》2021 年)

「融媒體」的本質是「融」：其一，是把不同媒體融合起來，使各種媒體長短互補；其二，是把傳播方式融入到「互聯網＋」和人工智能之中，獲取技術優勢；其三，是把此書與彼書融合，實現不同圖書內容的聯通；其四，是把寫書人、出書人與讀者人融合，最大限度滿足作者與讀者的需求。這些融合，最終會把被動的「讀書」與主動的「寫書」融合起來，會把知識的傳播與知識的創造融合起來。這種理念如果用於教育，就會改變學生只是被動受教育的局面，學生不僅是知識的學習者，還是積極的創造者：創造性地學習，在學習中創造。(《融媒書融合的是寫書人、出書人與讀書人》2019 年)

辭書構建、存貯、傳播着民族和國家的集體記憶，辭書整理着民族及人類的知識，是極為重要的社會知識服務體系。我國是辭書的古老國度，歷史上編纂了大量的辭書，編纂的方式也與時嬗變，

積澱了大量的辭書經驗。而今出版業正在進入融媒體時代，知識的負載方式、傳播方式、使用方式都正在發生重大變化。

在這樣一個歷史關口，中國的辭書業面臨機遇與挑戰，中國的辭書學面臨着嶄新的研究課題，出現了巨大的學術創造空間。如何總結國內外辭書業和辭書學經驗，定義「融媒辭書」，攀登「融媒時代」制高點，讓國人過好智慧時代的辭書生活，是中國辭書人必須回答的時代課題。(《中國辭書歷史發展的若干走勢》2019 年)

中國辭書界的形勢，就是在線辭書使用方便，但是其內容並不可全信。平面辭書內容多是數年乃至幾十年精煉的結晶，但是已經失去了「第一查檢」的優勢。中國辭書的必由之路就是在線與線下結合。(《一個傳神的商務故事》2020 年)

一個民族總要有自己民族的「集體記憶」，每個領域的學人都有建構本領域的民族「集體記憶」的責任。語言是民族文化的根脈，語言學是研究、守護民族文化根脈的科學，梳理百年語言學史，縱而可助幾千年中國語言學史的梳理，橫而可助其他領域百年術語的梳理。在二十一世紀初葉，無論是時還是勢，都應當提出這一問題了：兩岸四地共同梳理百年語言學史，逐漸形成中華民族共同或相近的語言史觀。(《兩岸四地共同梳理百年語言學史》2019 年)

通用語言文字的規範標準，必須建立在科學研究的基礎之上，並應有嚴格的審定、公佈程序，不能「吾輩數人，定則定矣」。(《通用語言文字規範標準的建設》2001 年)

　　長遠一點看，在《規範漢字表》的基礎上，還應進一步考慮研製《漢字字符總集》，《漢字字符總集》不僅包括所有的規範漢字（基本集），而且也應包括各種輔助集，如：港台現在使用的繁體字、在方言區流行的方言字、為某種特殊需求而要用到的異體字、古文字，以及日本和韓國使用的漢字等。(《通用語言文字規範標準的建設》2001 年)

　　文字的本質是記錄語言的符號，評價文字系統的優劣主要看其能否適應它所記錄的語言。漢字至今不廢，說明漢字可以勝任記錄漢語的任務，可以適應當今語言技術環境。(《簡化字的史源與時運》2008 年)

　　文字之學在中國古今不衰，是因為文字在中國人的語言意識中具有重要地位，也是因為漢字具有無窮的學術魅力。世界上有文字的語言多數都採用拼音制，拼音字母的文字要素相對簡單，只有音、形兩要素；而漢字有音、形、義三要素，且字量龐大，字形複雜，字義繁盛，漢字的學習、使用和研究都比拼音文字的字母有更為複雜的內容，需要更高的智能運轉，文字生活也自然就更加豐富多彩。語言政策是管理語言生活的。在使用拼音文字的國度裏，其語言政策中關於文字生活的內容較少，而中國的語言政策中，文字政策佔有重要地位，也需要較多的內容。(《國家通用文字政策論》2012 年)

　　語言的產生使人類最終脫離動物界成為萬物靈長，文字的產生使人類脫離野蠻進入文明時代。相傳倉頡造字時「天雨粟，鬼夜哭」，這固然是歷史傳說，但也從一個側面說明了文字產生是人類歷史上動天地、泣鬼神的大事業。早期文字掌握在宮廷巫吏手中，之後逐漸有官學民庠。學校的興起，文字走出巫吏之手，由人神溝通的祕符成為人際交流的工具；文字走出宮廷牆垣，由官府專利成為社會公器。文字使用功能的不斷發展，不僅需要對文字進行整理，而且需要對整理結果給以權威認定，因為文字關乎政令統一、文牘正暢和學脈傳承。正如許慎在《說文解字・序》中所言：「蓋文字者，經藝之本，王政之始，前人所以垂後，後人所以識古。」

　　歷史上很多朝代都對文字的使用較為關注，或是直接發佈正字，或是欽定辭書，或是官府提倡。例如：秦代的書同文是政府直接進行的，罷黜六國文字，立小篆為正字。漢代許慎也將《說文解字》獻於朝廷。熹平石經得到靈帝許可，立於太學講堂，向天下公佈經、文讎本，開創了中國用石經來正文正字的先河。《五經文字》《九經字樣》都是奉詔而作，書於太學屋壁。《干祿字書》為贈祕書監之作。清代《康熙字典》是欽定字書。(《國家通用文字政策論》2012 年)

　　文字改革既是語言領域的改革，更是文化領域的改革。漢字拼音化問題幾乎爭論了一個多世紀，漢字能否拼音化本質上不是一個技術問題，而是文化問題。許多進行了文字改革的民族或國家，還常常舊事重提，引發文化爭論，如蒙古國現在還有恢復老蒙文的呼聲。(《語言競爭試說》2014)

　　語言發展史也包含着語言技術的發展史。每種新的語言技術出現，不僅能夠提高語言的使用效率，而且會出現新的語言職業，形成新的語言產業，為社會的經濟發展做出貢獻。新的語言技術常常替代原有的語言技術，導致原有語言技術退出應用領域，進入傳統工藝範疇。比如鋼筆、圓珠筆的出現，使筆、墨、硯退出了應用領域，書法家用毛筆寫字是藝術創作，一般人用毛筆寫字是感受傳統文化。（《全面認識語言性質　科學做好語言文字工作》2009 年）

　　上世紀九十年代互聯網開始商業化，世界各國爭相構築信息高速公路，人類建立起了一個新的生活空間。虛空間發展越來越快，對現實生活影響越來越大。當年有些外國人預言漢字的末日已經到來，因為漢字進不了計算機。是的，計算機先天不是為漢字設計的，漢字如果進不了計算機，真的是會壽終正寢。但是，中國科學家充滿智慧，在十分艱苦的條件下實現了計算機的漢字輸入與顯示，並積極參與 ISO/IEC 等國際標準化組織的工作，逐步解決漢字在國際網絡傳輸中的問題。當然，漢字的「人機交換」「機機交換」還有許多問題，解決好虛空間的漢語漢字問題，是關乎國家前途的富有挑戰性的課題。（《加強現代漢字學的學科建設》2006 年）

　　歷史上常有厚今薄古、厚古薄今之論，語言學領域有時厚今薄古，有時厚古薄今。文字學研究常常是厚古薄今。（《加強現代漢字學的學科建設》2006 年）

　　就現代語言生活來看，沒有理由不花大力氣來研究現代漢字。古代漢字的研究非常重要，但它主要是文化層面的事情。現代漢字不僅是文化層面的事情，而且更是應用層面的事情，關係到國家發展、人民生息，關係到人類之間的漢文溝通，也關係到中國能否在信息領域掌握話語權等重大問題。（《加強現代漢字學的學科建設》2006 年）

　　如果不是信息化時代的到來，現代漢字學等很多學術上的事情還可以緩一緩。虛空間發展的速度非常之快，網絡一下子就覆蓋了整個世界，過去說「地球村」只是一個比喻，現在的世界真的就像是一個村子，信息一上網立刻傳遍全世界。現代漢字學與信息化的關係太密切了，現代漢字學的學科建設必須抓緊。從另一個方面說，現代漢字學學科建設的重要目標，就是為中國的信息化服務，為信息化時代的語言生活服務。信息化包括兩方面，一是機器與技術，二是使用信息技術的人。現代漢字學既要為機器和技術服務，也要為人更好地使用信息技術服務。為人服務，包括創造有利於信息化發展的社會文字環境、進行有關文字信息化的教育與普及等工作。（《加強現代漢字學的學科建設》2006 年）

　　簡化字和繁體字都是中華民族的寶貴財富，都應該受到珍愛。科學地、合理地處理簡化字與繁體字的關係，已經成為當代語言生活不可迴避、必須給出方案的問題。解決這一問題，首先得有一個客觀平和的態度，站在簡化字的立場上輕視繁體字，或是站在繁體

字立場上貶低簡化字，都不是客觀的公允態度。（《加強現代漢字學的學科建設》2006 年）

　　簡繁漢字同根而生，皆為華夏智慧孕育，都在協力為世界各華人社區服務。應平心論簡繁，客觀看差異，包容已有的歷史與現在，消弭歧見，消滅誤會。在語言政策上不再人為闊溝增壑，並根據各地實情逐漸放寬簡繁兼用尺度，讓簡繁漢字在使用中逐漸優化，為再次「書同文」提供可能。（《了解　包容　優化》2015 年）

　　漢語漢字不僅在大陸使用，港台和海外的華人群體也在使用，外國很多人也在學習漢語漢字，日本和韓國也在使用數量不等的漢字。對原有的規範標準進行維護時，在制定新的規範標準時，要盡量減少地區或國家之間的分歧，起碼不要再人為地擴大分歧。（《通用語言文字規範標準的建設》2001 年）

　　語言文字規範主要分為兩大類：一類是面向人的語言文字規範，一類是面向機器（包括計算機、多媒體、因特網和其他信息產品）的語言文字規範。面向人的規範與面向機器的規範有許多不同，其中最主要的不同有三點：

　　1. 面向人的語言文字規範一般說來需要柔一些，需要有一定的彈性，面向機器的語言文字規範一般說來需要剛一些。

　　2. 面向人的語言文字規範要盡量保持穩定，面向機器的語言文字規範應根據技術的發展及時更新維護。

3. 哪些現象和領域需要規範，哪些現象和領域不需要規範，人和機器的要求也不大相同。

這些不同導因於人運用語言文字的特點與機器處理語言文字的特點不同。人的最大特點是多樣性。我國民族多方言多，語言成分複雜，國民受教育的程度有較大差異，社會上的不同行業對語言文字規範的需求不同，而且人的語言文字習慣一經形成就不大容易改變。因此，面向人的語言文字規範需要有較大的彈性，需要儘量保持穩定，所要規範的是那些在人與人的交際中容易引起混亂的地方。機器的最大特點是要求一致性，而且更新換代較快。(《信息時代需要更高水平的語言文字規範》2001 年)

理論上說，面向人的語言文字規範和面向機器的語言文字標準可以不同，但是，計算機、多媒體和因特網正在快速推廣應用，海量真實文本正在成為計算機語言文字處理的對象，社會語言生活對計算機語言文字處理的影響越來越大，計算機語言文字處理的發展對社會語言生活的影響也越來越大，因此，面向人的語言文字規範對機器的語言文字處理會發生越來越多、越來越大或直接或間接的影響，面向機器的一些語言文字規範也會對社會語言文字的應用發生越來越多、越來越大或直接或間接的影響。這就要求在制定這兩種語言文字規範時應統籌兼顧，儘量縮小差距，減少分歧。這種發展趨勢對制定語言文字規範的要求越來越高，制定規範的難度也越來越大。(《信息時代需要更高水平的語言文字規範》2001 年)

如果說語言文字的規範化，在過去主要是文化問題、交際問題和國家形象與國民內聚力問題的話，那麼今天它又成為重要的社會經濟問題，成為綜合國力的一個重要構成要素，成為高科技發展的一個「瓶頸」問題。這個問題解決得好壞，直接關係到我國的信息化進程和信息安全，並影響到國家的綜合國力。(《信息時代需要更高水平的語言文字規範》2001 年)

詞語規範的難度很大，原因不僅在於已有的詞彙本身就相當複雜，生殖又極快，而且對於詞語的規範規律至今缺乏足夠的認識，常常是許多被認為不規範的詞語卻具有極強的生命力，如前面所舉的「打的、大哥大、郵編、卡拉 OK、VCD」等詞語，雖飽經批評，但至今仍活躍在語言生活中。(《詞語規範的若干思考》2001 年)

字母詞的學術魅力，不僅在於認識它的各種語言表現，更在於對使用字母詞這種語言行為的評價。在語言接觸的潮流中，字母詞這種洋語碼嵌進充滿自豪感的漢語中，是幫忙還是添亂？是進步還是污染？漢語自身就有能力和諧它，還是需要社會語言規劃的幫助？這種幫助是在認可它的基礎上規範它，還是在否定它的態度中口誅筆伐？(《做語言學需下苦功夫——序鄒玉華〈現代漢語字母詞研究〉》2010 年)

近來，不少人士關注字母詞問題，也有人擔心它會成為毀壞漢語千里長堤的「蟻穴」。今日之漢語長堤，由鋼筋混凝土築造，螻蟻難以築穴；即便築穴，也難毀潰。(《形譯與字母詞》2013 年)

詞的翻譯很難一蹴而就，妙手偶得者少。現實情況是，往往需要較長的實踐探索，才能尋找到合適的翻譯形式。社會快速發展，國內外頻繁交往，要求語言實時反映這些發展和交往，於是在翻譯上較為便捷的音譯、形譯方式就較多採用，音譯詞、字母詞就多了起來。音譯詞、字母詞的增多，引起了社會的關注、擔心和批評，特別是對拉丁式字母詞的批評，更是激烈而詞嚴。（《字母詞與國家的改革開放》2015 年）

字母詞的社會使用誰都無法禁絕，哪怕是用行政命令。古今中外無數事例早已證明，對語言生活的管理「堵」不如「疏」，辭書根據自己的特點酌情收錄字母詞，便是對字母詞使用的疏導。（《形譯與字母詞》2013 年）

語言與社會互動最迅疾的是詞語，包括一些名言警句。近來不斷有國內外媒體報導，漢語詞如中國大眾的「出國遊」一樣，正源源不斷地向域外「輸出」，很多詞語還被收入英語的權威詞典。當然，目前漢語輸出的詞語較多的還屬「土特產」之列，如「豆腐、功夫、土豪、大媽」等等；隨着國家的文化、科技等領域的發展，隨着國人詞語輸出意識的悟覺，相信會有更多的思想、經濟、科學、技術、藝術等領域的詞語輸出。（《字母詞與國家的改革開放》2015 年）

悠久的人類歷史孕育了燦爛的多元文明，世界上不同民族的語言是人類多元文明的重要載體，而詞彙則是語言皇冠上最為璀璨的

明珠。詞彙有音，寫下有形；詞的構造包含着詞法，其組合應用蘊含着句法；詞義凝結着人類的認知成果，某一領域的詞彙聚合體現着相關領域人類的認知水平。就某種意義而言，一個語言擁有的詞彙量，表徵着這一語言及其所負載文化的發達程度；一個人擁有的詞彙量，代表着一個人的語言水平和文化水平。(《弘揚「辭書人精神」提升辭書生活品質》2019 年)

　　詞彙是語言系統的基本單位，人們常用詞彙量來考察人的語言能力，比如用「千字萬詞」來表述人的漢語基本能力。當然，只背單詞並不一定能把一種語言學好，詞彙量不能完全等同於語言能力；但是，詞彙對於語言學習和語言運用的確重要，詞彙教育的確是義務教育階段較為重要的教學內容。(《母語教育的語言學支撐體系問題》2020 年)

　　過去曾用同音替代法處理過一些較為生僻的地名用字，如用「愛輝」替代「璦琿」，用「務」替代「婺」等。地名是文化的活化石，地名具有很強的理據性，地名是當地人鄉土情感歸屬的象徵性符號。地名的這些特點被同音替代後是否會受到破壞？(《規範漢字和〈規範漢字表〉》2004 年)

　　地名是地理實體的名稱，自然地理實體名稱，行政區域名稱，居民地和街巷名稱，與街巷相連的樓院編號名稱，具有地名意義的建築物以及台、站、港、場等名稱，都可歸入地名範疇。地名的基本作用是標示方位，在古今社會生活中都發揮着無可替代的作用。

信息化時代的到來，衞星定位系統的廣泛應用，地名還必須實現標準化和信息化。

地名不僅僅是標示方位，而且也是文化的瑰寶。它包含着歷代命名的理據，代表着人類歷史活動的場地，保存着人類的歷史記憶。一些重要的地名，歷時長久的地名，還應視作人類的非物質文化遺產。某些時候，某些領域，地名還是主權的象徵，體現着國家尊嚴。

我國社會日新月異，新地名雨後春筍般湧現，舊地名也在更換，或在取消。新名須循命名理據，須合語言習慣，忌諱亂。新名需及時發佈，及時進入地理信息系統，便於使用。地名文化資源流失嚴重，早有哲人敲響警鐘，對可視作非物質文化遺產的地名，該立法保護了。（《珍視地名文化——序覃鳳餘〈壯語地名的語言與文化〉》2007 年）

地名是一處處地理標記，但更是文化生活的記錄儀，歷史風貌的活化石。如此寶貴的文化資源，若相關學術研究能夠自覺利用，便能開鑿新思路，或能覓獲新線索，或能得到新佐證，或能釋解老疑難。為系統整理、全面開發利用地名數據，應有計劃建設具有詳細標註的地名數據庫；在利用計算機「計算」社會成為時尚的今天，大資料才能發現大問題，產生大理論，發揮大作用。

最後不能不說的是，彌足珍貴的地名資源正在迅速流失。城鎮建設日新月異，但也帶來了地名的大面積消失或更換；2012 年我

國城市化率已超過 50%，快速的城市化進程抹去了一個個古老村落；不少地方還熱衷於以「發展」的名義更改地名。建設促進着社會發展，但也損蝕着不可再生的地名資源。文化上可「求新」，文物上當「戀舊」。既要發展又要保護文化遺產，才是正確理念。正確理念需要法律之傘的衛護，國家應當在「地名法」等相關法律中，加入保護地名資源的內容，比如多少年限的地名（一百年？兩百年？）就受應到法律保護，不能任人撤銷或更改。

地名，是我們守望的祖先文化遺產，也是我們留給子孫後代的文化遺產。(《地名是珍貴的文化資源》2012 年)

詞語是社會的記錄。每個新詞語都有一個詞語故事和社會故事。比如「磁浮」，早期多稱「磁懸浮」，到 2003 年底上海磁懸浮列車試運行，「磁浮」使用頻率大增，一躍超過「磁懸浮」，甚而代替「磁懸浮」。在上海磁浮列車站，細心人會發現，車站早期建築標示有「磁懸浮」字樣，新建築則用「磁浮」。由「磁懸浮」到「磁浮」，顯然是一個詞語產生並進而簡縮的故事；詞語使用頻率提高，就會發生簡縮，語言使用也遵從「經濟原則」。

這表面上是一個詞語故事，其實它還是一個社會故事，記載着一種新事物在中國誕生及發展的歷程。「磁懸浮」這一新詞語（起碼是由科技術語變為大眾知曉的社會詞語）是磁懸浮列車工程在上海興建的產物，「磁懸浮」縮為「磁浮」，是磁浮列車開始運行、成上海一景、觀光客絡繹不絕的結果，是這一新生事物發生較大社

會影響的結果。這個詞彙故事和社會故事也許還沒有講完,如果「磁浮列車」在全國發展起來,成為重要的交通工具,「磁浮列車」一定還會簡縮為「磁車」什麼的,以與現在的「火車」相別。(《發佈年度新詞語的思考》2007 年)

記錄新詞語,其實就像是氣象觀測、水文監測一樣,是對語言生活實態的觀察和記錄,客觀觀察、真實記錄是衡量其價值的真正尺度。不管你對這些新詞語是褒是貶,懂與不懂,這就是我們的語言生活,這就是我們的社會生活。(《發佈年度新詞語的思考》2007 年)

媒體的社會使命是向大眾傳播信息。信息的載體多種多樣,其中語言(包括文字,下同)是人類信息的最為重要的載體,媒體主要是運用語言來傳播信息,即使是較多使用圖像的電視也是如此。這決定了媒體在傳播信息的同時,也在向大眾傳播語言。不管媒體的工作人員還是媒體的舉辦者如何看待媒體的職能,但客觀上媒體具有信息傳播和語言傳播的雙重使命。(《大眾媒體與語言》2002 年)

媒體的語言影響力,指的是媒體對社會語言生活發揮作用的大小。對社會語言生活發生影響的力量來自於諸多方面,但總體來看,媒體的語言影響力是巨大的,媒體對社會語言生活發揮着主導作用,帶領着語言向前發展。(《大眾媒體與語言》2002 年)

大眾傳媒是社會語言交際的顯性代表。新聞出版、廣播電視是有「守門人」的大眾媒體,其語言既引導大眾語言的走向,又及時

反應着大眾的語言創造。網絡媒體有新媒體，也有遷移到網絡上來的傳統媒體，而今已成為新詞語等語言新現象最重要的孳生地和集散地。社會對媒體語言有一種「規範期待」，對於媒體語言的不規範現象忍耐度較低，對於媒體中出現的語言新現象，常常用較為嚴格的眼光進行審視，故而對於媒體、特別是網絡媒體的語言，批評較多，有時甚至要求公權力給予干預。（《語言競爭試說》2014 年）

當今人類的世界觀受到新聞輿論的極大影響。新聞輿論在為人類描繪世界圖景，並傳達對待世界的態度。新聞輿論最重要的是語言，語言能力是新聞輿論的關鍵能力。（《試論個人語言能力和國家語言能力》2019 年）

新聞發言人的語言，不是一般的語言學話題，它還是政府的形象。老百姓看政府，一是看他怎麼做，二是聽他怎麼說。就此而言，新聞發言人是「半個政府」，對新聞發言人的語言的研究，意義特別重大。（《應重視新聞發言人語言研究》2010 年）

新聞發言人的語言是在特殊場合運用的，是公文語體和新聞語體的結合，是嫁接得到的一種新語體。新聞發言人代表政府講話，目的是實現政府和公眾的溝通，所以帶有行政語體的特點。新聞發言人的語言也具有較濃的新聞色彩。就某種意義而言，新聞發言人就是新聞的製造者，他的發言就是新聞，而且是通過新聞管道傳播出去。如果沒有現代新聞傳媒，很可能就不會有新聞發言人。（《應重視新聞發言人語言研究》2010 年）

　　新聞發言人可能會帶動文風的轉變，因為新聞發言人面對的是社會大眾，是一種實際交流，八股腔就沒有聽眾。新聞發言人的職業促使其探討好的文風，從而促進社會文風的轉變。要提倡新聞發言人的文風多樣化，提倡貼近老百姓的語言，向老百姓學習語言，不能老講官話、套話。（《應重視新聞發言人語言研究》2010 年）

　　二十世紀五六十年代以來，語言功能的發展變化非常明顯，其主要原因是新媒體、新生活的發展。比如報紙出現之後，開始出現新聞語體；廣播電視出現之後，開始出現跟廣播電視有關的新聞語體；現在網絡出現了，又出現了很多其他的新聞語體；商品社會的發展催生了廣告語體。語言生活的發展變化跟語言功能的發展變化關係密切，加強語體研究，加強語言功能研究，是語言學的新的生長點。（《應重視新聞發言人語言研究》2010 年）

　　現代漢語已經形成了一個個的語體家族。語體發展首先是與語言文字密切相關的工具的發展。口語和書面語的分化產生了記錄語言的文字，報紙、廣播、電視、網絡、手機等技術的發展帶來了許多新語體。其次，語言使用場合也是促進語體發展的重要因素。（《應重視新聞發言人語言研究》2010 年）

　　新媒體發展到今天，正與平面媒體、有聲媒體整合為「混成」媒體方陣，共同發揮傳媒作用。在這混成的媒體方陣中，新媒體無疑是擁有「特種裝備」的一個方陣。它有成長中的稚嫩、頑皮甚至逆反，但也充滿生機活力。新媒體是網絡原住民、網絡移民的主要

媒體，這兩個群體的文化素質好，外語能力好，信息技術好，他們能夠使新媒體迅速壯大發展，在中國媒體走向世界的征途中，新媒體能夠走在前列。因此，獲取新媒體的話語權，獲取新媒體的國際話語權，已經是不容忽視、不容迴避的社會課題。（《語言技術對語言生活及社會發展的影響》2017 年）

監測社會語言生活狀況，是國家語言文字工作部門的職責；向社會發佈包括新詞語在內的語言生活狀況，是政府與社會共享信息、滿足人民語言知情權的一種嘗試，也是政府引導社會語言生活、使語言生活走向和諧的一種嘗試。（《發佈年度新詞語的思考》2007 年）

語言規範不是語言學家在書齋裏的邏輯演繹，而是對大量語言實踐的研究與總結；語言規範不是一成不變的教條，而是隨着語言的變化不斷地豐富與發展。媒體是使用語言的「大戶」，就某種意義而言，媒體就是一種語言職業。媒體在豐富的語言實踐中，不僅會鞏固已有的語言規範，而且能夠創造和發展新的語言規範。（《大眾媒體與語言》2002 年）

語言規範的理念、目標及具體內容，總與特定的國家語情、社會環境、時代背景相契合相關聯。中國的語言規範活動可上溯周秦，規範成果主要體現在蒙學課本、字書辭書及經典文章之中，教育與科舉是語言規範的兩大發力處。讀書人、做官人的語言規範觀，上傳承文脈，下影響社會，形成社會語言榮辱感的基礎。現代

語言規範活動起於清末，貫穿民國，語言規範的主要追求是言文一致、語言統一，意在通過語文現代化開啟民智，救亡圖存。（《新時代的語言規範——序劉楚群〈新詞語構造與規範研究〉》2020 年）

　　時有古今，地有南北，人有三百六十行。不同時空、不同行業的人的語言聚集起來，決定了語言不可能是均質的、純淨的。語言的非均質性，既說明語言規範的必要性，也說明「語言純潔觀」的不可取。語言規範必須要有度，規範對象應是那些妨礙語言交際的成素，「一個意思只有一種表達形式」的簡化方案，往往是難以實施的；語言規範的實施要有節，行政命令的效果常常不如教育引導，語言發展的基本規律是「約定俗成」，因此規範生效需要時間，需要實踐。語言規範應能促進語言文字的健康發展，而不是桎梏語言文字的發展。（《全面認識語言性質　科學做好語言文字工作》2009 年）

　　語言規範需要「百年反思」。清末至今，現代語言規劃走過了百餘年路程，功績巨大，史冊早存。但是處在新的歷史拐點上，也必須回顧百年之路，有所反思，有所校正。比如，語言的工具功能與文化功能的關係，語言的歷史傳承作用與對現實、未來的適應性，語言的人文功能與經濟功能等。這些問題，牽涉到如何看待普通話與其他語言、方言的關係，如何看待漢字的前途命運，如何看待漢語拼音的功用，如何看待漢語與外語的關係等。特別是對百餘年來發生的語言、文化爭論，須站在當今歷史制高點上給以新觀察，有個新說法。當然，有些爭論是周期性反覆發生的，比如關於

語言的歷史傳承作用與對現實、未來的適應性的爭論，從清末、五四以來反覆發生，有時連核心話語都成套再現。這些周期性輪發的有關「古今」「中外」「雅俗」的筆墨官司，不可能在今日了結，但也應有今日的看法。(《新時代的語言規範——序劉楚群〈新詞語構造與規範研究〉》2020 年)

語言規範需要「高瞻遠矚」。語言規範雖然規範的都是具體的語言文字現象，但也都有一定的語言目的和社會目標，語言規範是有理想的，不只是技術操作。語言規範是一種「評價—選擇」活動，當某種語言現象具有表達分歧時，就需要評判這些分歧對語言活動的影響，需要確定諸分歧中的「優勢變項」，需要採取合適的方式把優勢變項推薦給社會。這種「評價—選擇」活動，需要對語言內外的相關因素做出各種分析評價，而要評價得當，選擇合適，必須了解語言和社會的發展規律，明察現狀，洞察未來，需要登高望遠。(《新時代的語言規範——序劉楚群〈新詞語構造與規範研究〉》2020 年)

語言生活是一個生態系統。各種語言及其變體同處共生，形成了一定的語言秩序和依存關係。語言規範須有語言生態系統意識，在規範某一具體語言現象時，須考慮與之有關的其他語言現象。(《新時代的語言規範——序劉楚群〈新詞語構造與規範研究〉》2020 年)

依照社會學和經濟語言學的觀點看，語言規範也是重要的社會資本。規範的語言可以提升語言的社會資本和文化資本，良性的語

言規範是提升語言資本的社會行為。個人掌握規範的語言，會增加自己的社會與文化資本；國家擁有規範的語言，會提升國家的社會與文化資本。認識到語言規範的資本價值，才能更有信心地做好語言規範工作。(《新時代的語言規範——序劉楚群〈新詞語構造與規範研究〉》2020 年)

在語言生活迅速發展變化的今天，應當有適合新時代的語言精品。這些語言精品可能從優秀作家的作品、政府用語（包括重要領導人的作品）和權威媒體的語言中產生，其中的佼佼者有可能成為新時代權威社會方言的代表。確立新時代漢語的權威樣品，需要各領域語言用戶用心追求語言使用的藝術，也需要語言學工作者、教師和大眾媒體去發現去培育。時代呼喚新世紀的語言大師。(《權威方言在語言規範中的地位》2004 年)

應當對語言進行全方位研究。語言縮影着社會及其歷史的景觀，積澱着思維的成果，從而使語言成為社會的一個「全息裝置」。語言的「全息性」決定了可以而且必須對語言進行全方位研究，從而開拓出一系列新的語言研究領域，獲得對語言一系列新的認識。對語言的全方位研究，必然會產生一批交叉科學。(《中國語言規劃論》2005 年)

中國有「重文輕語」的傳統，因此呼籲建中國文字博物館者眾，而呼籲建中國語言博物館者寡。就建博物館而言，如果不說語言比文字更重要的話，起碼語言的意義不會比文字輕。而且，文

字只是語言的記錄，要真正了解文字，必須了解該文字所記錄的語言。在中國的百餘種語言或準語言中，大部分還沒有文字或沒有傳統使用的文字。因此中國語言文字博物館，必須全面展示中國的語言與方言，只有這樣，方能補文字博物館之所短，彰文字博物館之所明。（《中國語言文字博物館的建設問題》2008 年）

　　語言文字是祖先留給我們的寶貴文化遺產，是不可再生的文化資源，具有十分重要的認知價值、情感價值和經濟開發價值。保護民族的語言文字，搶救瀕危的語言文字，也就是保護和搶救民族的（也是世界的）無形文化遺產。建立中國語言文字博物館，有利於收集與搶救中國語言文字及其相關文化的文物，有利於保存和搶救瀕危的中國語言、方言與文字，相當於在鑄造中華文化的「聚寶盆」。（《中國語言文字博物館的建設問題》2008 年）

　　興建中國語言文字博物館，實在是為中華文化鑄造一個「聚寶盆」。第一，我國至今還沒有一個高級別的專門收藏中國語言文字的文物的博物館。沒有這樣的博物館，就不能把民族的這筆財富有效地聚斂起來。隨着時間的推移，這些文物的收集越來越困難。特別是我國生活方式和生產方式正在加速變化，鄉村城市化的步伐日益加快，文物的散佚與破壞也將越來越嚴重，急需要有專門的機構進行搶救。第二，語言和方言正在發生快速變化，需要把現有的語言面貌保存下來。一些語言和方言處於瀕危狀態。（《中國語言文字博物館的建設問題》2008 年）

　　博物館凝結着歷史，醞釀着未來。西方發達國家都非常重視建造各種各樣的博物館，並往往免費向國內外公眾開放。隨着我國的經濟文化發展，博物館事業受到政府和民間的高度關注，營造了多級別多類型的博物館。就當前的國力而言，建造一座具有一定規模和水平的中國語言文字博物館，應該說已經沒有太大的困難……我們相信，建造世界一流的中國語言文字博物館，是遲早遲晚的事情。希望全社會有識之士都來關心和支持這一公益事業。建造中國語言文字博物館，不能長期停留在呼籲層面，應當行動！（《中國語言文字博物館的建設問題》2008 年）

　　世界諸國的語言規劃，具體情況千差萬別，但目標卻大致相同：第一，按照國家意志管理語言生活；第二，滿足國家處理事務的語言需求。在我國，第一個目標可以具體表述為「構建和諧語言生活」，第二個目標可以表述為「提升國家語言能力」。

　　「國家語言能力」是一個新提出的概念，指的是國家處理海內外各種事務所需要的語言能力，其中也包括國家發展所需要的語言能力。（《提升國家語言能力的若干思考》2010 年）

　　「國家語言能力」既是語言規劃的新概念，也是看待語言的國家功用、處理語言關係、審視語言生活中的各種爭論、開拓語言文字工作領域的新視角。提升國家語言能力的最近目標，應該是「世界任何地方發生事件，我國都能得到合適的語言支持」；遠大的目標是：在國家發展中充分獲取政治、經濟、外交、軍事、文化、教

育、科技等方方面面的「語言紅利」。(《提升國家語言能力的若干思考》2010 年)

國家語言能力，是指國家處理國內外事務的語言能力。外語雖然是外國的語言文字，產自外國，來自異域，但外語能力卻是國家的重要語言能力。當國家閉關自守之時，外語主要用來辦理外交；當國家改革開放之時，特別是走入世界舞台聚光燈下之時，國家需要強大的外語能力來辦理異常廣泛的內外事務。(《提升國家外語能力任重而道遠》2017 年)

就國家語言能力而言，所謂掌握了一種語言，需要達到以下五個方面的要求：

1）了解該語言及其所負載的文化以及使用它的人民；

2）該語言的經典文獻，有中譯本；

3）有夠用的翻譯人員，以滿足漢語與該語言的翻譯需求；

4）有研究該語言及該文化的研究專家，並形成學科，且可以開辦教學專業或課程；

5）能夠掌握該語言的現代信息技術。(《試論個人語言能力和國家語言能力》2019 年)

1898 年《馬氏文通》問世，使語言研究成為一門現代學問，有了不少學術積澱。但是，中國語言學界骨子裏似乎缺乏探討未知

語言的衝動。人類語言大約有 6000 來種，但除我國的一些語言、方言和常見的幾十種外語之外，對其他語種視而不見，甚至連介紹的興趣都沒有。西方則不同，十六世紀的歐洲已把已知語言的各種樣例結集成冊。十八世紀俄國的彼得堡科學院活躍着多位語言學家，有計劃地採集「語言標本」，連葉卡捷琳娜二世也熱衷此事，甚至還頒佈沙皇令，讓俄國各省長官和駐外官員也幫助收集。收有 279 種語言的《按字母排序的各語言比較詞典》，便是葉卡捷琳娜二世敕令的直接成果。（《正眼看世界——序〈世界語言生活黃皮書 (2016)〉》）

國家的外語能力還體現在計算機語言處理領域。從外語文獻中自動獲取信息、語言的自動翻譯等語言智能，是信息化時代國力的重要表現。而要在語言智能的激烈競爭中獲取話語權，甚至是領跑權，不僅需要計算機科學、信息科學的高度發展，更需要語言科學和外語學家的智慧貢獻。（《提升國家外語能力任重而道遠》2017 年）

開放是雙向的，大批中國人走出去，也有外國人走進來。外國人來中國，或觀光，或開會，或學習，或經商，或工作，甚或定居。北京、上海等城市有韓國人聚集區，廣州有非洲人的習慣活動區等。對來華人員進行服務，是「國內外事」，辦理好「國內外事」，需要醫療、安保、通訊、市場、學校等社區外語人才。社區外語人才（不一定是英語人才）的培養，是頗需時日的。（《提升國家外語能力任重而道遠》2017 年）

　　國際社會不僅在雙邊關係中，更在國際組織、國際會議內。而我國，國際公務員隊伍還相當弱小，國際組織、國際會議中的要員更少。如此局面，與我國的大國地位實不相稱，嚴重制約了我國的國際話語權；當然，這也是國際社會的損失，在國際治理中不能充分借鑒中國智慧。造成這種局面的因素眾多，原因之一就是國家的外語能力不足。（《提升國家外語能力任重而道遠》2017 年）

　　全球治理的前提和手段之一就是溝通。全球化、互聯網、快速交通等只能縮短人類間的物理距離，只有溝通才能縮短人類間的心理距離；打開各民族的「心鎖」，須有便於溝通的語言鑰匙。語言有「通事」和「通心」之別。一般說來，外語主要「通事」，母語既能「通事」更能「通心」。全球治理，既需通事，更需通心。當前全球交際中具有較大能量的語言（方言），約有 200 種，掌握了它們才能與世界各地人民進行有效溝通，真正拉近心理距離，實現全球善治。（《全球治理，需要語言助力》2019 年）

　　個人語言能力，是個人用語言完成人生事務的能力。（《試論個人語言能力和國家語言能力》2019 年）

　　個人語言能力的發展，主要體現在母語能力和外語能力兩個方面。母語是文化之根，外語則能夠增加見識和行動力，增加文化的包容力。當年的外語學習是精英之事，通過外語學到國外的先進科學技術與管理經驗。而如今，外語已經發展嬗變為公民素質，目的已不全在於學習，還在於辦理各種實務，在不同文化間穿行。個人

外語生活領域的擴大，外語教育的目的及語種，都應因之發生一定改變。（《樹立「外語生活」意識》2017 年）

掌握母語、本地區的重要語言、世界的重要語言，形成「三語」能力，已成為當今許多國家對其社會成員的要求，語言學習的意義在提升，內容在加重，時間在延長，成本在加大。如此一來，語言學習在語言生活中的分量也急劇增大，需要社會專門進行語言學習的規劃，甚至也需要家庭為子女的語言學習做出規劃。也就是說，凡要成家延嗣者都需有語言學習規劃的常識。（《語言生活與語言生活研究》2016 年）

使用外語、學習外語、研究外語等活動，形成了人類的外語生活，外語生活是人類語言生活的重要組成部分。不管是進行外語教學，還是進行外語規劃，都應當明確樹立外語生活的意識。（《樹立「外語生活」意識》2017 年）

個人掌握一種語言的標準，是應該具有「三語體」能力：口語、一般書面語、典雅語體。口語和一般書面語用於一般交際，典雅語體則用在莊重場合的交際。我們所謂的「口語」不是文盲口語，而是指有書面語支撐的口語。現代漢語形成之始，是在「打倒文言文」「打倒孔家店」的口號中進行的，是在「我手寫我口」的信念中進行的，故而現代漢語一直是「典雅語體」缺失。典雅語體最大的特點是「形式大於內容」，極端的形式是講的什麼話可以聽

不懂，但是形式很莊重，過程很重要，如典禮、禮儀文書、法律、誦讀經文等。（《試論公民和國家的語言能力》2019 年）

公民語言能力是國家語言能力的基礎。但是二者受制的發展因素並不相同。公民語言能力的發展，主要受制於語言市場。哪種語言說的人多，人們就會花錢去學那種語言。而國家語言能力的發展需要計劃經濟的參與，不能全靠語言市場，甚至主要不能依靠語言市場。（《試論公民和國家的語言能力》2019 年）

互聯網條件下的現代語言技術，可以在信息的收集、研判、推送、翻譯四個環節上發揮明顯作用。海量信息通過互聯網的語言搜索可「一網打盡」；具有語言統計分析功能的軟件，可以對信息進行愈來愈可信的分析研判，為信息甄別和行為決策提供參考；信息可以通過設置自動推送、精準推送，把合適的信息及時送到合適人的手裏；最重要的是自動翻譯技術的發展，節約外語學習時間，節約翻譯成本，雖然重大事項還需高級翻譯家，而不敢過分依賴翻譯機器。現代語言技術的確對世界溝通起着巨大作用。（《全球治理，需要語言助力》2019 年）

語法研究需要觀照新理論，更需要用語言事實去檢驗理論、豐富理論。理論只有能夠解釋語言事實，才是有效的理論；其解釋力的大小決定着理論的效力。對漢語研究者來說，一個理論，特別是來自國外的理論，只有能夠解釋漢語事實，才是有效的理論；只有比別的理論更能有效地解釋漢語，才能在漢語研究中扎根。漢語

與世界上的諸多語言有較大差別，而且有深厚的文獻傳統，接受了漢語檢驗且被漢語豐富發展了的理論，才更有理論的力量。(《寫在桂花飄香時——序羅耀華、鄭友階〈構式語法理論與漢語構式研究〉》2020 年)

中國語言規劃的歷史，既是活生生的中國文化發展史的一部分，也是世界語言規劃史中最為燦爛的篇章。語言的發展受制於兩種力：一種力是「內力」，即語言自身的發展規律；一種力是「外力」，即社會對語言及其應用有意識的規劃。內外兩力的相互作用所產生的結果，便是語言的發展方向。因此，研究中國語言規劃的歷史，可以為中國文化史匯入新的內容，有利於正確解釋語言的歷史發展過程，科學預測語言的未來發展趨勢，可以為當今的語言規劃提供史的借鑒。(《中國語言規劃論》2005 年)

中國是治史大國，治史者眾，但治語言學史者寡。中國語言學史研究，只是到了這個世紀之交才突然發熱，但關注中國語言規劃史者，仍是寂寂寥寥。而中國幾千年語言規劃的實踐與學說，相信是支撐語言規劃學的不可缺失的科學材料。(《撰寫一部中國語言規劃史——序黃曉蕾〈民國時期語言政策研究〉》2013 年)

中國語言規劃史的研究尚在起步階段，需從搜集材料做起，需從斷代研究做起。以史料作基礎，縱串為史，抽象為論，方能建立起中國的語言規劃學說。參之以方國的事實與理論，進而升華出普世之果。當前，世界語言生活面臨重大變化，顯現出一系

列新特點，產生着一個個新問題。如此形勢，呼籲着世界領域的語言規劃。世界語言規劃，可以從中國的歷史裏，從中國的學人處獲得借鑒。

當今之世，當今之學，需要一部中國語言規劃史。（《撰寫一部中國語言規劃史——序黃曉蕾〈民國時期語言政策研究〉》2013 年）

秦始皇的「書同文」，許慎的《說文解字》，漢末的熹平石經，唐代的字樣之學，清末至民國的各種語文運動，上世紀五十年代以來中國的語言規劃，都是中國語言規劃史上的壯美詩篇。然而歷史研究從來不易，把握宏觀的歷史走向不易，發掘微觀的歷史細節亦不易。（《中國語言規劃論》2005 年）

我國具有語言規劃的悠久歷史，古代中國雖然也有過顯性的語言政策，如秦代的「書同文」、唐代的「字樣之學」、清代的「國語騎射」等等，但總體上看採用的多是隱性語言政策。自從 1911 年清朝學部中央教育會議議決《統一國語辦法案》之後，中國語言政策開始由隱性為主向顯性為主轉變，自此之後百餘年來，制定了大量的關於語言的法律、政府文件、規範標準等。這對於從舊時中國向現代中國的跨越是適應的。（《重視隱性語言政策研究——序李英姿〈美國語言政策研究〉》2012 年）

翻讀中國語言規劃的百年歷史，回望語文現代化的百年之路，常常令人情緒激動。由衷敬佩前輩的見識，甚至包括那些偏激之

見，也由衷感歎前輩對事業的激情與執着。清末以來，政權幾經更迭，時局數度變遷，但有許多理念、許多追求、許多做法都彷彿基本未變。(《歷史，不只是簡單的過去》2020 年)

正是這些堅守百年的「基本未變」，才使得今日海內外的漢民族共同語，雖然分佈在不同政體與國度，雖然名稱有「普通話、國語、華語」等各種叫法，雖然漢字有簡體、繁體等不同寫法，雖然拼音有威妥瑪式、注音字母、漢語拼音等多種體式，但是標準音都是北京語音，文體都是白話文，並且正在「大華語」的理念下相互趨近；正是這些堅守百年的「基本未變」，使國家在今日向着現代化、國際化、信息化邁進時，語言文字及拼音工具仍可以作為豐厚羽翼，由舊時的「方便教育」發展到今日的「普及教育」，由「救亡圖存」意義下的富國強民發展到今日「民族復興」意義下的富國強民。這種堅守百年的「基本未變」，無論是從中國發展進步的歷史角度看，還是從人類語言規劃史的學術角度看，都是值得研究的語言現象、文化現象。(《歷史，不只是簡單的過去》2020 年)

顯性語言政策與隱性語言政策是相輔相成的。一般來說，顯性語言政策是隱性語言政策的「法規化」，其基礎是隱性語言政策。顯性語言政策在執行中仍然需要隱性語言政策的襄助，甚至需要再轉化為各種隱性的語言政策，從而進一步引導隱性語言政策向着顯性語言政策的方向凝聚和發展。有些國家沒有顯性語言政策，如果也沒有一致的、足夠有力的隱性語言政策，這個國家的語言生活將

是「碎片化的」。沒有顯性語言政策的國家，如果其隱性語言政策強大且一致，這個國家的語言生活仍然會十分有序；如果其隱性語言政策中具有不合國際共識的東西，反倒有助於政府掩飾其非，或者為政策調整留下了操作空間。在一些法制不健全、甚至是非法治的國家，顯性語言政策如果得不到隱性語言政策的支持，顯性語言政策只能是一個口號、一隻花瓶或是一個夢想，並不能真正發揮什麼作用。(《重視隱性語言政策研究——序李英姿〈美國語言政策研究〉》2012 年)

《論語》基本上是帶着語言倫理學的眼光來看待語言的。它把語言看作思想的外在表現，是仁、義、禮等的外顯形式之一，體現着人的品位類屬。論語提出了「言與行」這對重要的語言倫理學關係，由之提出了言行相副、言而有信、慎言惡佞等儒家的語言倫理。

《論語》是中國應用語言學的濫觴，涉及到不少語言應用的規範和對語言行為的態度。《論語》關於言語合禮、言必有用、言當雅順等主張，關於以言知人等論述，具有豐厚的社會意義，且能引發當今語言學者的諸多學術思考。

在先秦諸子的著作中，《荀子》《墨子》等也有不少涉及語言的論述，但它們沒有像《論語》這樣廣泛涉及語言的，可以說《論語》是先秦語言學思想的主要代表，與《荀子》《墨子》等一起構建了中國早期的語言學思想庫。由於《論語》及儒學在中國歷史上的特

殊地位，《論語》對語言和語言行為的論述對後世發生了而且還正發生着重要影響。（《〈論語〉之論語》2009 年）

　　「單一外語傾向」是個大問題。人們一提外語彷彿就是英語，一提與世界接軌彷彿就是用英語接軌。世界上有近 200 個國家和地區，很多國家（地區）的語言我們並不了解。過去學外語，主要是向西方學習先進的文化知識，而今天看來這樣的外語學習目的太單一。當前必須從國家的高度和未來發展的角度對外語語種作出科學規劃。外語也是國家的資源，向國內介紹一種新的語言，就是對國家的語言資源庫的貢獻。美國過去不重視外語教育，現在這種局面正在政府指導下迅速改變。「單一外語傾向」也不符合我國未來發展的外語戰略。（《當今人類三大語言話題》2008 年）

　　在處理雙邊和多邊的國際關係中，在國際經貿活動中，在處理人類共同面臨的問題中，在反恐、維和、救災的國際合作中，在睦邊戍邊中，在為來華外國人員的服務與管理中，都需要外語。因此，在努力將「本土型」國家轉變為「國際型」國家的現代中國，在努力爭取本應擁有的國際話語權的時代，外語已經成為國家語言能力十分重要的組成部分。（《一變學路　一新學風》2011 年）

　　「中式英語」是廣為詬病、廣受調侃的不規範、不地道的英語，比如將「小心碰頭」逐字硬譯為 Be Careful to Hit Your Head，較好的譯法應當是 Mind Your Head。「中國英語」是具有中國表達特色的規範英語，或者被認為是「全球通用語的中國變體」，比如

將「不折騰」譯作 No Z-Turn，音意兼備。我們當然要避免「中式英語」，但卻要積極參與對已經具有全球通用語態勢的英語的改良，發展「中國英語」，讓英語對我友善，助我所用。這需要對每一條譯文都要精心選擇、科學確定，需要對漢語拼音的使用加強研究，需要妥善協調關於中國地名、人名等專有名詞的譯寫爭議。（《改善我國的外語服務》2016 年）

我國是一個外語學習大國，但是國家所擁有的外語能力，卻遠遠不能滿足國家發展之需，特別是在語種佈局、複合型外語人才培養、各領域精英人物的外語水平等方面，存在較大不足。解決這些問題，亟待在國家層面進行具有遠見卓識的外語規劃。（《一變學路一新學風》2011 年）

語言是人類最為重要的交際工具，同時還貯存着使用這一語言的人群的知識創造，蘊含着使用這一語言的人群的世界觀，滲透着使用這一語言的人群的民族情感。就個人而言，外語與活動半徑、信息能力、生活水平皆有關係。掌握一門外語就是多了一種新的交際工具，可以同另一民族交換信息、交流情感；就是多了一種觀察世界的新視角，多了一個宏大的知識庫。就國家而言，外語已經是「國家能力」的重要組成部分。在國內，需要用外語對在華的外國人員進行服務與管理；在海外，一切事務的處理、利益的維護、國際義務的履行都需要外語。就世界而言，維護文化的多樣性，建立人類的文化互信，共同應對國際問題，促進世界和平進步，需要不同族群相互學習語言。提升國民的外語能力，發展國家的外語能

力，需要國家制定合適的外語政策。當然，要提倡世界上不同種族相互學習語言，還需要國際公約。（《各種外語人才──序魯子問〈外語政策研究〉》2012 年）

如此看來，在信息化時代，在全球化時代，在非傳統安全越來越重要的今天，無論是外事、民事還是軍事，無論是國內還是國際，都需要國家具有強大的外語能力。外語是外來之物，但絕非外我之物。（《提升國家外語能力任重而道遠》2017 年）

我國這個標語大國，近些年來公共標識從內容到風格都在悄然變化，宣示性、教訓性嬗變為服務性，「以人為本」的時代色彩刷新着公共標識。在這歷史的新坐標點上，全面而理性地梳理公共場所的中文標識，必有利於公共標識新規範的建立。

雙語標識的作用是複合多向的，通過雙語標識也可向海外介紹中國特有的事事物物，介紹充滿魅力幻彩的中華文化理念，樹立中華的文明形象，擴大中外的文化交流。（《天光雲影共徘徊──序楊永林〈標識譯法插圖手冊〉》2010 年）

一個走向世界的中國，需要重視我們的外語生活，需要改善我們的外語服務。（《改善我國的外語服務》2016 年）

面對在華外國人士數量的增長，外語信息的供給不能缺位、不能不足，同時也不能過度。社會使用、特別是市場主體不看服務對象、不問需要與否而盲目使用外語以炫耀自身檔次的情況，當前

還比較普遍。當前的公共外語服務，基本上還是理念性的，即自我感覺這是外國人士需要的，或是要樹立禮儀之邦的國際化形象。（《改善我國的外語服務》2016 年）

　　外國人士在中國的語言生活，情況較為複雜：來華觀光旅遊的，可能會一些通用程度較高的外語（如英語），也可能只會自己的母語，但絕大多數不懂漢語；短期來華商務洽談、文化交流的，普遍會英語，但漢語水平十分有限；長期在華工作、學習、居留的，有較多的漢語學習、使用與體驗的機會，但仍或多或少存在閱讀障礙。總體而言，在中國的外國人士很大程度上需要使用外語；隨着我國國際化進程的加快，在中國的外國人士越來越多，我國的外語生活就愈趨活躍。（《改善我國的外語服務》2016 年）

　　在一個固定空間或時間場域中，使用多種語言文字，就會形成語言競爭。如何認識、調節乃至掌控這種語言競爭，在供給外語信息、提供外語服務的同時，如何維護好我國國家通用語言文字的主體地位，需要對參與競爭的各語言進行科學的地位規劃和功能規劃，需要通過政策法規明確公共服務領域外語使用的主要功能，明確外語信息的供給形式等。（《改善我國的外語服務》2016 年）

　　語言壓力，首先表現在語言翻譯和語言推廣需要巨大的成本，語言教育和語言學習也需要巨大的成本。雙語學習或三語學習等「語言教育」，花去了社會和個人的大量資財，造成了社會和個人極重的時間、精神及經濟負擔。（《當今人類三大語言話題》2008 年）

教人學漢語，是為了讓人用漢語。教和學是手段，學了漢語能夠用漢語、用好漢語、過好漢語生活，才是目的。花費了巨大財力精力教人學習漢語，但卻沒幾人關注學過漢語的「二語人」如何使用漢語，這是一件很奇怪的事情。（《幫助漢語學習者過好語言生活》2018 年）

翻譯是重要的文化交流，近百多年來，國際文化的整體發展形勢決定了我國由外文譯為中文的「內譯」較多，而今則有了較多的向外講中國故事的「外譯」活動。內譯可以共享人類文化成果，且漢語等也隨之豐富發展，因此永遠不可輕視。一個時期，人們曾寄希望於國人個個能夠用外語獲取信息，相對忽視了翻譯對國家文化建設、語言發展的重要性，致使我們這樣一個外語學習大國，竟然不能把國外優秀的文獻及時翻譯過來。外譯是擴大中華文化國際影響的重要舉措，但做好外譯並不容易，需要對中華文化進行梳理、詮釋，從中遴選出適宜於國際傳播的成果，然後依照譯入文化的特點，巧為翻譯。譯之動力，多是來自「譯」的一方，內譯之動力在「譯入者」一方，外譯之動力在「譯出者」一方，亦即都在我方。如此看來，外譯不僅要有中外文化的知識和翻譯經驗，更需要找到對方文化的興趣點，甚至需要將譯出方的「我方動力」轉化為譯入方的「他方動力」。我們應當重視內譯的價值，豐富外譯的經驗，有一個立意高遠的翻譯規劃，以滿足新的外語生活。（《樹立「外語生活」意識》2017 年）

　　語言學習是「勢利眼」，國際上的強勢語言是外語學習的主要對象，其結果造成強勢語言更強、弱勢語言更弱。（《瑞雪兆豐年》2009 年）

　　今天還應看到，信息化已經成為語言消亡的重要因素了。數字化帶來了語言的極度不公平，這種不公平加快了語言消亡的速度，擴大了語言消亡的數量。很多不能上網的語言和文字就有消亡的可能。（《當今人類三大語言話題》2008 年）

　　很多人意識不到語言多樣性的價值。我們關注人類生存世界的多樣性比關注人類自身的多樣性更早更多。現在，在保護瀕危物種、保護文化遺產等方面，不少人覺悟了，但對於我們之所以能夠成為「人」的語言方面，卻沒有多少人去關注。語言瀕危與文化問題密切相關。語言消亡意味着：人類將失去不可復得的語言樣品，將失去不可再生的文化基因，將失去一些歷史記憶。（《當今人類三大語言話題》2008 年）

　　語言既是影響社會交際、人類和睦的「問題」，又是人類重要的文化資源乃至經濟資源。過去我們多把語言看成問題，主要工作也是解決語言問題。而現在必須更加關注語言作為資源的屬性。如果把語言看作問題，看作影響交際和人類和睦的問題，便會致力於語言統一，而對許多語言的消亡並不關心；如果把語言看作資源，看作人類重要的文化資源乃至經濟資源，人們便會着力保護和開發

這種資源，維護語言的多樣性，努力搶救瀕危語言。(《當今人類三大語言話題》2008 年)

　　需要強調的是，現在所謂的科學，並沒有把各民族對於世界的認識提煉出來，融合進去。比如中國的中醫中藥、藏醫藏藥、蒙醫蒙藥、苗醫苗藥等，都還沒有進入世界的醫學科學體系，有些國家甚至還把它們看作巫術！連我們自己也還爭論它們是不是科學？語言包含着人類文化發展的基因，其多樣性與生物多樣性一樣重要。如果一個語言消亡了，它裏面包含的文化樣式我們就永遠找不到了。(《當今人類三大語言話題》2008 年)

　　語言作為資源需要保護，需要開發。對於語言資源這一概念，社會認識總體上不到位，缺乏基本的政策保障，特別是電子語言資源的開發與知識產權的保護等方面，連學術研究也相當薄弱。(《當今人類三大語言話題》2008 年)

　　從信息化、世界經濟一體化、文化多元化的角度看，語言是資源。語言資源包括自然語言、語言知識和語言能力等。語言既然是資源，就需要保護和開發利用，需要使語言資源產生巨大的文化價值和經濟價值，於是就會形成語言產業和語言職業。語言資源的概念人們早就提出了，但是沒有全面闡釋，沒有提到較高的學術層面和社會層面去認識，沒有對相關的學科發生重大影響。社會早就存在語言職業和語言產業，但是社會學家和經濟學家並沒有用語言職

業、語言產業的眼光去看待它，在中國還沒有形成「語言經濟學」的概念。（《瑞雪兆豐年》2009 年）

在當今社會，不包含語言的經濟學屬性的意識，不是與時代契合的語言意識。在語言經濟可能影響到 10% 的經濟生活的今天，社會必須樹立清晰的語言經濟意識，仔細觀察語言經濟活動，全面收集語言經濟數據，認識語言經濟的運行規律，發展語言產業，培育語言職業，促進語言消費，使國家和個人充分賺取語言紅利。（《認識語言的經濟學屬性》2015 年）

語言消費是語言需求的社會化、經濟化，其實現條件有三：第一，消費者有語言需求；第二，社會可以提供滿足語言需求的條件，比如可產出某種語言產品；第三，消費者有實施語言消費的條件，比如購買力允許、性價比合適等。（《十年磨一劍──序李豔〈語言消費論〉》2021 年）

語言消費是個人與社會的合作行為。就社會而言，語言產業部門要準確了解社會及社會成員的語言需求，及時滿足語言需求，鼓勵合適的語言消費。滿足語言需求，合理進行語言消費，就是支持個人和社會過好語言生活。語言需求是過好語言生活的心理動力，也是語言產業發展的主要推動力，語言產品的生產、銷售，產品的改良升級，新產品的研製開發，將語言服務逐漸「語言產品化」等等，皆是為了更好地滿足語言需求。（《十年磨一劍──序李豔〈語言消費論〉》2021 年）

　　了解語言需求，滿足語言需求，引導提升語言需求，不僅是語言產業部門的使命，也是語言規劃部門、語言事業部門、語言教育研究部門的使命。語言需求的滿足與發展，語言消費行為的實施與指導，需要法律、政策、語言規劃等方面的支持，需要提供產品形態之外的面向個人、社會、國家乃至國際社會的語言服務，需要幫助語言產業發展。(《十年磨一劍——序李豔〈語言消費論〉》2021 年)

　　語言產業是一個新概念，語言產業研究是一個新領域。因其新，幾乎其所涉及的每一個概念都需要定義，幾乎每一步邁進都需要在「學術無人區」探索；因其新，才有學術創意的廣闊空間，才有推動產業發展、推進語言生活進步的創新力量。(《語言產業研究的若干問題》2019 年)

　　優秀的語言產業不僅僅是簡單地滿足語言需求，還要維持語言消費者的良性消費體驗。語言消費者在不斷的良性消費體驗中養成一定的語言消費品位，形成良性的語言消費習慣。比如欣賞優美的語言藝術、不斷提升語言能力、購買符合國家語言規範的語言文字產品、購買產品時重視其服務語言等。培育語言消費品位，鼓勵良性的語言消費習慣，既是對語言產業發展提出了更高要求，也是通過語言消費提升社會的語言能力和語言生活品味。(《十年磨一劍——序李豔〈語言消費論〉》2021 年)

　　人類文化有三種載體形態：1、由實物承載的，如建築、雕塑、繪畫、服飾、出土文物等等；2、由文獻記載的；3、由口語涵載的。

第一類文化需要語言來闡釋，後兩類文化都是由語言（包括文字）負載的。由此來看，離開語言來談文化的多樣性，幾乎不可能。對文獻文化的保存、整理與利用，中國有着悠久的傳統，歷來受到重視……但是，對於由口語涵載的文化，常被忽視。語言普查如果能夠實施，並且重視文化因素的採集，比如用結構訪談和采風的方式採錄各地有特色的文化語料，增加語料的文化含量等，其實也就是對中華口頭文化的大規模收集，意義宏大而深遠。（《當今人類三大語言話題》2008 年）

語言媒介物自古至今發生了巨大變化，獲得了長足進展。早期只有聲波一種媒介物，文字的創製使語言又具有了光波這種新媒介物，二十世紀初又為語言尋找到電波媒介物。這些媒介物的發現發明與廣泛應用，使語言由口語發展到書面語，再發展出有聲媒體，直到今天的網絡媒體。每一次發展變化，都對語言及其功能、語言研究乃至人類社會產生了巨大影響。（《語言技術對語言生活及社會發展的影響》2017 年）

利用聲波作為信號，不是人類的專利；但是把聲波發展為語言的媒介物，大約是人類發展到一定階段才能做到的事情。（《語言技術對語言生活及社會發展的影響》2017 年）

人類語言同動物的交際最大的不同可以從兩個方面看：

從機理上看，人類語言的句子可以再行切分，可以依據語法把切分得到的成分再行組合，成為新的語言片段，從而能夠用有限的

符號表達無限的意義。「動物語言」則不具備這種切分、組合功能。

　　在表達功能上，高級動物一般只能用「動物語言」對現場情景做出憤怒、恐懼或親昵的現實反應。一些高級動物可能有些記憶或預感，但即便如此，也不大能夠用其「語言」對其記憶、預感進行表達。而人類的語言，不僅可以描述現時世界，而且可以追憶過去和懸想未來，可以臧否社會成員和評價成員之間的社會關係，可以虛構出各種故事，並能夠將這些故事推演為群體的信仰。語言的這種功能，不僅有利於信息交流、經驗積累和發展認知能力，而且還能夠進行社會制度的構建，促成精神家園的形成。（《語言技術對語言生活及社會發展的影響》2017 年）

　　口語的媒介物是聲波，語言信息通過空氣進行傳播。口語受限於空間距離，即便登高而呼，聲音也不能達遠，需要向遠方傳遞信息，只能派員口傳或是以信物代言。口語也受限於時間，聲波不能延時，話語出口即逝，前輩的信息只能口耳相授，傳留後人。由於沒有詞典，詞語只能在話語中存在，因而詞義主要是「當下」的意義，過去的意義較難傳承。歷史經驗主要由荷馬這樣的人物來保存，並由這些人物用傳唱《荷馬史詩》、巴比倫《吉爾伽美什》史詩、印度《羅摩衍那》史詩及中國的《江格爾》《瑪納斯》《格薩爾王傳》等方式進行傳承。（《語言技術對語言生活及社會發展的影響》2017 年）

　　人類是不甘受限的物種，必須尋找打破時空對口語的限制之策，結繩記事、實物傳信、圖畫刻符等等，都是人類為突破時空對口語限制所做的努力。當然，這種限制被有效突破，還要待文字的創製及廣播、電視、互聯網的發明與應用。（《語言技術對語言生活及社會發展的影響》2017 年）

　　書面語衝破了空間和時間對口語的限制，語言從此可以達遠留後，人類的信息可以橫向傳播到四極八荒，前輩的經驗可以通過書面記錄縱向滋育至千秋萬代。人類的歷史也就由傳說階段進入到有文字記載的信史階段，從此告別「野蠻」時代而開始撰寫人類的文明史。

　　從語言技術發展史看，語言技術在文字創製時到達第一個高峰。接下來發展的是各種處理文字及書籍的技術，直到雕版印刷、活字印刷的出現，使語言技術發展到一個燦爛的階段，到達第二高峰。當電波為人類所認識、所運用之後，語言技術進入到一個全新的階段。廣播、電視的出現是語言技術發展的第三高峰，互聯網的出現則是第四高峰。（《語言技術對語言生活及社會發展的影響》2017 年）

　　語言技術不僅改造着、發展着人類的語言生理器官，也在改變着人類的語言習慣，甚至是認知、思維習慣，促進着人類的進化。比如書面語產生之後，人類需要進行寫字、讀書的文化教育，成為有文化的人。文化人不僅比文盲知識多，而且還多了一套語言生理

系統及書寫、閱讀裝備，文化人的口語水平因有書面語的支撐而不同於自然口語。（《語言技術對語言生活及社會發展的影響》2017 年）

　　5500 年來的語言技術發展，使語言具有了聲、光、電三種媒介物，擁有了現實與網絡兩個空間，為人類與機器兩個物種分享。語言技術對語言生態的影響巨大而深遠，強勢語言更強勢，弱勢語言更弱勢，未來只有少數語言留在流通領域，多數將退居到文化領域，甚或消亡。為維護語言生態，必須提倡多語主義，加強兒童的母語（或方言）傳承；建立人類的語言樣本庫，利用現代語言技術把人類的 7000 餘種語言作樣本保存；重視語言智能時代機器的「語言倫理」問題，保證對人類的友善，不故意破壞人類的語言生活。（《語言技術與語言生態》2020 年）

　　在語言智能時代，要重視機器的「倫理」問題，特別是「語言倫理」問題。比如，保證永遠不傷害人類，不肆意污染語言數據，不主動破壞語言生態等。要讓計算機具有語言智能不易，要讓它具有「語言倫理」更不易，但這是必須的。（《語言技術與語言生態》2020 年）

　　語言忠實地記錄着民族的歷史，通過對語言深入而仔細的研究，可以重現民族的歷史風貌，可以發現民族間有趣的交往故事，補史書之不足，得今人之新見。（《到田野去　做田野派》2015 年）

　　語言及其方言是國家不可再生的、彌足珍貴的非物質文化，是構成文化多樣性的前提條件。通過語言普查建立中華語言的語料

庫，其實就是建立中華文化的知識庫、「基因庫」，是語言資源保存與開發的重大而有效的舉措。中國是世界上語言資源最豐富的國家之一，保護好中國的語言資源，也是中國對人類的貢獻。（《當今人類三大語言話題》2008 年）

　　語言權利，包括個人的語言權利和群體的語言權利，牽涉到公民的生存權和發展權，維護公民的語言權利十分重要。……語言權利的維護，理論上和實踐上都可以放在兩個層面上進行：立法層面和司法層面。語言權利的界定當然應放在立法層面，而語言權利的維護應多放在司法層面，當前特別應加強司法層面的工作。在司法層面解決語言權利的維護問題有很多好處：能夠使個人的語言權利得到實實在在的維護，而且也避免因個人維權帶來群體矛盾，導致社會不安定。前蘇聯基本上是在立法層面解決語言問題的，最後蘇聯解體是伴隨着語言矛盾、語言戰爭進行的，到現在前蘇聯地區的語言戰爭還沒有結束。而美國基本上是在司法層面解決語言問題的。語言衝突較少，衝突的規模較小，衝突的層次也較低。（《當今人類三大語言話題》2008 年）

　　話語權不是自然而來的，甚至不因國力強大、科技昌盛、教育發達就自然擁有。有許多國家，富得流油，可是在國際上並沒有什麼話語權。中華文化同西方文化很不一樣，漢語漢字同西方的語言文字也很不一樣，因此獲取國際話語權的困難比西方許多國家都大。國際話語權的獲取，需要有識之士的精心謀劃，需要全民族的自覺意識。（《中國的話語權問題》2005 年）

　　這一時期（指二十世紀八十年代以來）中國語言學的眼光基本上是「外向」的，聚精會神地盯着國外的語言學界，他們研究什麼我們就關注什麼，把國外的理論、方法介紹進來，用這些理論和方法來研究中國的語言，或是用中國的語言事實來驗證或修正這些理論和方法。學界的主要目標是要追趕世界語言學的潮頭，在國際上獲取話語權。這時的語言學「問題」，基本上是「外來」的，是國外教科書和論文論著中提出來的，而相對地忽視了中國語言生活中的問題。社會語言規劃和教育兩大領域中，縱然還有一些語言學家在耕耘，但也形隻影單；即使是這些語言學家，其中也有不少是「兼職」的，他們還有其他的學術「主業」。學術眼光「外向」，學術問題「外來」，其結果之一就是語言學研究不接地氣，不大關心、也不能解決本土語言生活的問題。新生代的學者甚至也不大注意閱讀同胞的論著，連王力、呂叔湘、朱德熙先生的著文都很少出現在「參考文獻」中，中國悠久的語言學傳統不能有效繼承，更難說發揚光大。(《語言學的問題意識、話語轉向及學科問題》2019 年)

　　推進語言學科發展的問題有兩類：一類是現實生活中的語言問題，一類是學科發展完善的問題。就語言學發展本源動力來看，現實生活中的語言問題是學術本源問題，學科的發展完善是為了更好地解決本源問題。雖然有時候完善學科的問題也很重要，但是任何時候都不應當忽視本源問題。從語言學發展史看，語言學重要流派的產生都是本源問題推動的，歷史比較語言學、美國描寫語言學、社會語言學、轉換生成語言學等，都有其特殊的本源問題。

　　中國語言學發展到今天，必須認真對待「本源問題」和「學科問題」，辯證地處理這兩類問題。應當重視學科問題，但不能忽視本源問題，更不能把兩者對立起來。近來，常聽到「學科與事業」的討論或爭論，這種討論或爭論一直在提醒人們，可以關注事業但不要忘了學科。其實就筆者所見，學科不應獨身於事業之外，研究事業發展中的問題、推進事業的健康發展是學科的使命，甚至說是「根本使命」。學科是在事業發展中發展的，是在研究事業的問題中發展的。把「學科」從事業中析取出來的結果，是事業失去學科的支撐而「失去」章法，學科遠離事業而缺乏活力。（《語言學的問題意識、話語轉向及學科問題》2019 年）

　　語言的真實存在狀態是話語，「語言」（langue）是對話語的抽象。話語是現實的，存在於每一個語言交際行為中；而「語言」（langue）則存在於語言學中，存在於語言學家的大腦裏和學術抽繹的操作中。語言學應研究語言的真實存在狀態，不應當只研究那個抽象的語言。（《語言學的問題意識、話語轉向及學科問題》2019 年）

　　幾十年來，我們都是國際語言學的「跟跑者」。跟跑者的好處是可以快速發展，甚至可以「跨越式」發展，因為跟跑可以少付出「原創者」的許多探索性成本。但是跟跑也有不少問題：第一，在研究思想、研究範式、研究方法上，很少能夠有原創性成果，特別是難以有「設置話題」的機會和能力，故而很難獲取較大的學術話語權。第二，跟跑很累，也難以把握學術發展的大局，主流研究要跟跑，一些新的提法也要跟蹤，生怕漏掉未來的學術「潛

力股」。第三，在學術轉向時，不能事先預測或較好預測「學術彎道」的出現，轉向很被動，往往在彎道處被甩得更遠，而難以實現「彎道超車」的學術夢想。（《語言學的問題意識、話語轉向及學科問題》2019 年）

優秀的專業雜誌應是專業發展的一面旗幟，能夠凝聚學術隊伍，指引研究方向。（《第二語言的力量》2015 年）

一份好雜誌，就是一所大學校。我覺得，閱讀專業雜誌，是獲取學術信息最為便捷的途徑。一個課題他人數年探索思考，終有所得；而讀者在數刻鐘內就能知人所思，「掠人之美」，將其內化，「據為己有」，是最佳「生財之道」。除此之外，我還覺得，閱讀專業雜誌，是學人身份的一種標誌；閱讀專業雜誌的習慣，是對學人身份的一種維護。（《為「中國語文」創刊七十年而作》2022 年）

語言學期刊是語言學學科建設的重要一環，起着發表學術成果、引領學術方向、培養青年才俊等重要作用，甚至在學術評價上也被廣為運用。要自覺抵制片面追求「學術 GDP」的風氣；重視語言學新話題的設置，引導解決語言生活的現實問題；鼓勵學科交叉，積極提升語言學的學科穿透力和社會影響力。（《語言學的學科內外》2021 年）

評價一份雜誌，如同評價一個學科、一個學者一樣，要看它（他）對本學科的學術提升力，對相關學科的學術穿透力，對社會的學術影響力。（《紀念商務印書館成立 125 周年》2022 年）

　　微信公眾號是一種快捷的輕裝備。調研的一份資料，會議的一個發言，雜誌的一篇文章，用手機和計算機就可以編輯成刊，發到朋友圈裏或特定群中。接着，朋友轉發，其他公眾號轉載，瞬間就有數萬、數十萬、數百萬人閱讀、保存。信息反覆湧動，閱讀者往往超出同行，超出國度，影響半徑始料不及。而且，公眾號多數都有一個編輯班子，雖然輕便快捷，但是有「守門人」，有信譽，信息質量上較有保證。

　　正因為公眾號輕巧而有信，故而用公眾號來傳播學術思想，已經蔚然成風。一個刊物，一個學術團隊，如果沒有自己的學術公眾號，彷彿已經落伍了。一個學術信息傳遞的「微時代」，由此開始，其威力也是始料不及的。（《早醒，早行，行遠》2018 年）

　　學術是建立在前賢時哲肩膀上的事業，充分了解已有的研究成果，方能避免重複勞動，方能開拓創新。當今之時，信息呈「爆炸式」增長態勢，用傳統的讀書方式已難把握學界的研究成果，用引得的手段來查檢文獻，其效用也大大減弱。為適應新的學術發展形勢，必須利用計算機建立知識庫。（《論普通話培訓測試手段的現代化》2005 年）

　　做語言學，需要理論水平，也需要描寫功夫。做兒童語言學，需要探究深奧的學理，也需要有入世之心，為兒童成長服務，為兒童的父母和老師做些事情！（《為兒童及其父母、老師研究兒童語言——序賈紅霞〈兒童早期空間範疇表達的發展〉》2020 年）

　　學術增長點常在學科的邊緣處、交叉處，而真要在學科邊緣處、交叉處從事研究，卻需要學術勇氣。需要將已知化為鋤頭去墾荒；需要力補跨學科文獻以重構知識體系；需要調研新領域以了解新情況，獲取新資料，發現新課題。當然還需要忍受「獨學而無友」的寂寞，友人或問「這個也可做學問嗎」，雜誌或曰「文章不合敝刊宗旨」。當然，墾荒有其難，也有其趣，更有其益。（《十年磨一劍 ── 序李豔〈語言消費論〉》2021 年）

　　學術發展、知識積累到一定階段就會產生學科。學科既是按照知識體系劃分的門類，又是集結學術力量解決問題、培養學術人才的科學設置。對於語言學知識體系的認識，對於如何利用這一知識體系進行學術研究、人才培養，都關係着語言學學科的發展，關係着語言學的社會作用的發揮。（《語言學的問題意識、話語轉向及學科問題》2019 年）

　　大學是學科設置的基礎。中國的語言學學科在大學裏是「碎片化、藩籬式」的。語言學最為嚴重的問題是被語種分割，被分割在漢語言文學、少數民族語言文學、外國語言文學中，少數民族語言文學又分割為蒙、藏、維、哈、朝、彝、壯等語言文學，外國語言文學又分割為英、日、俄、法、德、西、阿拉伯等語言文學。國家的教學指導委員會也是按語種分設，研究生學位教育也存在嚴重的語種藩籬。語種分割的另一個側面，就是語言學一直與文學糾纏在一起。語言學與文學有關係，甚至有緊密的聯繫，但是今日之文

學已經不是傳統之經學，不大需要語言學的如同當年「小學」般的輔助。就筆者經驗而言，語言學與文學雖然是一個專業，但是兩方面的教師卻沒有多少學術交集，在學術上也相互不交往、相互不了解，「同床異夢」。學科上的「語文學」設置已經沒有多大意義。「與文學糾纏」帶來的另一個問題是，嚴重妨礙了語言學與其他學科的交叉，與哲學、社會學、法學、經濟學、新聞學、心理學、醫學、計算機科學等的交叉。而這種交叉又是國際語言學發展的大趨勢，是語言學在科學體系中的意義之所在。(《語言學的問題意識、話語轉向及學科問題》2019 年)

中國語言學的「碎片化」格局和附庸地位，使得它不能通過學術體制和機制進行頂層設計和學術思想整合，不能便利地溝通信息和協調學術步伐，因此也就難以有共同的目標追求、甚至也形不成共同的學術範式。這種「語文學式」的學科佈局，使得中國語言學「有學無界」，亦即有語言學研究，但沒有統一的語言學界別。在西方，稍微像點樣子的大學就有語言學系，而我國的大學幾乎不設語言學系，華中師範大學的語言學系、南京師範大學的語言科學與技術系等，算是做了首創性努力。欲建世界一流大學和一流學科，欲獲得大科學、大數據時代的語言紅利，必須打破目前這種「語文學式」的學科設置，將語言學凝聚為一級學科。(《正眼看世界──序〈世界語言生活黃皮書（2016）〉》)

語言學的學科設置被語種分割，被時間（古今）、地域、小學科等切割，且與文學糾纏着。語言學需要獨立成科，不獨立的語言學不可能有真正的學科追求，不可能對語言本身產生熱情……今天，凡是解決與人、與社會相關的科學研究，都需要語言學家的參與……語言學的學科設置和人才培養模式，亟待改變。（《語言學的問題意識、話語轉向及學科問題》2019 年）

中國和世界語言生活中的問題，各個領域的語言問題，都需要語言學家去關注、去解決……中國語言學要有大的格局和心胸。但最重要的是不要急，學科發展最忌急躁，獲取學術話語最忌狂躁。學術發展有規律，要一步一步走。「十年磨一劍」，而語言學之劍太大太重，十年都不一定能磨得一把干將、莫邪般的寶劍。我們要耐心打造中國的語言學之劍，使其為普通語言學做出貢獻，為相關學科的語言問題解決做出貢獻，為提升社會語言生活做出貢獻。（《真切了解世界語言生活》2019 年）

改革開放，中國打開國門邁向世界；「一帶一路」，中國融入世界，建立人類命運共同體。當今之中國比以往任何時候都更需要了解世界，更需要開展國別、區域與國際組織研究，其中包括對世界語言生活的研究。了解世界語言生活，起碼有四大意義：其一，通過與世界他國對比，更理性地認識中國語言生活；其二，借鑒世界的經驗和教訓，改善中國語言生活；其三，有利於參與世界語言生活治理，履行中國的全球治理責任；其四，擴大研究視野，提升中國語言規劃學的學科品味。（《真切了解世界語言生活》2019 年）

世界很大，語言生活異常複雜，我國又沒有法國、英國、俄羅斯、美國甚至日本那樣的研究世界語言的傳統，世界語言生活的學術觸角既短且嫩。（《真切了解世界語言生活》2019 年）

應急語言服務在應急事件處理中，可以發揮三大基本任務：第一，信息溝通。保證應急事件處理現場的語言溝通順暢；並對處置信息發佈、輿情分析處理等提供語言對策。第二，語言撫慰。使用語言等手段對受事件影響人群、應急救援實施人群、社會大眾進行情緒撫慰和心理疏導。第三，語情監測。通過語情預測突發事件；在事情應急處理時監測、分析語情，幫助處理緊急語情。（《應急語言服務的教育問題》2020 年）

語言撫慰，是藉助口頭語言、書面語言、體態語言、表意符號、語言藝術等語言產品對相關個體與群體進行的心理疏導，以避免負面情緒的滋生蔓延，或將負面情緒轉化為積極狀態。語言撫慰是應急語言服務的重要任務之一，也是心理諮詢、心理干預的主要手段，是醫學領域的話語治療理念與技術的社會應用。（《疫情防控，需做好語言撫慰》2022 年）

語言撫慰不要忘記那些特殊人群。孤寡老年、外地或外國來客、各種殘障人士，他們要麼語言不通，要麼信息技術能力低，要麼自理能力差，需要使用方言、手語、盲文、外語等來獲取信息。這些特殊人群，需要特殊的疫情信息告知方式，需要特殊的語言撫

慰管道和內容，甚至需要特殊的生活關照。（《疫情防控，需做好語言撫慰》2022 年）

　　應急語言服務團的教育是要養成成員的語言服務意識，提升語言服務能力，滿足應急需求，做到「召之即來，來之能戰，戰之能勝」。應急語言服務團的集體成員，是應急語言服務團的「營盤」，負有開展應急語言服務教育、組織應急語言服務行動、研發應急語言服務產品、探討應急語言服務發展方略等使命，對應急語言服務團內外的應急語言服務教育，都是重要的策劃者和實施者。（《應急語言服務的教育問題》2020 年）

　　應急語言服務的工作目標是：第一，全社會都應該具有應急語言服務意識；第二，全社會都應該具備應急語言服務的常識與基本能力；第三，應急救援人員應該具有一定的應急語言服務技能；第四，建立應急語言服務團；第五，建立應急語言服務的專業支撐體系；第六，重視應急語言服務的法制、體制、機制和學理建設。真正做到「平時備急、急時不急」，為了人民的生命與生活，為了國家的減災防災和安全生產事業，為了人類命運共同體的構建做出我們的貢獻！（《應急語言服務的教育問題》2020 年）

　　中國正在修築「三條大道」：機場、高鐵、高速公路和村村通工程，以及城市的無障礙環境建設，修建起交通無障礙的現實之路；5G、互聯網、物聯網、移動手機等廣泛應用，戶戶通廣播通電視，寬帶網絡廣覆蓋等，修建起電波傳輸無障礙的電信之路；而

今，推廣國家通用語言文字、與信息特殊人群溝通、人與機器的溝通等，修建起負載知識與機遇的信息無障礙的語言之路。現實之路、電信之路和語言之路，構築起國家新征程的寬闊大道。(《語言戰略研究》卷首語 2022 年)

教　育

語言通心

中國歷來都十分重視胎教，自周代開始已有眾多的論述和實踐。中國古代的胎教有兩大特點，貴族重「德」，醫家重「養」。（《胎教》1991 年）

精美的營養豐富的食品，能保證兒童身體的健康；精美的營養豐富的精神食糧，也才能保證兒童心智和語言的健康發展。因此，父母除了注意向孩子提供精良的食品外，還應該注意向孩子提供精良的精神營養。這就是語言教育中的精良性原則。（《獨生子女語言問題研究》1991 年）

正如人類早期曾有「萬物有靈」的各種圖騰崇拜一樣，兒童早期也有一個「萬物有靈」的階段，他們認為太陽也需要睡覺，玩具貓也知道痛癢，大樹也會說話。這時的兒童還分不清「自我」和「外我」、想像和現實，常把自己虛假的想像當作真實發生的故事告訴別人。隨着兒童認知的發展，逐漸會從萬物有靈階段衝脫出來。進入到本社團認可的「現實」階段。這個進程大約是通過四步完成的：童話階段——神話階段——寓言階段——紀實階段。（《獨生子女語言問題研究》1991 年）

然而，不恰當的超前教育，用成人的空間來填充兒童的空間，拿成人的眼光、態度、愛好來支配兒童的世界，剝奪了或在某種程度上剝奪了兒童自己擁有的世界。再加之教授內容的成人化，大大地超出了兒童的能力，從而嚴重影響了兒童的身心發育。「揠苗助長」，適得其反。(《獨生子女語言問題研究》1991 年)

兒童有他自己生活的童話般的空間，在這個五彩繽紛的空間裏，有身着霞衣虹練的春姑娘，有千姿百態的玩具動物，有色彩絢麗的小人書。兒童需要有自己支配的時間，需要有自己支配的空間。在他自己支配的時間和空間裏，他要與蟲蝶對話，與花草交談；他要和玩伴過家家，做形形色色的人生遊戲來「遊戲人生」。這種特定的時間和空間，構成了兒童特有的世界。兒童正是在他特有的世界裏來發展他的生理和心理，正是在他特有的世界裏來逐步完成他的社會化進程。這就是兒童的天性，這就是兒童成長的規律。(《獨生子女語言問題研究》1991 年)

父母把自然界看作對兒童進行教育的大課堂，利用出差、旅遊、度假等機會，帶着孩子走東串西，領略東南西北的風土人情，觀察春夏秋冬的交替變化。識認天地萬物的特定習性。關心後代、教育後代，是人類的一種本能。即使是在等級森嚴的封建家庭中，兒童也往往享有比成人多得多的特權，常常會受到保護和寬容。當宗法制度隨着封建社會的滅亡而被打破之後，兒童在家庭中的「特權」毫無疑問會大大增加。(《獨生子女語言問題研究》1991 年)

　　父母的問話不僅負有教授孩子問話技能的語言使命，而且還是了解孩子語言發展、知識水平和心靈奧祕的探測器，是誘導促進孩子心智發展的動力機。有人曾把問號比作一把倒掛着的小鑰匙，的確，父母的問話是教育孩子的一把金鑰匙，每位父母都應該用好您手中的這把金鑰匙。(《父母語言藝術》1990 年)

　　故事是人生的第一套教科書。孩子通過五光十色的故事來認識世界，來學會表述世界，並在聽故事的同時啟發了豐富的想像力，鍛煉了記憶力。父母都應該成為「故事大王」，通過講述故事，使孩子由世界的生客成長為世界的主人。(《父母語言藝術》1990 年)

　　語言是兒童一生發展的底盤，掌握語言，就是掌握人際溝通的利器、認知世界的鎖鑰，就是將民族文化之根深植於心田。家長和幼兒教師是兒童的第一任人生導師，欲使兒童受到良好的語言教育，應對家長和幼兒教師提供幫助。(《語言學習與教育‧後記》2002 年)

　　父母是孩子最好的老師，陪伴是最好的教育，親子對話是最好的教科書。天上的雲霞，林間的鳥鳴，路上的人影，池中的漣漪，天地間萬事萬物，都可作為親子觀察、談論、嬉戲(只要沒有危險)的對象。何為優秀家長？像愛護眼睛一樣愛護孩子的好奇心，引導孩子主動去觀察、思考、談論，尊重孩子自己做出的決定。最好能夠在家中給孩子一面牆，讓他在牆上盡情塗鴉，肆意發揮。父

母們面牆而觀，或欣賞、評論，也可以參與孩子的「創作」。(《與孩子一起成長——序費冬梅〈最喜小兒無賴〉》2021 年)

不能用「乖」「聽話」來評價孩子，不要用「你要」「不要」去要求孩子，給兒童一方自由天地。兒童需要學習，但不能用學習代替玩耍。對兒童來說，遊戲就是學習，學習亦不過是遊戲。快樂的童年比什麼都重要。(《與孩子一起成長——序費冬梅〈最喜小兒無賴〉》2021 年)

孩子是父母的鏡子，亦是父母的鏡像。你如何對他說話、對人說話，他就如何對你說話，對人說話；你如何對待他人、對待社會，如何對待困難、對待錢財、對待書本，他就如何對待他人、對待社會，如何對待困難、對待錢財、對待書本。不要擔心會「慣壞」了孩子，家庭是兒童的底色，善良的家庭，孩子將來如何也惡不到哪兒去！人生的第一枚扣子，是父母給扣上的。第一枚扣子扣對了、扣好了，下面的扣子就能扣對扣好，人生的道路就可走得對走得好！(《與孩子一起成長——序費冬梅〈最喜小兒無賴〉》2021 年)

養兒育女，的確很累，很苦，很忙，甚至還很煩。然育兒的過程，也是自己成長的過程。可從三個方面看：

其一，兒童都是天才。我們曾經是孩子，但我們並不了解孩子。他們天真無邪，充滿童趣，彷彿「萬物有靈」，可以同萬物對話；他們不畏困難，探險求奇，對什麼都要問「為什麼」，遇事知

其不可為而更要為。成人常有「成人沙文主義」，育兒方知成人需向兒童學習。學習他們的直率，學習他們的情趣，學習他們的奇特的想像……

其二，教然後知困。育兒大有講究，要了解兒童的生理、心理、語言發展的基本情形，還要隨時回答或應付兒童的「十萬個為什麼」，與兒童一起唱歌、講故事、做手工、畫圖畫……即使是博士、是教師，也會感到諸多知識缺陷，需要補課。陪孩子長大，父母等於再上一所全科大學。

其三，為兒表率。父母在子女面前，不僅要展示自己之所長，還要儘量有「好表現」。教育子女怎麼做，自己要先做到。磨礪耐心，凝練愛心，提升修養，反思當年父母對自己養育，領悟人情世故。所謂「養兒始懂養兒累，為父方知為父心」。不生兒育女，人生只是一個「半圓」。通過生兒育女，「與孩子一起成長」，人生才是一個「圓」，才是圓滿。（《與孩子一起成長──序費冬梅〈最喜小兒無賴〉》2021 年）

語言是文化的根基，語言教學的一個重要職責，就是為學生打好民族文化的根基。語言教育直接關係到全民的語言素質，關係到社會語言生活的質量，關係到民族文化的繼承和發展。（《語言學習與教育‧後記》2002 年）

關心未來，設計未來，為未來而奮鬥，在地球難以盡計的生物中，唯有人類才能進行這樣的智力活動。如果說茹毛飲血、刀耕火

種的原始人類對於未來的思考，還是一種天性驅使下的幻想式的前理性活動的話，那麼，擁有計算機和宇宙飛船的現代人類，則是以科學的態度、科學的手段去研究未來，預測未來，從現實中推出未來。(《獨生子女語言問題研究》1991 年)

　　毫無疑問，人類知識的直接和根本源泉是人類的各種實踐活動。只有實踐活動，才能給人類知識寶庫創造出智能的瑰寶。但是，就每一個社會個體而言，獲取知識主要不是通過實踐的途徑，而是通過書本及其他學習途徑。通過學習得到的間接知識，佔個體知識總量的大部分。這種由學習得到的間接知識，甚至使當代的低能者都能超過前代的大哲人。(《語言‧社會‧人生》1997 年)

　　人類在實踐活動中所獲取的各種知識，都通過一定的語言形式儲存起來。要打開知識寶庫的大門，必須具有一定的語言能力，掌握打開知識寶庫大門的鎖鑰。(《語言‧社會‧人生》1997 年)

　　切音字運動的原動力是普及教育，智民強國，切音字運動關於普及教育的言論與實踐，對封建教育制度向新教育體系的轉型起過一定作用，是中國早期現代教育的有機組成部分。但是，研究這一時期教育的許多論著，似乎較少注意切音字運動的文獻。(《切音字運動普及教育的主張》2006 年)

　　清末二十年的切音字運動，雖然是首倡中國語文現代化的語文運動，但卻志存高遠，宗旨在於智民強國。國家富強，政治清明，需要人民大眾受教育有文化。在智民強國的歷程中，精英教育固不

可少，但是平民教育更為重要。普及平民教育，必須有切音字這樣
的易識之字。推行切音字是平民教育的基礎，普及平民教育是智民
強國的基礎，這便是切音字運動的基本理念。（《切音字運動普及教
育的主張》2006 年）

　　切音字運動不僅提出了自己救亡興國的理論主張，而且也是這
種主張的「狂熱」實踐者。他們不僅上書官府乃至清廷，呈說帖
於資政院，尋機走通「上層路線」，而且更重視民間推行，嘔心瀝
血，不惜金錢乃至性命。（《切音字運動普及教育的主張》2006 年）

　　百餘年的語文現代化，一個始終不渝的目標就是改進語文教
育。（《語文現代化與語文教育》2002 年）

　　二十世紀的語文教育，告別了傳統的「書院模式」和「私塾模
式」，開始了現代教育的進程，為新世紀的語文教育打下了基礎。
新世紀的語文教育，除了繼承上個世紀的成果，克服、彌補上面所
言的不足之外，大約還必須考慮信息化的問題。（《語文現代化與語
文教育》2002 年）

　　現在中國內地的語文教育改革，有輕視語言文字教學的傾向。
業已進行的信息教育，與語文教育是不同的科目，無論是課程設計
還是具體的教學活動，與語文教育都是「兩張皮」。輕視語言文字
教學的傾向和信息教育與語文教育「兩張皮」的現象，可能會給語
文教育帶來較大的負面的影響。（《語文現代化與語文教育》2002 年）

　　大學語文是培養母語能力的延伸課程，其主要任務竊以為有三：其一，培養學生理性的母語意識。熱愛母語是最重要的良性情感，母語學習的過程就是逐漸加深母語情感的過程。早期的母語情感是感性的，將這種感性的母語情感轉化為理性的母語意識，母語的感情才最牢固，最濃烈。其二，全面提升學生的母語能力，包括嫻熟得體的口語交際能力、優雅的書面語表達能力、精略隨意的書面語閱讀能力，這其中也包括關於母語的科學知識。不尊重母語的國家是沒有前途的，未熟練掌握母語的人是無創新力的。其三，豐富學生的母語文化。母語文化是個人成長的母乳，文化經典是母語皇冠上的明珠。母語文化了解得越多，理解得越深刻，母語的能力就越強，母語感情也就越厚重越恆久。

　　大學語文在學生的母語情感、母語能力中摻入了更多的理性成分，使學生能夠更好地感受母語、運用母語，能夠更好地理解母語文化、傳承母語文化、光大母語文化，因此大學語文是使國家語言資源大幅度增值的事業。（《公民語言能力是國家語言資源》2008 年）

　　以學校、教材為基點的語言研究，其長處是較為全面，較為系統，便於講解；其短處是因教學、課時等限制，研究的深度不夠，對各種細微末節追究不夠，因要照顧各家之說而難以獨樹一幟、獨創一派。比如「教學語法」，較為概括全面，但是對語言現象的分析不夠深入，對某種學說不能究根問底，不能將一個學術流派的理論、方法貫徹到底。因而到了改革開放的新時期，人們對於面向中

學的「暫擬語法系統」表示不滿，呼籲要建立「科學語法」體系。
（《語言學的問題意識、話語轉向及學科問題》2019 年）

　　古代的交通、通訊很不發達，農業是社會的主要生產形態，人
們的活動半徑很小，因而語言交際的半徑也比較小，交際的內容較
為單一；能夠進行超地域、超階層的群體交際的，限於少數頭面人
物；由於教育不普及，能夠進行書面交際的人員也十分有限。這決
定了語言傳播的速度十分緩慢。（《大眾媒體與語言》2002 年）

　　書面語是可以修改雕琢的語言，不像口語那樣瞬間即逝。文章
成文前後，作者自己可以反覆修改，他人可以幫助潤飾。有了文章
修改潤飾的經驗，這種經驗就能夠作為知識進行傳授，就有了進行
語文教育的基礎，社會語言水平有望自覺提升。

　　修改潤飾而產生的優秀文章，更可以作為他人的模本，成為後
世的典範。自此，民族文化便有了經典，民族語言便樹起了規範。
（《語言技術對語言生活及社會發展的影響》2017 年）

　　在古代，讀書識字只是少數人的事情，而且教育用語和經典
文獻中的語言都比較穩定保守，厚古而薄今，口語與書面語嚴重
脫節，口語的發展變化不能及時反映到教育用語和經典文獻中，
「之乎者也」成了讀書人階層的「語言專利」。（《大眾媒體與語言》
2002 年）

印刷術問世之前，書籍只是社會上少數文化精英的行囊之物。印刷術改變了書籍只能手抄複製的狀況，大大提高了書籍複製的速度，降低了書籍複製的成本，使書籍可以快速而廣泛地傳播。知識不再被極少數人所壟斷，「讀書」不再是如此奢侈之事，識字人讀書的機會大大增加。(《語言技術對語言生活及社會發展的影響》2017 年)

聽、說、讀、寫是當代語文教育界公認的四項基本語文能力。中國古代的學術重文字、重文獻，其教育自然也是重閱讀、重寫字、重作文，少有聽說之學，這彷彿與西方的教育傳統不同。近幾十年的語文教育雖然充滿爭論，但毋庸置疑也有諸多進步。進步之一就是注意了學生聽說能力的培養，特別是小學階段和師範學校的語文教育。

聽、說是口語能力，讀、寫是書面語能力；聽、讀是接收語文信息的能力，說、寫是產出語文信息的能力。當然，聽說讀寫這些能力並非相互分離、獨立運作，而是相互輔助、相互支撐的，它們在教學中各有規律又相互促進，在語文生活中各有所司又相輔相成，因而都應當得到培養。但是也應當看到，這四種語文能力在語文生活、語文教育中的作用是有輕重之別的，總體來說，閱讀最為重要。(《語文教育之七維度》2013 年)

在聽說讀寫的能力中，閱讀處在特殊地位，因此語文教學應當更加重視閱讀，突出閱讀。語文工作者應當全面研究閱讀和閱讀教

學問題，有效提高學生的閱讀技能，其中包括利用現代信息技術進行閱讀的技能。注意探討通過閱讀促進其他語文能力發展的有效途徑。此外，特別要重視培養學生良好的閱讀習慣，養成終身閱讀的嗜好。（《語文教育之七維度》2013 年）

語言學習的目標是「以言行事」，即通過語言獲取信息（聽、讀）和表達信息（說、寫），因此，語言教學需要培養學生「聽說讀寫」（今天也許還要加上「譯」）的全面運用語言的能力。但是對於高級語言學習者來說，閱讀是語言能力提高的帶動力量。語言教學必須重視閱讀。（《重視漢字教學》2013 年）

閱讀材料有外文譯寫的，有漢語拼音轉寫的，也有在一定漢字數量內改寫的。這些材料也有用，但必然是過渡性的，閱讀原生態的漢語讀物，才是努力目標。大量事實表明，國際學生能否提高漢語水平，能否堅持把漢語學下去，要看他們能否掌握漢字。不能掌握漢字的學生最終會放棄漢語。（《重視漢字教學》2013 年）

漢字教學可以分為認字教學和寫字教學，就閱讀而言，認字也許更應重視。在現實漢語生活中，身處鍵盤時代的人們，寫字的機會越來越少，認字能力比寫字能力已逐漸重要起來。（《重視漢字教學》2013 年）

所謂的「漢語難學」，其實主要是漢字難學。漢字難學中寫字尤難。通過鍵盤進行漢字教學，可以利用漢語拼音或偏旁部首等重點教認字。鍵盤輸入還可以彌補寫字能力之不足，因為打字就能產

生書面語，幫助表達信息。所以，研究鍵盤識字教學技術，開發軟件，或許會成為漢語第二語言教學的新的興奮點，成為克服「漢字難學、漢語難學」的曙光。(《重視漢字教學》2013 年)

翻譯，過去一直被認為是少數人所從事的職業，是少數專業人員才有的語文生活。在中學，沒有設立專門的翻譯課程，只在外語課、文言文課上有一些翻譯指導；只有到了大學的外語系才有翻譯課。翻譯，不僅僅是把一種語言文字譯成另一種語言文字，或者是另一種方言，其本質是一種跨文化的語文交際。(《語文教育之七維度》2013 年)

要了解華語，須先了解華人。(《海外華語教學漫議》2009 年)

華文教育是民族大業，炎黃子孫無論身居海內海外，都應為其盡力，促其發展。當前，華文教育發展最重要的是相互協調，海內外華文教育機構需要達成共識，形成合力。協調的關鍵是華文教育的規範標準。任何一種教育，特別是語言教育，標準的制定異常重要。有了標準，就有了教育規範；掌握了標準，就掌握了教育的主導權，就能夠協同步伐，並進而收穫「語言紅利」。這可以稱為「標準化戰略」。(《兩岸攜手 共同建設華文教育規範體系》2010 年)

海外華語的教育事業集中在東亞和東南亞，遍及世界各大洲。華語教育機構也已經廣泛建立了起來。各地華語教育機構應加強合作，理想狀態是形成同盟關係，在「國際漢語」的思路下聯合制定教學標準，編寫教材和教輔材料，研討教學方法，協調考試辦法，

共認考試結果，為華語教學事業提供良性發展的保障。(《海外華語教學漫議》2009 年)

　　學中文的，能夠為對外漢語教學／國際中文教育事業做點事情，應當是幸運的。因為這一事業是個具有「智力挑戰」性的學術工作，也是與人類命運共同體構建相關聯的民族大業。(《風景這邊獨好》2020 年)

　　漢語國際教育是一項崇高的事業，須加強研究，全面規劃。這項事業好比唱一台大戲，有四個方面需要考慮：一、唱什麼戲，怎麼唱戲；二、演職員的招聘、培養與管理；三、搭什麼樣的戲台子，在哪裏搭戲台子；四、怎麼樣招人看戲。

　　唱什麼戲，怎麼唱戲，就是怎麼進行漢語教學。漢語國際教學的基礎是語言，語言離不開文化，傳播語言當然包含着傳播文化。但傳播文化未必是傳播語言，若忽視語言教學而專事文化傳播，必將是捨本逐末。(《全面規劃漢語國際教育事業》2014 年)

　　漢語國際教育事業分兩大層面：第一，能夠讓更多的人來學漢語；第二，讓來者能又快又好地學習漢語。(《充滿激情的事業──序向平〈對外漢語教學的實踐認知〉》2014 年)

　　我國外語教育變革早已喊出「外語 +X」的口號，推動外語與別的專業複合，培養更符合社會需要的專業化、複合型人才，漢語教育也需緊緊跟上。這個「X」，既是專業，又是職業，它能支撐

留學生在更高的層次、更專業化的領域、更大的社會平台藉助漢語獲得人生發展的機遇。與之相應的，我們急切需要發展「專業漢語」「職業漢語」等。(《來華留學漢語教育發展的新目標》2020 年)

對於多數語言學習者而言，學習語言不是目的，目的是通過語言來了解這一語言社團的文化，通過語言來做與之相關的事務。教師的主要任務是教語言，但是還要善於通過語言教學，來傳遞語言所負載的歷史文明和現代國情，讓學生在學習語言的同時，能夠了解關於這一語言的文化，並為從事相關活動打下基礎。(《充滿激情的事業——序向平〈對外漢語教學的實踐認知〉》2014 年)

漢語國際教育要傳播什麼樣的文化？中華上下五千年，今有五十六個民族、一百多種語言，文化豐富多彩但也良莠不齊，故而不可能俯拾皆可外傳。我以為，首先應理清楚文化傳承與傳播的關係，應當傳播我們還在相信、還在實踐的文化；自己都不傳承的文化，焉能傳外播遠？其次，要傳播那些能夠對人類、對他國產生正能量的文化，傳播能讓世界人民受益的文化。(《全面規劃漢語國際教育事業》2014 年)

大規模的留學生來華學習，國家應當有國際學生的培養目標。而這一目標的制定，需要在實踐中探索，需要將實踐探索不斷進行理論總結。就以往我國的培養實踐及當代國際人才培養目標來看，「培養知華、友華的有一定專業水平的世界公民」這個提法，或是具有參考意義的。

「知華、友華」是文化態度，也可以說是思想觀念。「知華」就是讓留學生全面、正確地了解中國，特別是從學術的層面了解中國；「友華」就是讓留學生對中國有一個友好、公正的態度，將來能夠友好、公正地處理涉華事務。（《來華留學生教育的若干思考》2016 年）

「世界公民」是指具有國際公德、國際活動能力、能夠為人類服務的人。「世界公民」教育，是世界一體化、文化多元化的時代要求，很多國家都在教育目標中有類似的表述，而且這一提法也是切合留學生身份及其未來發展的。（《來華留學生教育的若干思考》2016 年）

早年，來華留學生被作為「外賓」對待，而隨着中國的改革開放，現在更多地把他們作為「學生」對待，但是同中國學生比，還是有許多特殊性。由「外賓」到「學生」，這是教育觀念上的巨大變化，但僅此還是不夠的，對來華留學生還應有一種「資源意識」。（《來華留學生教育的若干思考》2016 年）

來華留學生的資源意義，至少可從三個方面看：1. 留學生來自不同的國度，帶進來語言、文化等多種資源。其語言可以補我國外語語種之不足，其文化可以增加我國文化的豐富性。2. 為做好留學生的教育工作，必然會有各種適應。這些適應能夠起到促進中國教育改革的作用，特別是助力中國教育的國際化。3. 更重要的是，他們能夠幫助講好「中國故事」。中國語言、文化的國際傳播有許

多途徑，而人的傳播最為重要，來華留學生不僅能夠把中國語言文化帶到世界各地，而且他們來華學習及將來的自身發展，就是「中國故事」的一部分。更應看到，留學生講中國故事有許多優勢：他們了解中國文化及其本國文化，能夠選取適合他們國家口味的中國故事，使故事具有「聽眾針對性」；同胞之間具有文化信任，留學生講的故事，他們的同胞更愛聽；留學生中很多人會成長為社會棟樑，在本地區或國際上具有話語權，因而他們講的故事聽眾多，影響大。中國故事不僅中國人要學會如何講得好，還要重視來華留學生這一特殊的「說書人」群體。（《來華留學生教育的若干思考》2016 年）

漢語國際教育是一種「國際敏感型」教育，是國際事態的「晴雨錶」，新冠疫情肯定會對漢語國際教育帶來顯性或隱性的、直接或間接的、短期或長期的、負面或正面的影響；甚有可能使這一事業的發展處於較長的平台期，出現辦學實體減少、入學人數下降、辦學「熱區」轉移、學習方式變革、一些教學資源閒置、一些人士的求學願望不能滿足等種種問題。在此情境下，重要的是要保持戰略定力，對漢語國際教育事業要充滿信心。語言是思想、文化的載體與容器，是信息溝通的工具，是情感交流的管道。海內外中華族群的存在與繁衍，是人類重要的「助群力量」；中華傳統文化的弘揚與現代文化的創造，是人類可享用的一泉智慧；有此助群力量，有此智慧湧泉，漢語就是世界所需要的，就有傳播價值。（《新冠疫情對漢語國際教育的影響》2020 年）

語言的生命在於語言學習。學習者眾，語言的生命力就旺盛；學習者減少，語言的生命力就衰減；沒有學習者，語言就消亡了。就對語言生命力的影響來看，母語教學的重要性高於非母語教學，第一語言教學的重要性高於第二語言教學，有文化認同的語言教學的重要性高於純工具性的教學。（《海外華語教學漫議》2009 年）

海峽兩岸在語言方面整體上同大於異，差異比較大的是專有名詞，包括科技術語的翻譯、外國人名地名的翻譯等。文字方面有簡繁的差異，有計算機編碼的差異。簡繁漢字的差異對華文教學的影響，是值得研究、需要妥善解決的問題。但也應看到，簡繁差異對學習者的影響可能被誇大了。漢字計算機編碼問題，可以通過兼容技術來解決。如此說來，兩岸的語言文字溝通並不存在不可消彌的鴻溝，關鍵是把最影響教學的問題篩取出來，共同探討解決辦法。（《兩岸攜手 共同建設華文教育規範體系》2010 年）

近些年來，兩岸交往日益頻繁，需要合作的事情也越來越多。華文教育應該成為兩岸文化合作的重要事項。中國人自古重視知行關係，常規情況是「知而後行」，但也不乏「行中獲知」的訓例。華文教育發展迅速，兩岸華文教育需要合作，這是「知」；知而貴行，坐而談不如起而行。兩岸華文教育怎樣合作？這是「未知」；但只要行動起來，在行動中相信能尋得共識，探得真知。（《兩岸攜手 共同建設華文教育規範體系》2010 年）

　　文化有魅力雖是根本，但向外傳播還須有章法。語言文字既是文化之根基，又是文化之舟楫，華文國際教育直接關乎中華文化的國際傳播。懂華文方可深入了解中華文化，懂華文方可內化中華文化。因此可以說，華文傳播有多廣泛，中華文化傳播就有多廣泛；華文教育有多深入，中華文化的影響就有多深刻。華文的魅力不僅體現着中華文化的魅力，傳遞着中華文化的魅力，也在不斷增加着中華文化的魅力。這也正是華文教育之於華文教育者的魅力。（《提升中華語言文化的國際魅力》2013 年）

　　我國是書法藝術高度發達的國家，漢字既是文字又是藝術，書寫要求正確而且美觀。但是現在的學生，多數人字寫得不漂亮。原因是多方面的，其中一個原因，就是學生接觸的主要是宋體。宋體是印刷體，適合看，不怎麼適合寫。楷書和行書是用來書寫的，應多一點楷書和行書的教育。現代人多用硬筆，硬筆書法（包括鉛筆書法）的研究、實踐與教育，理應加強。（《加強現代漢字學的學科建設》2006 年）

　　書法藝術是我國文化皇冠上的明珠。甲骨文、金文、籀文、小篆與隸書等等，表現着祖先的書法美趣。書學自漢末曹魏萌生之後，書法漸趨自覺，二王之韻、顏柳之法、蘇黃之意，為世之圭臬。帖學繁盛有日，碑學又興，兩學相輔，不斷創造着書法的璀璨，積攢着華夏瑰寶，為我贏得書法國度的美譽。

　　書法是藝術，但非專屬書法家。對於書法國度的常人來說，書法也是文化素養。通過書法，可品味漢字結構之美，感受漢字內涵之奧；一手美字可以顯品位、增自信，學書過程還可以平躁緒、養性情、得美感。

　　民族的書法素養靠教育來實現，書法教育需科研做支撐。（《書法教育　文化之擧》2008 年）

　　研發硬筆書體。書體與書寫工具不必關聯但常關聯。刻甲骨、鑄鐘鼎、書簡牘、勒山石、寫紙帛、雕木板、塑活字，都形成了風格萬千的不同書體。而今，硬筆廣用，並有了不少硬筆書法實踐。應在此基礎上吸古納今，吹沙得金，形成楷、行、草等不同風格的當代硬筆新書體。（《書法教育　文化之擧》2008 年）

　　計算機的廣泛應用，鍵盤成為主要的製字工具。常用音碼輸入，提筆忘字；常用形碼或音形碼，可助記憶字形，但對書法並無大裨。物必有兩面，計算機也可輔助書法教學。如將法帖動畫，可供學生觀摩，抑或有助於自學書法。而且，連線筆寫輸入技術已臻成熟，若將「筆」及寫字版巧做改造，給人以軟筆或硬筆的「書寫」感，便可「無紙書法」。又因連線書寫，可將書寫過程存於機器，再現於師長，教學指導或更方便。

　　我不懂書法，但熱心書法教育。且亦堅信，書法不會被計算機吞噬，反而能在計算機時代大放異彩！（《書法教育　文化之擧》2008 年）

語文教育　　民族基石

　　文化橫向傳播的力度增強，使多元文化成為社會常態，跨文化的交際能力逐步成為公民素質，對外語、外族語及其文化的學習必將成為基礎教育階段的基本任務。與之相關，縱向文化的傳承可能會有所阻減，故而代溝不斷加深，代溝形成時間逐漸縮短，因而也常引發社會的文化焦慮。這種文化焦慮，會使社會採取各種「文化保護」措施，竭盡全力抵禦外來文化的「入侵」，不遺餘力強化傳統文化，千方百計向外推介本我文化，有時甚至會發展出「民粹主義」「原教旨主義」等極端現象。這種文化焦慮，通常也會助長「語言純潔觀」的流行，外來詞、外語學習常常成為社會批評和改革的對象。（《第二語言的力量》2015 年）

　　第二語言的力量就是第二語言教育的力量。第二語言教育，包括漢語作為第二語言的教育，不能只研究教學法，還應當關注力之所來，力之所用，要研究雙語人的語言生活和文化生活，關注語言接觸和文化多元等現象。（《第二語言的力量》2015 年）

　　外語是外國人的語言，但絕非與我無關、與我無用之物。隨着中國的改革開放和世界一體化進程的加快，外語應成為當代國人的必備素養。掌握一門外語，就多一條文化溝通的管道，增加一種觀察世界、表達世界方式。對己而言，外語能力已成為人生的重要資本；於國而言，公民的外語能力應視為國家重要的語言資源；就整個人類而言，多一些掌握外語的人，利於國與國間的相互了解與理解，利於世界的和平與和諧。（《外語能力是重要的人生資本》2009 年）

　　不同文化古來存在，但因其是「分散佈局」，人們多在一種文化中生活，一切都是「自然而然」的，一般人的文化意識並不明顯。由於全球化促成了不同文化的「地理性」匯聚和「信息性」匯聚，人們時時處處都能接觸到不同文化，甚至在生活、工作中還需要處理文化問題。見識不同文化之時，會反觀本我文化。大量的研究表明，一個外語學習者不僅會了解異文化，而且對本我文化也會有更為理性的認識。故而不同文化的匯聚，會喚醒人們的文化意識，積累的和需要思考的文化問題也必然會越來越多。(《試論全球化與跨文化人才的培養問題》2016 年)

　　在文化多元化的時代，加強公民的本土文化教育、深植本土文化之根，是十分重要的文化工程。國際社會提出維護文化多元化，其本質精神就是要使現存的人類各種文化能夠保持下來，不至於瀕危泯滅。深植本土文化之根，正是對文化多元化的呼應，是在多元文化間穿行的最重要的行囊。(《試論全球化與跨文化人才的培養問題》2016 年)

　　中華文化歷史悠久，光輝燦爛，但是中國近代由於長期淪落為半封建半殖民地，在國際上幾乎失去了話語權。今日之中國擁有了某些與世界平等對話的資格，但是國際話語權仍然不大，西方文化和西方話語體系仍然佔據優勢。伴隨着全球化的發展，特別是互聯網的發展，「西方優勢」不是在減弱，而是在加速擴大。在這樣的世界文化時局面前，要讓國人在多元文化間穿行，必須深植本土文

化之根，否則就會出現「文化迷失」，出現文化認同上的「遷移」。
(《試論全球化與跨文化人才的培養問題》2016 年)

　　深植文化之根，不能依賴「文化灌輸」，而要依靠文化自信，
其根本措施還是要使中華文化發展起來，強大起來。整合優化中華
文化，需在保存、保護好少數民族文化、漢語方言文化、歷史傳統
文化的基礎上，吸收本土各文化之精華，擴大中華共同文化的內容
和影響力。同時還要「文化開放」，吸收人類各種優秀文化，還要
特別鼓勵在新生活中創造新文化，特別是尊重網民的文化創造力，
利用互聯網創造新文化。本土文化強大了，可以增加文化自信，可
以在不同文化間自由穿行而不至於迷失，可以在穿行中自覺帶着文
化走出去，擴大本土文化的世界影響力。(《試論全球化與跨文化人
才的培養問題》2016 年)

　　我國的外語教育可溯至遙遠的先秦，但現代意義上的外語教育
始自清朝末年，其標誌是 1862 年至 1964 年陸續建立京師同文館、
上海廣方言館和廣東同文館。一百多年來我國的外語教育，致力於
把「單語人」變為「雙語人」，培養了一批批外語人才，為國家一
步一步地走向現代化做出了貢獻。但時至今日，我國仍有不少人視
外語為「外物」，不把它看作國家的語言資源去充分開發利用，不
把它看作人生必有素養去自覺學習，外語學習理念不合語言科學和
國際潮流，外語教育現狀不適應國家發展，公民外語水平普遍不
高、學習效率偏低、語種分佈不合理等已成時弊痼疾，亟待醫療。
(《外語能力是重要的人生資本》2009 年)

　　七十年來，我國的外語教育完成了兩大使命：第一，為外交及相關領域培養了外語人才，滿足了外交及相關領域的事業發展；第二，培養了公民的雙語能力，滿足了個人在不同文化間行走的需要，滿足了國家改革開放的需要。下一階段的任務，應是：為「中國了解世界、世界了解中國」培養更多的智囊和行動人才，也就是滿足「一帶一路」倡議和人類命運共同體構建的需要。（《關於外語人才培養的若干思考》2020 年）

　　外語學習應在尊重母語的前提下及早進行，將來的目標應是在義務教育階段就基本掌握一門外語。外語教育應「為用而學，在學中用，在用中學」。中小學階段最要緊者，不是達到什麼應試水平，而是激發外語學習興趣，養成良好學習習慣，特別是在發音、閱讀、應用等方面打好基礎。（《外語能力是重要的人生資本》2009 年）

　　不要把外語同母語對立起來，當代公民應具備雙語或多語能力。不要把外語教育只看作是外語能力的訓練，其實是在培養公民的跨文化能力和全球化意識。不要把外語教學只看作課堂內、校園內的教學活動，更要看到校園外的外語生活，看到國家處理國內外事務的外語需求。不要把外語教育看作對少數人的教育，而應看作當代社會的公民素質教育。廓清這些有關外語、外語教育的觀念，才能積極培育國家的外語能力，才能培育出強大的國家外語能力。（《提升國家外語能力任重而道遠》2017 年）

外語教學是一門科學，是由教師主導的學術活動，是學科行為，但是教學內容、教學方法、教學評估等，不應也不能僅從學科出發，而應儘量考慮到外語生活，特別是應仔細考慮如何讓學生過好外語生活。換言之，應當根據外語生活的實際來架構教學內容，應當從過好外語生活的能力方面來進行教學評估。教學方法當然也應當以提升外語生活能力為原則來設計，來實施，而不應當是外語知識點的邏輯編排，或是所謂的重點難點的闡釋辨析。第一語言獲得、第二語言獲得、第 N 語言獲得的實踐觀察和理論研究都已表明，語言能力的獲得一般不是靠「教」而學得，而是要在語言的汪洋大海中去習而獲得，要在語言生活的實踐中去習而獲得。就此而言，教學方法與語言生活的關係就更為密切。（《樹立「外語生活」意識》2017 年）

語言智能需要多學科協力，特別是語言學與信息科學、腦科學的協力。但是，教育上的文理分家，對人文學科事實上的忽視，特別是對語言學重視不夠，已經影響到國家在語言智能領域的競爭。語言學在國家的學科目錄中還不是一級學科，碎片般地分散在中國語言文學、外國語言文學、民族學、信息科學等不同的學科中，對內缺乏學科協調力，對外缺乏學科交叉力，嚴重制約着語言學人才的培養，並將嚴重影響語言智能學科的發展。為國家語言能力計，應更多思考人才培養中的文理融合問題，應重視語言學的學科建設問題。（《提升國家外語能力任重而道遠》2017 年）

教育領域是語言競爭的主要領域，是語言矛盾的集中地帶，研究語言學習問題，做好教育領域的語言規劃，重要而迫切。(《語言競爭試說》2016 年)

教育是外語最早進入、最易進入的領域，也是外語的傳統地盤。當前，語言課程領域的外語競爭主要表現為兩點：第一，語種的熱冷多寡變化，一些過去較少有人學習的外語語種（即人們常說的「小語種」或「非通用語種」），開始受到重視；第二，學習外語的年齡向下蔓延，學齡前、小學成為外語教育的新天地。除了語言課程領域的競爭，在大學和漢族地區的「雙語學校」裏，外語還試圖充當教學媒介語。(《語言競爭試說》2016 年)

大眾傳媒之外的社會語言運用，主要是一些社會領域、行業的語言運用，如商貿、交通、通訊、旅遊、餐飲、文博、醫療衞生等等，當然也包括一些會議語言。這些行業、領域的語言運用，具有通用性、服務性、行業性和象徵性等特點，即傾向於使用通用面廣的語言，使用適合服務對象的語言，語言中含有較多的行業特點，還會因某種文化追求而使用象徵性的語言或符號。這些領域、行業的語言應用，形成了社會的主要「語言景觀」，也因其影響面廣而常常成為語言競爭之地，充滿語言矛盾之地，社會關注，政府關心。(《語言競爭試說》2016 年)

語言學習與語言教育是大致相近的概念，語言學習側重於從學習者的角度看，語言教育側重於從教育者的角度看。角度不同，側

重點不同，但研究對象、研究目的大體相似。研究對象都是與語言學習相關的各種因素，研究目的都是要最大可能提高語言學習質量。它們探索的都是語言學習規律，換言之，語言學習規律是語言學習者、語言教育者應共同遵循的規律，語言教育是以語言學習規律為理論基礎的。(《孔子學院語言教育一議》2014 年)

語言教育與語言教學卻是不同的概念。語言教學主要是教師、學生、教室、教材、教法、教學評估等若干教學因素的互配互動，當前的語言教學現狀，是以課堂教學為主，外加一些課外活動。而語言教育的外延相當寬泛，一切對語言學習能夠發生積極影響的人與事，都會納入語言教育的視野。如此說來，語言教學只是語言教育的一部分，雖然它是重要的甚或是主要的部分。如果教育者把注意力只集中在語言教學上，忽視其他教育因素，那將是狹隘而有害的。故而本文非常注意區分語言教學和語言教育兩個概念。(《孔子學院語言教育一議》2014 年)

語言學習，學習的不是語言學知識，而是語言運用能力。語言不是孤立的存在，它存於語言生活中，用於語言生活中。語言不是詞語的堆砌和句子的串合，詞語、句子、句群的組合需要在語境中實現，需要依據語境來理解其意思，明確其指稱，消解歧義，把握各種言外之意，體會語言之妙之美等。語言研究雖有兩千多年的歷史，但對於語言的認識，特別是對語言與語境的匹配關係的認識，還相當有限。教科書因各種限制，不僅不能把語言學的已有認識

囊收無遺，反而是挂一漏萬。因此，語言學習必須依賴語言實踐，必須在語言生活中獲得語言運用能力。(《孔子學院語言教育一議》2014 年)

國家出行，語言先行。中國走向世界，需要中文走向世界。第一是中文教育，第二是中文在國際社會的應用。教育是為了國際應用，沒有應用，教育就沒有動力，沒有方向。(《風景這邊獨好》2020 年)

世界文化豐富多彩，豐富多彩的文化之間既有同也有異。第二語言教學往往強調異而忽視同，因為文化差異容易產生交際障礙。漢語作為第二語言教育的歷史，大約也多在強調文化之異。過分強調異，可能會使外國人覺得中國什麼都跟他們不同，長此以往，可能會擴大中外的文化鴻溝。

共同生活在同一星球上的人類，應有很多共同或共通之處。在中國立志走向世界的當今，在講文化差異的同時，也要重視講「同」、講「通」，比如愛好和平、相互幫助、男女平等、公平正義等等。古代儒家的進取精神，老莊的天人一體觀念，墨家的「兼愛」思想，都與人類思想有共通之處。特別是《禮記‧大同篇》，主張「天下為公」「選賢與能，講信修睦」「人不獨親其親，不獨子其子。使老有所終，壯有所用，幼有所長，矜寡孤獨廢疾者，皆有所養」，這種「大同」理想，更體現了人類許多共同的追求，應是人類思想史上的重要文獻。(《孔子學院語言教育一議》2014 年)

　　非洲是世界第二大洲，是人類的搖籃，現代人類在東非進化成功，然後遷移到亞洲並擴散到世界各地，非洲也創造了光輝燦爛的古代文明。而今之後，非洲這塊熱土要發展起來，必須成為世界的積極貢獻者，這貢獻不能只是非洲鼓和爵士樂。非洲的興旺發達，關鍵在教育，其中也包括非洲語言的培育。（《做一個有遠大抱負的年輕人》2021 年）

　　學習語言的目的是使用語言，是「以言行事」。兒童學習語言的最大特點之一就是「邊學邊用」。而外語學習最常見的情況是「學成才用」，甚至學成了也不一定派上多大用場。學好一門語言需要三年五載，甚至是十年八載，若無特定的學習動機，若無巨大的學習動力，實難承受如此之長的時期而不中途輟學。中國是英語學習大國，但卻是英語使用小國，學校之外幾乎沒有外語生活，除了升學晉職、出國留學、閱讀一些專業文獻之外，罕有用到外語的地方。學而無處用，浪費何其大！而香港、新加坡、印度等地的英語學習就不同，那裏有英語使用環境，可以在學中用，學一點就能用一點。（《孔子學院語言教育一議》2014 年）

　　興趣是最為巨大、最為持久的學習動力。（《孔子學院語言教育一議》2014 年）

　　任何語言都有價值，即便是今人已經不用的拉丁語，也有研究價值。語言有價值，就有人去學習，於是便產生了學習價值。只具有研究價值的語言，其學習價值是有限的，只有學者去學習它；而

社會應用廣泛的語言，才具有較大的學習價值。弱國之語言，儘管可能有悠久的文化歷史，但學習價值並不大。國家強盛，其語言便具有了潛在學習價值，但要把潛在學習價值開發出來，成為顯性的學習價值，則需要有全域性的謀劃，需要有與之配套的有效舉措。就漢語而言，擴大其學習價值的謀劃與舉措，還可以舉出許多，例如：爭取漢語作為更多的國際組織、國際會議的工作語言；簽署各種國際協議應要求有效的漢語文本；中國的出口商品要有漢字標示和漢語說明書；多用漢語招待外國記者；外國學生攻讀中國學位，應逐漸要求用漢語撰寫學位論文和進行答辯；要幫助學習漢語的外國學生尋找較好的就業和發展機會等等。（《孔子學院語言教育一議》2014 年）

中國有世界上規模最大語言教育，在校生群體世界第一，社會上外語學習人群也規模可觀。而且，中國的語言教育的種類也紛繁複雜，伸指粗數，即有：1. 漢語母語教育；2. 少數民族母語教育；3. 具有母語教育性質的海外華文（華語）教育；4. 少數民族的國家通用語言教育；5. 民族之間的語言教育；6. 國內的漢語方言教育（包括本方言的方言教育、外方言的方言教育、少數民族的漢語方言教育等）；7. 外語教育；8. 漢語普通話作為外語的教育；9. 漢語方言作為外語的教育；10. 民族語言作為外語的教育。除此之外，如果再分單語教育和雙語教育、幼兒語言教育和青少年語言教育、學校語言教育和成人語言教育等，那更是數不勝數了。規模如此龐大、種類如此繁多的語言教育，決定了中國需要教育語言學的指導。（《中國需要教育語言學》2018 年）

　　中國有着世界最大規模和最多類型的語言教育，也有分散在各語種教育中的大量的研究成果，有着專業的和潛在的龐大研究隊伍，因此，中國不僅需要教育語言學，而且也能夠為教育語言學的國際發展貢獻「中國智慧」。（《中國需要教育語言學》2018 年）

　　語言教育既是重要的社會實踐活動，又具有重要的學術研究意義，而要真正把語言教育說清楚，把語言教育的成果說清楚，把語言教育的歷史、現狀和未來發展趨勢說清楚，需要理論學養，也需要有實踐體驗。（《幫助漢語學習者過好語言生活》2018 年）

　　語言信息化和語言研究手段的信息化，就某種意義而言，是年輕人的事業。要注意培養年輕人，不可把學生看作自己研究的簡單翻版，要充分發揮他們的才幹，要欣賞他們的創造力。年輕的學者，應自覺承擔起歷史重任，把握着即將到來的學術機遇，把我國的應用語言學事業推向前進。（暨南大學「應用語言學學科建設高級專家研討會」2004 年）

　　學生不是老師的影子，不必亦步亦趨跟隨老師作學術。學術不在於他人的認可，而在於自己的信念。真的學者，甚至需要「只問耕耘，不問收穫」的思想境界。索緒爾的《普通語言學教程》，那是劃時代的著作，但在生前的影響並不很大，身後才由學生根據聽課筆記整理出版。（《語言研究的起點應是語言的自然狀態——序黃敏〈新聞話語中的言語表徵研究〉》，2012 年）

　　但是不能不看到，語言學界知識老化窄化的現象十分普遍，十分嚴重。這種局面是由眾所周知的歷史原因造成的，但與我國目前的教育體系也有極大關係。泱泱大國竟沒有一個語言學系（除語言學院），語言學專業也少得可憐。中文系和外文系是培養語言學專業人才的主要基地，但在這些系中，語言學課程少得可憐，受到輕視。一個大學本科畢業生甚至不具備起碼的科研能力，甚至連研究生課程也是即興設置，不是從需要出發，而是導師能講什麼課就開什麼課。從而造成了研究隊伍青黃不接，研究人員的知識結構先天不足。大學和科研單位是語言研究的兩大基地，但個人的研究領域十分窄狹，畫地為牢，知識封閉，先天不足的知識結構又不能在工作中迅速拓寬，造成後天失調。（《語言的全息性與語言的全方位研究》1989 年）

　　古今中外，曾有幾多「推薦書目」，中國清代就有張之洞的《書目答問》，梁啟超的《西學書目表》。書目的推薦者，有權威部門、著名學校、知名學者、成功人士，或是圖書網站等；所薦書目，都指向一定的讀者群體，或是學生，或是某一領域的專門受眾；這些推薦書目在促進閱讀、增長知識等方面，都起到了一定的社會作用。（《閱讀中國》2016）

　　語言傳播是人類重要的文化現象，也是重要的語言生活。語言傳播既促進語言接觸、文化接觸，推進着人類的社會進步，同時也積累着語言矛盾和文化矛盾。應根據語言規劃學、教育語言學等理

論，根據中國的國情和世界的「世情」，做好語言規劃；如果規劃不當，就可能引發語言衝突，影響國家的語言能力，影響語言生活的和諧，影響社會的發展。語言傳播有諸多途徑與諸多表現，但其基礎是語言教育；就中國而言，漢語國際教育、華語認同與華語教育、外語教育、普通話在方言區的推廣、民族地區的雙語教育，都屬語言傳播範疇。研究各種語言教育的規律，研究語言教育與語言傳播的關係，研究語言傳播規律，研究語言傳播帶來的語言接觸及文化接觸等問題，研究因語言教育而產生的雙語人（包括多語人），研究雙語人的文化形態，研究雙語人在文化傳播、語言接觸和文化接觸中的作用，都是相互關聯的學術話題，都應當對它們統籌考慮，做好語言規劃。(《李宇明語言傳播與規劃論文集》2017 年)

以往，學界多研究語言教學，少研究語言教育，更缺少把不同的語言教育綜合研究的意識；也不大注意將語言教學同語言傳播、語言接觸、文化接觸、雙語人的特性及作用、語言規劃等關聯起來進行研究，研究成果多局限於教室，而較難用於更大的學術空間，也不易進行更高的理論提升。這種學術窘況如能改變，整個學術景觀就很不一樣了！(《李宇明語言傳播與規劃論文集》2017 年)

中國是考試制度的首發地，積澱着濃郁的考試文化。人們常把隋朝 (581 年–619 年) 實施的科舉考試看作中國考試制度的源頭，距今約有 1400 年歷史。其實，考試制度的起源也許更早。據《晉書·卷一百五·載記第五·石勒下》記載，「十六國」的後趙 (319 年–352 年) 國君石勒，雖是羯族胡人，但卻重文崇教，在都城裏

國（今邢台）就設有太學，還辦有宣文、宣教、崇儒、崇教等十餘所小學。「命郡國立學官，每郡置博士祭酒二人，弟子百五十人，三考修成，顯升台府。」這種「三考修成」制便是其後隋朝科舉考試的前身。若以此計，中國的考試制度約有 1700 年之久。（《論中國語言測試學的發展》2020 年）

在語言能力越來越重要、越來越受到重視的今天，在語言測試越來越學術化、信息化、國際化、企業化的今天，在線上教育、「智能教育」、5G 網絡和語言智能成為教育「口頭語」且教育正在面臨巨大變遷的今天，中國的語言測試也會發生巨大變化。這種變化不僅對測試從業人員提出新要求，也會波及語言（語文）教師。（《論中國語言測試學的發展》2020 年）

中國的語言測試品類豐富、實踐豐富，參測人數世界第一。但是交流融通卻十分不夠，各自經營，自得其樂。沒有交流融通，就不可能由「語言測試大國」發展為「語言測試強國」，在國際語言測試界只能做「跟跑者」甚至是「局外人」。融通有不同的層面與深度：

首先是有「融通意識」。認識到融通對中國語言測試界發展的重要性，認識到融通的學術意義和社會意義；

其次要實現「形式融通」。有包含共聚各語言測試的學會、會議和雜誌，通過學會、會議、雜誌實現交流；

　　第三是「合作融通」。在交流的基礎上發展合作，對共同的問題開展合作研究，甚至合作研發語言測試項目，在合作的基礎上實現融通；

　　第四是「共享融通」。特別是共享各自的測試資料、測試技術等；

　　第五是「理念融通」。大家有共同的語言測試理念、努力方向。(《論中國語言測試學的發展》2020 年)

　　早期的語言測試，基本上都是語言知識測試，認為語言交際能力都要依賴語言知識，甚至就是語言知識。「知識測試」在當今重大的語言測試中都沒有什麼地位了，但在語言（語文）教學測試中、特別是基礎教育的語言（語文）測試中，還有較多表現。語言知識對於語言交際能力的提升應該有一定作用，比如在交際前語言計劃的制定時，在書面交際文本的起草時，在交際文本的修改時，明顯可以感到語言知識所起的作用；但是究竟起什麼作用、在哪些方面起作用、怎樣起作用，的確還是學術研究的課題。

　　現在的語言測試，多是測試「聽、說、讀、寫、譯」或其中若干項的能力。比之「知識測試」這自然是一大進步，但仔細分析，這種測試也還有不小問題：其一，「聽、說、讀、寫、譯」在語言學習中是相互聯繫、相互支撐的，在交際實踐中是綜合運用的，或其中若干能力綜合運用的。將這些能力分離測試，必有偏頗。其二，在實際命題中，這些能力的測試雖然也考慮如何貼近應用，但

是領先的着眼點還是「語音、詞彙、語法」等結構方面的內容，而不是反映語言真實存在方式的話語，故而與語言的實際應用還是有不小距離。語言學界正由結構研究向話語研究轉變，這種「轉變」應引起語言測試界的重視。前些年，流行「標準化測試」，為方便機器閱卷而讓考生在 ABCD 選項上打勾，這就更增加了測試與語言交際實際的距離。（《論中國語言測試學的發展》2020 年）

　　語言行為是在不同場域進行的，每種語言行為都有一定的心理圖式，這種心理圖式是語言習慣和社會文化習慣的長期積澱，是言語交際的行為「腳本」，人們是依照「腳本」來行動的。掌握語言行為的心理圖式並能夠「以圖行事」，就是語言交際能力；兒童語言習得和外語學習，主要學習對象就是這種心理圖式及如何「以圖行事」；這也應是語言測試的靶的。怎麼樣測試這種語言交際能力，是語言測試的研究課題和發展方向。（《論中國語言測試學的發展》2020 年）

　　隨着時代的進步，人類分工越來越細，各職業崗位對勞動者的工作能力也有不同要求，其中也包括語言能力的不同要求……什麼崗位需要什麼樣的語言能力，並不清楚，這一領域還是一塊待墾的處女地。現有的語言測試，理論上說都屬水平測試，水平測試是評價人的語言能力達到了何種水平；至於這種水平可以勝任某一行當的工作，那多是經驗判斷，或是慣性約定。社會用人單位有時也會作出規定，比如某工作崗位要求普通話達到幾級幾等，要求英語

水平考過幾級，要求漢語水平（HSK）達到多少級，但是這種要求
與實際崗位所需要的真實語言能力是有距離的。其一，水平測試所
得出的語言水平與崗位所需能力之間就是一個「約等於」的關係，
是比較粗略的；其二，社會分工如此之細，用「約等於」的方式根
本不能描述各種職業的語言能力需求。（《論中國語言測試學的發展》
2020 年）

　　要研究社會近 1500 種職業所需要的語言行為，逐漸開發崗
位語言能力測試，推進崗位語言能力規範的建立，將語言教育、
語言能力更好地轉化為社會生產力。（《論中國語言測試學的發展》
2020 年）

　　語言測試與信息化的關係非常密切，這種關係可以表述為：第
一，將信息化成果轉化為語言測試手段，以提高語言測試水平，改
善語言測試服務；第二，測試人們掌握語言信息技術的情況，促進
語言信息技術的社會應用；第三，測試機器的語言能力，推進語言
信息化發展。（《論中國語言測試學的發展》2020 年）

　　語言測試也不只是信息化的受惠者，還應當是信息化的貢獻
者。不僅語言測試所取得的數據可以用於計算機語言理解，而且由
於計算機（機器人）正在介入人類的語言生活，一個「人機共事」
的時代即將來臨，機器正在輔助人類從事翻譯、信息檢索、寫作等
語言活動，且可能影響人類語言生活的未來發展。由紙筆測試發展
到機考再到網考，由人工測試向「人機互助」測試再向「智慧測試」

「自動化測試」的方向發展，已經需要在測試理念、測試內容、測試隊伍、測試管理等方面進行全面改進，而由測試人的語言能力到測試機器的語言能力，就更是具有挑戰性、革命性且具有推進社會進步的重大意義的時代課題。（《論中國語言測試學的發展》2020 年）

語言（語文）教學領域這五百萬工作者，直接關係到我國的母語教育、外語教育，關係着公民語言能力的發展和國家語言能力的提升，關係着海外華語的維持和漢語的國際傳播。如果這一群體具有一定的語言測試學素養，國家的語言（語文）教育事業就會有不小的進步。這是值得做的一件大事情。（《論中國語言測試學的發展》2020 年）

中國是考試制度的誕生地，積澱着濃郁的考試文化。中國的語言測試經過四十餘年發展，擁有了母語、外語和民族語等不同語言類型的測試，擁有了一批專家隊伍，積累了豐富的語言測試經驗和數據。如果各類測試能夠相互交流融通，由「融通意識」和「形式融通」，進一步發展到「合作融通」「共享融通」和「理念融通」，中國就有望由語言測試大國發展為語言測試強國，有望建立具有中國氣韻和國際影響的語言測量學。（《論中國語言測試學的發展》2020 年）

語體自古至今不斷分化孳生，以適應越來越精細的語言交際需求。語體與交際需求的適配，是語言能力的重要組成部分。而且，語體的發展與一些職業緊密關聯，如新聞語體與新聞工作、公文語

體與公務員、文藝語體與文藝工作、科技語體與科技工作等。掌握語體是語言能力問題，是得體地甚至藝術地使用語言的問題，同時也是職業能力的培養問題。（《寫作與語體》2021 年）

　　語體教育是個大課題。沒有科學的語體教育，語體的把握就只能靠「書讀百遍、其義自見」式的慢慢領悟或頓悟，靠師傅帶徒弟般明學手藝或偷學手藝。很顯然，只注意字、詞、句和聽、說、讀、寫、譯，並不能圓滿完成語言教學任務，並不能保證學習者具有「應景得體」的語體能力。（《寫作與語體》2021 年）

　　基礎教育階段的語體教育，應當使學生具有語體意識，具有語體常識，能夠得體地進行日常語體和正式語體的交流，並嘗試使用典雅語體。大學教育是專業教育，本身就應開展與專業相關的語體教育。比如，新聞學專業需要掌握新聞語體，文祕或管理專業需要掌握公文語體，理工科需要掌握相關的專業語體；同時大學生要能夠掌握典雅語體。大學語體教育應成為學生將來工作的準備，語體能力是專業能力的有機組成部分，也是職業能力的有機組成部分。大學的語體教育不僅要有學科專業意識，需要有工作職業意識。（《寫作與語體》2021 年）

　　在語言智能時代，語體教育不僅面向人，也需面向機器。訓練機器的語料庫建設應重視語體標記，經由詞語、格式、結構等形成的「語體標記」，讓機器能學會區分日常語體、正式語體、典雅語體。語體能力是語言使用的高級能力，也是語言智能的高難技術，

需要語體學的介入。讓機器獲取語體能力，可以提升計算機語言處理語言的水平，也可以讓計算機幫助人學習語體，成為語體教育的助手。（《寫作與語體》2021 年）

教育向善

　　教育是一種「未來」事業，今日之教育乃明日之科技，乃後天之國力。因此教育必須面向未來，必須有一種超前意識。(《創新教育和教育手段現代化的思考》1999 年)

　　教學是學校所有工作的核心，也是學校之所以有存在價值的最根本的理據。教學改革「改革」什麼？怎麼改革？很顯然不能僅以某種理念為依據，不能全憑行政命令來運作，而必須依照高等教育規律來進行。(《創新教育和教育手段現代化的思考》1999 年)

　　大學最重要的使命是培養優秀人才。要培養有益於國家和人類的公民。二十世紀六十年代人們就意識到，一個發明可能幫助世界進步，也可能破壞甚至毀滅世界，比如核武器、危及人類的病毒、網絡武器等。因此，必須為科學發明裝上一個「倫理安全閥」，必須為科學研究者刻畫一道倫理底線。世界一體化，但是人類需要文化多元化，需要與其他文化和睦共處，需要與大自然和睦相處。目前，人類正處在百年不遇之大變局中，大學更需要思考培養什麼樣人的問題，培養的人有沒有悲憫情懷，能否與人和睦相處，能否尊重不同文化，能尊重和融入大自然？(《做人為學，全在一個真字！》2021 年)

　　教師不是「教書匠」，教學是藝術也是科學，精心進行教學研究方能成為一名優秀教師。(《語言學習與教育》後記 2002 年)

　　要培養有創新精神和創新能力的學生，首先教師必須站在科學的前沿，教師必須具有創新精神和創新能力。在我國高等師範院校中長期存在着關於「師範性」與「學術性」的爭論。就我看來，這種爭論是虛假爭論，甚至是有害無益的爭論。對高等師範院校來說，師範性和學術性是緊密結合無法分不開的，就像一頁紙的正面和背面一樣。(《創新教育和教育手段現代化的思考》1999 年)

　　傳統意義上的教師是「經師」，其任務是「傳道、受業、解惑」。近些年，又提出教師是「人師」的說法，教師不僅要傳授知識，而且要教書育人，為人師表。隨着現代化教育手段的運用，學生將逐漸變為真正的教學的主體，學生可以在網絡上或計算機上選擇課程和教師，「老師在課堂上講、學生在課堂上聽」的教學模式不再是唯一的模式。學生的學習主動性變得越來越重要，學生的「個性」和「特色」變得越來越突出。教師在教學中的主要作用是指導，像是學生學習的「導航員」一樣。教師的這種作用可以稱為「導師」。華中師範大學語言學研究所的所訓中就有「尊師導生」的話，「尊師」是對學生的要求，「導生」是對教師的要求，教師就是要指導學生。當然，語言學研究所的所訓是針對研究生和研究生導師的，但對本科生和所有教師都適用。

　　從古到今，教師的角色發生了由經師到人師再到導師的變化。

經師、人師在教育史上都發生過重大影響，而且至今也不能完全否定，但是，教育手段的現代化要求教師的角色必須向導師的方向轉化。(《創新教育和教育手段現代化的思考》1999 年)

　　不管哪個層次的學生，都應該用學術的方式去學習，用學術的方式去思考。現在看來，導師更重要的是「導」，「師」的成分從本科到博士在逐漸減弱。韓愈《師說》一直是中國的師訓：「師者，所以傳道受業解惑也。」今天，傳道已經較為困難，因為老師的那個「道」不一定能跟上時代，代溝的形成深而近，老師的意識形態、思想方式、生活方式、學術方式難以讓學生全盤接受。授業也很困難，師生之間的「信息差」是授業的一個基礎條件，但老師不一定總能站在「信息高地」上，老師掌握的信息不一定都比學生多、比學生快，靠背「五經四書」教一輩子書的時代已經過去。不過，解惑還是老師的主業，老師必然有較為深厚的人生閱歷，有較多豐富的科研經驗。解惑就是「導」，「傳道、授業」就是「師」。所以我認為導師重在「導」而不在「師」。其實，本就不該要求學生跟老師亦步亦趨。我贊成在本科就實行導師制，讓優秀的導師上本科的課，為學生建立科研興趣小組，或者把學生帶到實驗室與研究生一起學習。研究生的老師是「導師」，博士後的老師是「合作導師」，這是名副其實。(《做人為學，全在一個真字！》2021 年)

　　創新是高強度的精神創造活動，這種創造活動必須在學術和時間的「自由空間」中才能進行。學生創新精神和創新能力的培養，

上承孔聖 下啟思孟

也需要有一定的自由學習的空間和時間。應該認識到，「學會做人，學會學習，學會研究」是大學生的首要學習任務，「會做人，會學習，會研究」也是創新型人才的基礎性標誌。（《創新教育和教育手段現代化的思考》1999 年）

論文都是未知的探索，其觀點正確與否，沒做過這個研究的人是難以明確判定的，老師只能從研究方法、研究材料、理論推演等方面來對論文進行評論。而且要鼓勵學生的創造意識，一個新觀點的提出，一個新論證的嘗試，一開始都難以十全十美，有點缺陷也不必求全責備。創新很不容易，許多思想大家，一開始提出的思想觀點也未必都很完美，往往需要後人繼續研究完善。（《做人為學，全在一個真字！》2021 年）

從宏觀上看，人生可分做三個層次：第一層次是社會化，逐漸學會人生規範，成為合格的社會成員。第二層次是創造性。創造就是不囿於傳統，為社會規範增加些新東西。大的「創造」就是「逆反」「反傳統」，甚至是「改革」「革命」。第三層次是整合，能夠聽進不同意見，將己見與他見整合起來，也就是古人所謂「耳順」，所謂「從心所欲不逾矩」。能夠完成「社會化」就是合格的社會成員，有些人一直不能完成「社會化」；有些人甚至是多數人可以完成社會化，但卻不能有所創造；社會上只有少數人甚至是極少數人才能進入「整合」層次，故有「聖人」之名。學術也是如此，初學者是要掌握學術規範，成為「學術共同體」的合格成員。之後

要進行學術創造，或是提出一種新觀念，或是發明一種新方法，或是發現一種新材料，就是為已有人類知識庫增加一些新東西，抑或是推翻一些固有的認識，這是一種學術的反傳統。不能進行學術創造者只能算是「工匠」，學術貢獻大小，就看學術創造力的大小。但是學術的最高境界也是整合，把古今中外的思想，把不同學科的東西整合起來，建立更大的更為完善的系統。能夠進入學術整合層次的才有可能成為「大家」。

做學術研究應當學會並遵守學術規範，但也不能滿足於「工匠」，要有所創新；到了一定的學術階段，要儘量地去嘗試整合，把不同學派的觀念和理論、學術理想和社會責任等，能夠統一起來，整合起來，形成體系。學無止境，學術修養、思想修養更無止境。（《做人為學，全在一個真字！》2021 年）

以計算機為基礎的多媒體網絡技術為基礎的教育手段現代化，在今天教育中已經不是個戰術問題，而是戰略問題。就高校的教學工作而言，教學內容、教學方法、教學管理等方面的改革，要以教學手段的現代化作為平台；而且教育手段現代化肯定會引發一場教育革命。（《創新教育和教育手段現代化的思考》1999 年）

二十世紀，世界諸多學術領域都人才輩出，串串大師名錄燦若群星。我國的二十世紀也出現了不少大師級的人物。但是有人對二十一世紀比較悲觀，認為很難再出現學術大師，很難再出現二十世紀的大師星群。這種觀點可信可不信，歷史也會證其實或證其

偽。但是卻警示我們：我們這個時代需要思考，需要思想。(《我們的時代需要思考——在紀念切音字運動 120 周年學術座談會上的小結》2014 年)

　　大學一定不能只培養有技能的人，應該培養有思想的人。想讓學生有思想，那教師首先得有思想。(與北京語言大學師友交談 2012 年)

　　當今辦學，不能只盯住國人做什麼，還要看看世界在做什麼。中國走向世界，必須爭取國際話語權，學者應當看看這裏有沒有「有趣」的學術事情。找到了有趣的事情，做起來才有趣。我當年讀研究生，其他專業的學生開玩笑，說語言學是無用之學，一天到晚的「主謂賓，定狀補」，有啥意思？當然，語言學不只是「主謂賓，定狀補」，「主謂賓，定狀補」也需要研究。但是，如果把語言學同國家前途、民族命運、人類進步更緊密地結合，定能吸引更多的熱血青年。如果一個人一輩子累死累活，做的事不知道與國家與世界是個什麼關係，也挺遺憾的。(與北京語言大學師友交談 2012 年)

　　有個成語「青春妙齡」，身處「妙齡」中的人不知其妙，而我們這些已經年齡「不妙」的人，才真正體會到青春的美妙。作為「年齡不妙的人」，我向你們這些「妙人」提三點建議：第一，要獨立思考，不迷信權威，獨立思考的參照點是國家和人民的利益；第二，要養成終身閱讀的習慣，要推進全民閱讀；第三，為高尚的靈魂築造一個健康的居所，重視體育鍛煉，找到一種適於自己、終生受益的鍛煉方法。(與北京語言大學師友交談 2012 年)

大學培養的學生，是具有特殊品格的人。這特殊品格就是要有人民的立場，獨立的精神，自由的思想，創新的能力。要具有這些特殊品格，要能夠傳承文化和創造文化，就必須經過類似「蠶—蛹—蛾」的三態變化，我把這叫做「學術三態」。「蠶」字（簡體字為「蚕」），上面一個「天」，下面一個「蟲」。蠶是一條蟲，但不是一條普通的蟲，而是有天大志向的「天蟲」。這天大的志向，就是家國情懷和人類關懷。大學生要把自己的命運同國家、民族以及人類的命運聯繫在一起。有志向還得有意志，堅定地向着人生的目標邁進，像鄭板橋說的：「咬定青山不放鬆，立根原在破岩中。千磨萬擊還堅勁，任爾東西南北風。」同時還需要身心健康，砥礪心志，鍛煉身體，把體育當作一種生活方式，給我們高尚的靈魂找一個健康的居所。

話說回來，縱然有天大的志向，但蠶仍然是一條蟲，要不停地吃，不斷地睡，過一個階段要脫一層皮。吃，就是攝取精神食糧，特別是閱讀經典。眠就是要消化吸收，要把知識內化。蛻皮就是成長，由中學時代的「低級清楚」發展成「高級糊塗」，將句號變成問號，問號是研究的出發點，是希望把問號伸展為感歎號的心理動力。

既然有天大的理想，就不能只吃、只眠、只蛻皮，還必須吐絲結繭，變態成蛹。蛹是「靜修悟道」的階段，是進行嚴格學術訓練的階段。從學業上看，這是就進入了做畢業論文或是攻讀研究生學位的階段。

在「蛹」這一階段，要建立學術框架，要掌握科學方法，要明確學術規範。其中最為重要的是學風問題。抄襲即剽竊，對於學風不端，學校的態度是「零容忍」。

如果只是蛹，那叫書呆子，動也不會動，爬也不會爬，還必須破繭而出，羽化成蛾。「蛾」這個字，左邊是「蟲」，右邊是「我」，也就是你要能夠成「蟲中之我」。「蟲中之我」就是「學中之我」，用黑格爾的話講就是「這一個」，你的研究是別人不能代替的，是後人研究必須超越的。

今天大家從蠶開始，不斷地讀書、思考、內化，發現各種問題。然後吐絲結繭，靜心悟道，得學術真諦。最後破繭而出，羽化為蛾，成「學」中之我，把一連串的問號伸展為感歎號，展示人生的絢麗風采。蛾、蝶同屬鱗翅目，世界上有十萬餘種，它們構成了大千世界的迷人景觀。（《為學三態：蠶、蛹、蛾——北京語言大學 2013 級新生第一課》2013 年）

我想起華中師大的名教授張舜徽先生。有次他去講課，他的一位研究生也要跟他去。張先生問：「你來幹什麼啊？」學生恭恭敬敬地答：「張先生，我來聽您上課。」先生說：「回去回去，看書去，黑板上沒學問。」黑板上並不是沒有學問，舜徽先生的意思是，我在課堂上要講的這些東西你都知道，光聽老師講，沒多大意思，你自己去研究去，去看書去。學問在書本裏，在研究中。張舜徽先生「黑板上沒學問」的話，實乃大家之論。

　　有一次邢福義老師到我們宿舍，我們請邢老師題字。邢老師隸書寫得很好。當時邢老師很高興，順手把牆上的一張標語扯下來（也記不得當時哪來的筆墨），在標語背面寫下了「抬頭是山，路在腳下」八個大字。這八個字，是我們的師訓，是我們治學的座右銘。這八個字的意思是：胸中要有遠大目標，目標就是學術高峰。但是為學不能只有目標，不能只是望山。望山更需登山，學術之路在你腳下。不停攀登，才有無限風光。這麼多年來，我們謹守「抬頭是山，路在腳下」的師訓，步步前行不敢懈怠，步步前行不敢浮漂。導師留給學生的學術滋養，能夠影響學生的一生。

　　是的，句號是學術的鐐銬。如果頭腦中都是句號的話，就沒有新選題，沒有學術動力。要把句號砸開，變句號為問號，在前人的結論和自己的結論基礎上，通過分析批判找到新問題，然後再努力解決問題，把問號變成感歎號。當然，人生時間是有限的，去解決哪些問題，怎麼去解決問題，需要學術智慧。

　　古人說，經師易求，人師難得。經師就是只教你讀經的老師，只教你知識的老師，這樣的老師哪兒都是。但是人師是最難得的，人師是教你做人的老師。（《著名語言學家邢福義的故事》2016 年）

　　讀博士有兩大任務，一是探討未知；二是把已知用在未知的領域。探討未知是科學的使命，不管是自然科學、人文科學、還是社會科學。所謂把已知用在未知的領域，是信息化時代的學術新要求。這個時代，是個急需把知識轉化為生產力、轉化為產品的時

代，也是能夠把知識轉化成生產力、轉化成產品的時代。就語言學而言，已經產生了語言科學和語言技術學兩大分野。語言科學是求真，主要是探索未知；語言技術學是求善，是通過技術進步來推動社會進步。語言技術學也牽涉到未知。但在大多數的情況下，是把已知用在未知的領域。

博士生跟着導師，除了學習知識和學習如何進行研究，還有培養學生人生觀的問題：對於世界的看法、對於家庭的看法、對於人性的看法。我是老師，但更喜歡做他們的朋友。

導師，既不是比學生更高明的人，也不像唐代韓愈所講的，只是「傳道授業解惑」。我心目中合格的導師，應該是站在學科前沿、陪着學生一起攻關奪隘的人。導師，不是「教不教」的問題，而是「導不導」的問題；導師，重在於「導」，而不是「師」。漢語「導師」這個詞，我覺得很有意味。

關於博士論文，我最關注的是提出了什麼問題，解決了什麼問題，留下了什麼問題。一篇好的博士論文，首先要提出一個或一些有價值的問題，如果提不出問題，或是提出的問題沒有價值，做得再完善，都不算是一篇好論文。提出問題後，他解決的那個或那些問題，是否在前人的基礎上有所推進。這個推進，可以是理論上的，可以是方法上的，或者是材料上的。我過去比較欣賞理論和方法的創新，現在更看中材料上的推進。

一個新的發現，很難穩妥地處理好舊知與新知、已知與未知之間的關係。原來的知識已形成了一個嚴謹的知識架構。按照皮亞傑的觀點，人的慣性思維，在發現一個新東西之時，常常是先把它拉進原有的知識結構裏，能夠裝進去就裝進去，裝不進去，就需要修改舊框架，建立新框架。做論文也是如此，真正的突破是重新建構。重新建構，談何容易？需要對一系列科學研究的觀念、範式等進行調適。當年喬姆斯基為了重新建構，從二十世紀五十年代開始，一直在不斷補充完善，用了多少時間？喬姆斯基的《句法結構》是 1957 年發表的。他是一個需要你永遠跟着他奔跑的人。真正有創造力的論文，並不是完美無瑕的，而是有很多需要完善的地方。但你可以從並非完美的論文中，看到那種靈性，那種創造力。這是最可貴的。而現今的答辯制度，往往要求規範，要求十全十美。因而博士寫論文做答辯，首要求穩妥，求自圓其說，別讓人挑出那麼多毛病。所以有創造力的人，也會把一些帶有鋒芒的觀點，忍痛藏匿起來，等畢業之後再去探索。

我在答辯會上，所提問題屬 N+1 的水平。設學生的學術水平為 N，我會提稍微超過他水平的問題，啟發他思考。我既不會提 N=0 的送分問題，也不提 N+2 的問題，那會難倒學生，或者是在顯示自己有水平。應當通過提問，促進學生進一步思考些問題。事實證明，這樣的提問，很有價值。一些畢業後還繼續做研究的人，都說這樣的提問對他們之後的研究很有幫助。答辯也是一種學術資源，千萬不要浪費了這種資源，否則就太可惜了。

　　總體上來說，我是一個學術自由的擁護者。我認為思想創造，絕對要有自由的空間，有自由的思考，有自由創造的環境。沒有自由，很難達到一般人難以達到的精神境界。對學術的任何鐐銬，最終都是鐐銬人類自己。我給我指導的學生以極大的自由，包括我給他定的選題，即使他又換做其他題目，我仍能理解，論文必然還是學生做。博士生，絕對不是導師的附屬品，而是一個學術共同體中最具創新能力的個體。他有了基本的學術經驗，有了基本的學術積累，就進入到人生最好的創造時期。還有一點，我對我的學生、同事，經常保持一種欣賞的態度，我總能看到他們的創造力，他們的優點。（《導師，重在「導」而不在「師」──李宇明教授訪談錄》2018 年）

　　看一所大學的貢獻，不能只看掙到了多少科研項目，有多少辦學經費，蓋了多少棟大樓，根本上說要看為人類發展做了什麼，解決了多少國家和人類發展中遇到的問題，出了多少思想家、科學家。（《中華英才──桃李不言花自紅》2012 年）

　　大學是思想的發生地，我們現在比較重視技術、知識的傳授傳播，但是我認為更要重視思想，大學應該成為人類思想積聚和產生的一個制高點，看是不是一流大學，第一要看為人類和社會的發展解決了多少問題；二要看他產生了多少影響人類的思想。（與師友交談 2012 年）

　　人才培養、科學研究、社會服務、文化的傳承創新，其實是大學要做的四件事情，是從功能性的角度來表述大學的使命。這四件

事情聚焦起來就是「知識」二字，大學本質上是一個關於知識的特殊學術機構，其基本使命就是：管理知識，傳播知識，運用知識，創造知識。

大學是知識的管理者。管理知識，就是儘量廣泛地收集起人類的知識，研製出知識分類系統來科學梳理知識，妥善保管知識，並盡可能方便地提供給知識查閱者。大學的知識不僅存儲在圖書館中，而且也存儲在教師的頭腦中。

大學是知識的傳播者。人類過去知識的傳播，以縱向傳播為主，薪火相傳，連綿不絕。隨着人類活動半徑的快速增大，全球化時代的來臨，知識的橫向傳播也迅速發展起來。跨文化教育成為大學的常見現象。

大學教育也逐漸走出圍牆，開辦用於公民教育的課程，最近廣為流行的「慕課」（MOOCs，大規模網絡公開課），藉助互聯網走進公民社會。「慕課」以及「微課程」，正在實現知識的縱向傳播與橫向傳播的同步，為建立學習型社會提供了便利。

大學是知識的應用者。大學通過知識的應用，將科學轉化為技術，將科學技術轉化為社會產品，直接服務於社會，直接推動社會進步。在這方面中國的大學雖然做得還不夠，但已經顯示了巨大的潛力，正在成為「中國創造」的重要力量。大學是知識的創造者。每一代人都不能僅是前人知識的享用者，還應當是新知識的創造

者，為人類的知識武庫增加些新兵器。大學重視科學研究，其根據就在於此。

　　社會上有關知識的學術機構並不只有大學，但是唯有大學才擁有管理知識、傳播知識、運用知識、創造知識的綜合使命。大學既然是重要的學術機構，它就應當尊重學術，守護學術，以學術為本位，提倡學術自由，尊重從事學術的人、特別是有學術創造精神的人。（《大學的使命》2013 年）

　　大學要有大情懷，要解決大問題。何謂大學？回答這一問題，馬上會想起先賢名言：「所謂大學者，非謂有大樓之謂也，有大師之謂也。」我想，大學不能沒有大師，也不能沒有大樓，但更為關鍵的是要有大情懷。我所理解的大情懷，就是學校利益、國家意識、科學精神、世界眼光、以及對人類的終極思考。（《大學情懷》2012 年）

　　大學要重視社會引導功能。不管是人才培養也好，科學研究也好，社會服務也好，文化傳承創新也好，最終還是要影響公民社會，推動社會進步。因此大學要關心社會，研究社會。（與北京語言大學師友交談 2012 年）

　　我們辦學的主要目標是發展中國教育，培養有擔當的學生，開啟民智，拓展知識，推動社會進步。（與北京語言大學師友交談 2012 年）

　　不能只強調中國文化走出去，應該和世界雙向交流。要把中國文化介紹出去，也要把世界優秀文化介紹進來。此乃「文化互鑒」。（與北京語言大學師友交談 2012 年）

　　有人把人類社會分為「上喻時代」「互喻時代」和「後喻時代」。過去是「上喻時代」，官員和私塾先生掌握的知識多、信息多，具有教育老百姓、教育學生的資本；今天也許進入了「互喻時代」，因為知識和信息並不為官員、教師所壟斷，老百姓、學生也擁有大量的知識和信息，需要相互曉喻。在某些方面甚至進入了「後喻時代」，比如說信息產品，年輕人比老年人要掌握得好。「傳道、授業、解惑」是「上喻時代」的教師使命，在今天「三喻」共存的時代，需要重新審視「傳道、授業、解惑」這一使命。教師的最合適的職責也許是「導師」，「引導、指導、開導」。（與北京語言大學師友交談 2012 年）

　　為青年人搭建扎實的人生平台，和他們一起設計人生的路線圖，和他們一起放飛人生夢想。為中年人施展人生抱負創造條件，使他們生活有尊嚴，工作有成就感。為離退休老年人解除後顧之憂，共享學校發展成果，展示人生成熟時期的智慧光彩。夕陽無限好，不怕近黃昏。（與北京語言大學師友交談 2012 年）

　　不同的崗位，都應該關心基層、關心群眾，真正做到「四個服務」——服務學生、服務教師、服務基層一線、服務校友。（與北京語言大學師友交談 2013 年）

　　與語言相關的問題都可以研究，國家、社會、公民的語言學需要，我們都力爭去滿足。當然，只把學校（指北京語言大學）建設為「語言學重鎮」還是不夠的。較為長期的目標，是建設為「中國學」研究與教育中心，凡是外國朋友感興趣的中國問題，我們都要研究，都要有人研究。中國學也就是「新漢學」，到那個時候，我們由培養漢語人才發展為可以培養「新漢學家」，培養中國問題專家。外國感興趣的中國問題十分廣泛，研究這些問題需要多學科支撐。

　　學科發展必須循序漸進。新學科的發展宜於採取「自上而下」的方略，即先從研究團隊抓起，先做研究項目，然後帶研究生，然後開設本科課程，社會有需求、辦學有條件時再辦本科專業。本科本科，就是學校的根本，不能輕易改換，也不能輕易舉辦。平時留學生經常問的中國問題，就可以作為我們研究中國學的問題。（與北京語言大學師友交談 2012 年）

　　我們這個中心（指國家語言資源監測與研究中心）積累這樣大量的資源，對我們國家的信息化是有幫助的，特別是對語言信息化是有幫助的。我們現在開始提出「語言資源」的概念，不一定有很多人能接受，但是明顯的我們感覺到語言資源也是一種國家資源……我們中心的名字就叫做「國家語言資源監測與研究中心」，提出語言資源的概念，把它和礦產資源、水利資源土地資源同等來看待。（北京語言大學「國家語言資源監測與研究中心」成立大會上的講話 2004 年）

　　在研究方向上，應有主有次，重點研究方向應放在應對國家戰略需求和地區戰略需求上；在研究內容上，既要考慮研究者自身專業背景，也可按其自身研究愛好開展；在研究驅動力上，每個科研工作者都應考慮其研究的價值所在，要麼是研究事物發展的本質規律，要麼是研究如何對國家、社會和學校發展有用；在研究成果形式上，應對各種研究成果形式均予以認可。（與北京語言大學師友交談 2012 年）

　　一個大學的發展，不在於討論哪個學科是優勢學科，哪個不是優勢學科，既然辦學，每個學科都要在原有的基礎上往前走。站到山頭上的，要考慮把大旗舉得更高，向新的山頭進發。處在山下、山腰的，也要盯着山頭，步步登高，步步向前，不言放棄。（與北京語言大學師友交談 2012 年）

　　一個學科要建設好，三年五載肯定不夠，有時要通過幾代人的持續努力。學科建設既要重視硬件建設，更要重視教師的培養，特別是青年教師的培養。學校之間的競爭主要是競爭未來，青年教師就是我們的未來。（與北京語言大學師友交談 2012 年）

　　辦大學必須有特色，有了特色還要使其更加鮮明。時代在變化，原有特色可能會褪色，或者不再成為特色，甚至成為包袱！我們要根據時代的發展不斷審視自己的特色，加鮮自己的特色，尋找、形成新的特色。新的辦學特色形成有很多途徑，可以在老學科的基礎上整合生新，或是培育新的學科生長點。科學發展史表明，

學科交叉最易形成新的學科優勢，最巧的辦法是用原有優勢學科與相關學科交叉融合。這樣，既不傷筋動骨，又能與時俱進。（與北京語言大學師友交談 2012 年）

　　學科帶頭人是學術梯隊的核心，一個優秀的學科帶頭人，配之以合適的學術梯隊，就是一個學科。（與北京語言大學師友交談 2012 年）

　　學科要注意形成自己的「核心技術」。沒有核心技術就不能成為有影響的學科，當然這個核心技術是廣義的。（與北京語言大學師友交談 2012 年）

　　我們應當提出培養漢學家的戰略目標。漢學家對海外漢語教育、海外中國學的發展影響巨大，對中國文化走向世界、中國走向世界意義深遠。（與北京語言大學師友交談 2012 年）

　　我們處在信息大爆炸的時代。我提一個浪漫的問題：信息大爆炸的後果是什麼？第一，人類將一生都在學習，沒有工作的機會；第二，人類將失去創造力，再也不能創造新知。知識如果不斷爆炸下去，使人類學習相關知識的時間不斷延長，總有一天需要到六十歲才能把應當學、必須學的知識學習完，甚至六十歲還學習不完。按照現在的退休制度，六十歲退休，那麼結果是一生的時間只用來學習，沒有工作的機會。所有的人都沒有工作時間，也就不能再創造新知了，人類的創造力也就停止了。當然，這一天的到來，需要相當長的時間，但在邏輯上這一推斷是成立的。

　　人類當然不允許這樣可怕的後果出現，會採取兩種措施來規避這樣的後果：第一，改革教學。改變教學理念，更新教學方法，提高教學效果，縮短學習時間。教學理念最大的變化，就是教學不再以知識傳授為主要目標，而是以提供觀念、方法，提升能力等為主要目標。教學方法的最大更新，莫過於使用以現代信息技術為核心的教育技術。第二，發展處理知識的技術。讓機器幫助人類收集、整理、挖掘、組織知識。改革教學，處理知識，我們都在做，在「知識大爆炸後果」的上述假說中，這兩個方面應當做得更加自覺，更加努力！（與北京語言大學師友交談 2012 年）

　　大學的使命有許多需要學生承擔，需要在學時承擔或畢業後承擔，所以大學的使命也是大學生的使命。大學學習的根本任務，就是學會用學術的方式來思考問題、發現問題和解決問題。完成這一任務，需要很多因素，我主要談四點：

　　第一，人民意識。人民意識是為人處事的立場，也是學術研究的立場。樹人先立德，竊以為，德之首就是「人民意識」，要永遠站在人民大眾的立場上去思考問題、發現問題和解決問題。科學之倫理、社會之正義、為事之善惡，全以人民立場為準繩。人、學術和精神，不能墮落為壓榨人民的權貴的附庸，人民利益永遠高於一切。

　　第二，終身讀書。《周易》云：「君子多識前言往行，以畜其德。」「前言往行」，就是前人之嘉言懿行。「以畜其德」，「畜」通

「蓄」，就是將前人之嘉言懿行作為自己道德品行、見識思慮的基礎。讀書方可與古今中外的聖賢為伍，方可發現沒有解決的新問題、方可發現解決問題的思路。過去，識不識字、能不能讀書，是文盲和非文盲的劃分標誌；如今，義務教育已經在中國普及，大學教育也進入大眾化階段，區分人群的標準已經不是識字不識字、能不能讀書，而是樂意不樂意讀書。樂意讀書與否，成為兩種不同的人生方式，帶來不同的人生質量，最終導致兩種不同的人生。作為當代人，要養成終生讀書的習慣，在讀書中與賢聖交遊交心，在讀書中涉獵知識、淬煉品格，在讀書中領悟人生的美妙。

第三，批判精神。批判精神不是無根據地批判一切，而是一種獨立思考、不迷信權威、不盲從成說的質量，就是努力發現不合理的問題意識，就是以多維度思維、探討另種解決問題的習慣。諾貝爾獎獲得者丁肇中曾經說過：「科學就是多數服從少數，只有少數人把多數人的觀念推翻之後，科學才能向前發展。」批判精神，不僅需要見識，更需要膽識。

第四，堅持真理。真理是世界構成、運行的規律。發現這些規律，就是探索問題；遵循這些規律，就是堅持真理。堅持真理有時候比發現真理還難。發現了問題，應如獲至寶，想盡千方百計解決它，「堅持不懈」；探討之所得，絕不輕易放棄，「固執己見」，除非證明它真的錯了。自己錯了，能夠放棄，這也是一種勇氣。向真理低頭不是恥辱，而是高貴！當然，貼着真理標籤的東西很多，要

學會用學術的方式去甄別。(《立德樹人，不辱大學使命——在 2014 年北京語言大學新生開學典禮上的講話》2014 年)

　　研究生是國家科學研究的生力軍。論文選題很重要。碩士論文和博士論文的選題，除了研究本體類的題目之外，我建議要對社會最急需的問題進行研究。碩博論文，不能只是書齋裏的東西，不只是將來裝進檔案袋裏的東西，一定要對國家的發展、對國家決策起到參考作用。研究生主管部門、研究生導師，要對研究生的論文選題、論文評價等，有一個新的導向，也就是「問題導向」。當然，這首先取決於研究生導師要有「問題意識」「國家意識」。(與北京語言大學師友交談 2012 年)

　　人生在世，有「最低綱領」和「最高綱領」。「最低綱領」謀生。謀生有不同層次：如果夠養活自己，就是「自立之人」；如果能夠養家，能夠上養老下養小，中養伴侶，就是「養家之人」；如果一個人可以為一群人提供就業機會，為多人謀生，可稱為「養群之人」。能夠自立養己，還沒有超越動物境界，動物就能夠自己養自己；能夠養家，已經是半人性半動物性；能夠養群，則完全社會化了。人生的「最高綱領」已超出謀生的直接需求，志在傳承文化、創造文化。文化傳承和創新，是大學的使命，也是大學培養的優秀人才的人生追求。(《大學的使命》2013 年)

　　按照創新教育的要求，評價優秀大學生的標準是：能夠砸開句號成問號，再伸展問號成感歎號。

一、句號。句號（。）是一個圓圈，代表着自己已有之成績，也象徵着學術上已有之結論。就發展邏輯而論，句號是一種「低級清楚」狀態，甚至是思想之鐐銬。兩個句號就銬上了雙手，四個句號連雙腳也能銬上。能否成為一名優秀的大學生，首先看你能否砸開句號，將句號變為問號。砸開句號變為問號，需要有三種意識。第一種是人民意識。我們思考問題，分析問題，要永遠站在人民的立場上，科學發現不能用於危害人民、危害社會。這是科學倫理學。第二種是批判意識。批判意識並不是簡單的批判，也不是凡事皆批判。批判意識提倡自主思考，理性思考，不迷信，不盲從。第三種是創新意識。學習不只是簡單地接受，而是創新性學習，是在學習中創新，學習是為了創新。要砸開句號，第一，必須站在學術前沿，身在遠離學術前沿處，砸開句號只能是奢談。站在學術前沿最快捷的辦法就是讀書。我們處在信息「碎片化」的時代，用整塊的時間靜心讀書的機會越來越少，要學習歐陽修的「三上」讀書法：馬上、枕上、廁上。第二，要面向現實。書本不能取代社會現實。要面向社會現實思考問題，要解決社會發展遇到的問題。面向現實就是關心天下，胸懷天下。第三，要展開理論遐想，善於利用演繹來發現規律。3D 打印、大數據等現代技術，為人類的演繹活動提供了更多方便，我們不僅要善於利用物理實驗室，還要充分利用「社會實驗室」和「大腦實驗室」。

二、問號。問號（？）是指學術的疑惑和疑問，指科研問題。與句號相比，它是一種「高級糊塗」狀態。問號是打開問題的鑰

匙，是學術進步的掘進器，是前進的內驅力。問號（？）之形，也酷似追求真理的躬耕勞作的身影。一個人擁有多少問號，就擁有多少學術動力。能夠提出什麼樣的問題，標誌着一個人的學術品位。能植入他人腦中多少問號，代表着有多大的學術影響力。解決了多少問號，解決了什麼層次的問號，代表着學術貢獻度。

大學教師，應是善於在學生腦中植入問號的人，而不僅僅是知識的傳授者。韓愈《師說》：「師者，所以傳道受業解惑也。」當今之世，用「傳道、授業、解惑」來表述教師之職責，已不確當。教師應是人師，應是幫助學生尋求問號、解決問號的學術導師。

三、感歎號。感歎號（！）代表着問題的解決，附帶有解決問題之後的愉悅。就發展邏輯而論，相比於句號和問號，感歎號是一種「高級清楚」狀態。問號（？）伸直，方成感歎號（！）。伸直問號之法與砸開句號之法大體相似，但更為艱難。能夠找到問題不容易，解決問題就更難。人生苦短，沒有多少時間能夠讓人展開所有的問號。就是長命百歲，也只有大約三十一億秒的時光。決定伸直哪些問號，試圖解決什麼問題，需要學術決策，體現着學術智慧。大量的科學實踐表明，伸展問號的最佳領域：在學術交叉邊緣處，在社會重大需求處，在未來的學術生長處，在最能顯示自己學術能力處。伸展問號的活動是學術活動，從事學術活動也就是進入了學術共同體。進入學術共同體，有三條很重要：

　　第一，遵循學術規矩。抄襲、剽竊，資料造假，一稿多投等，都是違背學術規矩的。對於學術道德不端，學術共同體是零容忍。考試作弊，也是學術道德問題，對此也是零容忍。

　　第二，講究學術方法。科學不只是得到結論，而是要看用什麼樣的方法、什麼樣的材料得到的結論。所謂「學會用學術的方式思考」，主要就是思考的方式方法問題。

　　第三，掌握學術話語。學術表達有其共同體的特殊要求，掌握學術話語，既是大學學習的新任務，也是大學階段語言能力發展的新使命。掌握學術話語，不能只看教科書，教科書的學術話語不典型，其所講的知識也多不在學術前沿。要學會學術話語，主要應讀論文論著，讀經典原著。

　　在我開講之前，有一位教授告訴我，去年我的開學第一講《學會用學術的方式思考》非常好，他在課堂上經常引用。希望我在去年的基礎上，再講講學術的第一要務是求真的問題，學術乃天下之公器，講點學術規矩。我前面講的這一段，就是完成這位教授交給我的任務。

　　第四，永遠站在問號的起跑線。我的研究生導師、著名語言學家邢福義先生教導我，要「永遠站在問號的起跑線」。他是這樣說的，自己也是這樣做的。因此他取得了語言學大家的成就，雖然已年屆八十，還保持着旺盛的科學研究的精氣神。伸直問號，得到感歎號，能給人帶來愉悅。但若長時間陶醉在「感歎號」的溫柔鄉

中，沾沾自喜，感歎號（！）就變成了「朽木」一根。學習、科研的過程，是一個求問求解、循環往復的過程。砸開一個句號，尋找新的問號，問號再變成感歎號，之後又產生許多新問號，又要去伸直它。從低級清楚到高級糊塗，再到高級清楚、更高級的糊塗。

一代人有一代人的學術擔當。站在池塘邊往裏丟一枚石子，漣漪一波一波蕩開。這就如同人類的思想庫，我們這一代人的使命，就是從一圈漣漪擴展到下一圈。你們的學術擔當，你們的創造，就是一圈一圈地擴充人類的思想庫。

我用學術的三個標點（。？！）來比喻學術的不同階段。一個優秀的大學生，就是要擁有一大串問號。這些問號有專業領域的，也應有社會、國家、世界方面的。在世界反法西斯戰爭勝利七十周年的今天，人類為什麼還不能擺脫戰爭的陰影？為什麼三歲的男孩會溺死在地中海岸邊？為什麼歐洲出現二戰後最大的難民危機？為什麼災難、饑餓、戰爭仍在威脅着人類？北京語言大學被譽為「小聯合國」，是一所公民外交性質的大學。我們要思考、要解決的問題不僅有語言學、語言教學、中國學等學術問題，還應有國家、民族、人類命運的問題。（《砸開句號　伸展問號——大學生的學術使命》2015 年）

目前，我國的哲學社會科學人才工作還存在一些問題，如缺少與自然科學同等的榮譽待遇和經費投入、缺少寬容的學術氛圍、缺乏應有的國際社會話語權等。建議採取以下措施：尊重人才發展規

律，不斷完善科學合理、符合哲學社會科學發展規律的考核激勵機制，革除一些管理上的弊端，諸如科研經費管理不盡合理的問題科研考核重量不重質的問題等，進一步形成哲學社會科學人才培養、激勵、選拔和任用的良好機制，促進哲學社會科學優秀人才茁壯成長。

解決哲學社會科學人才的評估標準問題，不能「權威期刊專權」，國外期刊不能成為評判我國哲學社會科學水平的主要依據，不能讓某些學科失去學術原動力。

重視中國話語權的建立與建設，面向中國及人類未來，將原來的「漢學」發展為反映現代中國的「中國學」，並通過多種途徑向世界傳播。哲學社會科學話語體系體現的是一個國家和民族的話語權。當前我國已經是世界第二大經濟體，但是我們的哲學社會科學的話語權卻與經濟地位並不相稱。梳理國家各項社科人才項目體系，在國家層面進行統籌規劃，完善青年骨幹教師成長和獎勵機制，為繁榮國家哲學社會科學事業儲備人才力量。（《培養有本土意識和國際視野的社科人才》2016 年）

應當承認，有人擅長科研，有人擅長教學，不同的教學科研部門對教學、科研的要求也不盡相同，應當允許有的人主要精力放在教學上，有的人主要精力放到科研上。科研還有不同的類型，有跟教學密切相關的，有跟教學沒有多大關係的。各種類型的科研，只要是解決「真問題」的，都應支持。教學、科研的這些不同的情

況，需要實事求是的處理。但是，不能把教學、科研分離，更不能
對立。（與北京語言大學師友交談 2012 年）

　　盡量滿足青年教師的職業規劃。大學就是培養人的地方，不只
是培養學生，還培養教師。青年教師的成長，主要是壓擔子，續學
緣，給台階。現在學校的條件有限，不能很好滿足青年教師的物
質需要，但可以給他們一塊放飛人生的綠地，讓他們飛得高，飛得
快，飛得遠。（與北京語言大學師友交談 2012 年）

人　生

人生無價

　　人生無論做何種事情，都要做到最好。世間很多事情都是對現時負責，而做學問是對歷史負責。對現時負責，過得熱熱鬧鬧紅紅火火，卻在未來銷聲匿跡；做對人類終極關懷的事情，現實生活中可能孤獨冷清，卻能被後人常常記起。（與北京語言大學師友交談 2009 年）

　　給人生賦值，不是真的想做什麼，就能做什麼。當你把自己的價值同民族的命運結合起來，同國家的發展結合起來，你才能夠走得遠，為人生所賦的價值才有用。一滴水只有到大海裏才能不乾，我們只有把自己的命運和國家、民族、人類命運結合起來才有價值。國家選擇那些選擇了國家的人。（與師友交談 2012 年）

　　怎樣將人生過得有價值？人生的過程其實就是一個不斷「自我賦值」的過程。如果：

將人生價值記為 RJ，

將人生的發展機遇記為 a，

個人的人生努力記為 x，

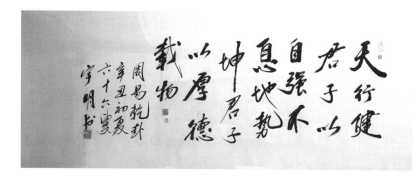

天行健　君子以自強不息
地勢坤　君子以厚德載物

那麼，人生的價值可以用如下公式表示：

$$RJ = ax$$

如果我們把人生發展的機遇看作大致相似的，那麼，就可以把 a 看作一個常數；儘管有時不同的人會有不同的發展機遇，但這種不同往往不由自己控制，也只好把不能控制的東西設定為常數。如此說來，RJ 的大小取決於 x。

一分努力一分收穫：作出的努力是 1，人生價值就是 1a；作出的努力是 2，人生價值就是 2a；作出的努力是 10，人生價值就是 10a……人生有無價值，人生有多大價值，靠自己去賦予。只要給 x 賦以正值，人生就是有價值的。

根據值的大小，可以把人生分為三種：第一種是「自立」之人，能夠養活自己，不成為家庭的負擔，不成為社會的包袱；第二種是「養家」之人，能夠養家糊口，上能養老，下能養子，中能照顧伴侶，甚至還可以惠及親鄰；第三種是養群之人，或養三五人，或養百千人，或養萬億人，或蔭及子孫後代。如果說自立、養家還不離動物的本能，或者是動物本能的延伸，那麼養群便為人類所特有。所養之群有大小，思想家、教育家、科學家，都是養大群之人。

欲給人生賦正值，有四種素質很重要。第一是健康的體魄。身體要健康，精神要健康，沒有健康的身心，很難自立，很難養家，更難養群。第二是社會擔當。要秉持正義，堅守文化，根植大

眾，要成為社會良心的代言人。第三是對未知的好奇心。對未知的好奇，是創新能力的基礎。第四是要有一技之長。「一技之長」四字，寫來簡單，做到實難。中國有十三億人，人人有一技之長，何愁國家不富，何憂人民不強？一技之長儘管重要，但是，不應作為教育的第一任務。沒有健康的體魄，沒有社會擔當，只教人以技，其實是失敗的教育。

人生有很多東西值得珍惜，值得追求。我覺得最應珍惜的是：一、時光。生命是在有限長度的單行在線飛奔的快車。單行線不可逆行，生命之車不能減速，更不能停下。任何東西都可以浪費，唯獨時光不可浪費。二、才華。李白曾經豪邁地吟誦：「天生我材必有用，千金散盡還復來。」每人都須自問：我的才華是什麼，我最擅長做什麼？浪費才華，就是暴殄天物！三、團隊意識。「學會協作」是當代人的四項學習任務之一。形成共同協作的團隊，特別是團隊的核心，需要的不只是智商，還有情商。四、感恩。珍重恩惠，懂得感恩，才能夠得到更多的幫助，才能飛得高、行得遠！

人生最本元的問題是：我是誰？我從哪裏來？我向何處去？「我是誰」是明確身份和歸屬，明確責任和義務；「我從哪裏來」是講歷史，講文化，講血脈；「我向何處去」是講未來，講理想，講追求。這三個問題不僅是個人需要思考的問題，也是一個單位、一個團體甚至一個社會、一個國家需要思考的問題。畢業季，也是大學的「人生節點」，學校也需要思考「大學何謂」的問題。我認為，大學是以知識為核心內容的特殊社會組織。大學是知識的守護者、

知識的傳播者、知識的運用者、知識的創造者。(《人生的價值，靠
自己賦予》2013 年)

　　人生就是一個不斷社會化的過程。一個人的生活質量、社會價
值和幸福感受，同他的社會化進程密切相關。每個人的社會化水平
又是由他對社會規範、道德價值的自悟、自律和內化決定的。縱觀
人之一生，可能發生三次不同水平的社會化。

<h2 style="text-align:center">第一次社會化：順應</h2>

　　第一次社會化是個人逐步習得社會規範、成為社會合格成員的
過程。這個過程起始於胎兒期，母腹已是人生最早社會化的襁褓，
胎教是人生的第一課。

　　在人生社會化進程中，母語發揮着十分重要、不可或缺的作
用。母語是民族文化的乳汁，獲得母語的過程，就是吮吸融於母語
中的文化的過程。人獲取母語，更是建造了一條與母語社會永久溝
通的信息管道，能夠通過口語和書面語來與古賢時哲對話，來向周
圍人和社會回饋自己的所思所感、情趣欲求，來從事各種語言文化
行為。社會化需要教化。家庭教育、學校教育、社會教育是人生教
化相輔相成的三個方面，它們具有共性，但所發揮的作用以及在不
同年齡段所起的作用，卻不盡相同。就當前的情況看，亟需關注：
農村留守兒童家庭教育缺失；城市中有些家庭教育過度，做了本該
學校教育做的事情；學校教育過於形式化、書本化；社會教育或是
不到位，或是導向不合適。當然，在人生社會化過程中，「自我教

育」也十分重要，一切教育，都需要通過自我教育而內化為信念與
習慣。從宏觀上看，當代中國人的第一次社會化遇到了更為深刻的
問題。1911 年辛亥革命推翻了封建帝制，同時也把傳統文化作為
歷史的包袱丟而棄之，三綱五常、仁義禮智信等成為批判的主要對
象。新中國建立之後的一系列政治運動，特別是「文化大革命」，
更是把傳統文化一掃而光。當代中國正在與傳統漸行漸遠，社會規
範正在發生深刻變化，「社會化」的目標出現了遊移。近二十多年
的城鎮化進程，帶來了人口大遷移，青壯年勞動力離開農村進入城
市務工，使得中國由「熟人社會」快速地發展為「生人社會」。熟
人社會的治理，主要依靠皇權和宗法制度，生人社會的治理，則主
要依靠信仰和法制。當今中國，皇權和宗法制早成歷史，而適於治
理生人社會的信仰還不牢固，法制還不完善，「崇尚法治」的文化
還沒有形成。這無疑將影響到社會規範認同及社會化的進程。

　　進一步觀察還會發現，由於人口流動加劇，交通通信和大眾傳
媒的快速發展，特別是網絡新媒體的日益普及，橫向文化的影響越
來越大，縱向文化的傳承力受到越來越大的挑戰。在過去的時代
裏，縱向文化是影響社會化的主導力量，而今縱橫交織的「多元文
化」制約着社會的行為規範和價值判斷，也對人生的第一次社會化
存在干擾。繼承優秀文化傳統，汲取人類各文化中的先進成分，根
據國情和世界情勢整合、創建當代的社會規範，樹立當代的價值
觀，回答何謂當今的社會規範，對於促進社會成員的第一次社會化
是當務之急，必務之事。

第二次社會化：創新

第一次社會化的進程因人而異，社會化的水平也各有差異，有些人終其一生也不能成為社會的合格成員，與社會格格不入，甚至被送入監牢而被強制改造。但是就大多數人而言，在完成基礎教育之後也就基本上完成了第一次社會化。雖然有些屬第一次社會化的內容，比如父母、教師、編輯等社會角色規範，需要在今後的社會生活中逐漸完成。

第一次社會化是人生最為基本的社會化。對於一些社會精英人士來說，他們還會發生第二次社會化。第二次社會化就是「創新」，為社會除舊佈新，或彌補現有的社會規範，或提升現有的社會規範，或破除現有的社會規範建立新規範。這是反哺社會的一個過程，也是對社會的「逆反」。在人生成長的道路上，不可避免地出現一次次「逆反」現象，每一次逆反都預示着一個進步。但第一次社會化的逆反是「天性的」，而第二次社會化的「逆反」是「理性的」，是在充分了解社會的基礎上有意識地批判或建設。「理性的逆反」是創新的核心素質，體現的是科學的「批判精神」。大學階段的教育，是培養獨立成熟的社會人和高級專門人才的教育，是以創新素質培養為主線的教育，因此也是促使人發生第二次社會化的教育。我國傳統的教育，鼓勵守成多於創新，特別是思想創新；我國的社會氛圍，適於守成而較難包容創新，特別是思想創新。因此，人生的第二次社會化就更加艱難。

　　中國已經是世界第二大經濟體，中國正在走向世界舞台的中央。中國公民的活動半徑和文化半徑也隨着國家的步伐走出國門，進入異域。加上前面提及的中國正在由熟人社會演化為生人社會，國家和國人所處的歷史方位，都要求不僅守成，更要出新。以應試為目標的基礎教育，以就業為導向的高等教育，以錢的多少來衡量人的成功與幸福，皆無益於創新，皆無益於人的社會化，特別是第二次社會化。

第三次社會化：整合

　　就人一生的精神歷程和思想境界來看，極少數的聖賢還會產生第三次社會化。這就如同書法的品位：有的人字寫得好，但只是書匠，因為字中沒有自我，沒有創造；有的人，字寫得不一定好看，但有風格，有意蘊，有創新，已經進入書法藝術的境地；還有人，字寫真我，筆行自然，不求技法，其字既不能用也不宜用好看不好看來評價，這就達至書聖的境界。弘一法師、趙樸初先生、啟功先生便是書聖。放而大之，人生也有類似的三境界：如同書匠的「工匠境界」，如同書法藝術的「文學藝術境界」，如同書聖的「哲學與宗教境界」。第一次社會化完成，達到「工匠境界」；第二次社會化完成，達到「文學藝術境界」；第三次社會化完成，達到「哲學與宗教境界」。

　　《論語·為政》：「吾十有五而志於學，三十而立，四十而不惑，五十而知天命，六十而耳順，七十而從心所欲不逾矩。」孔夫

子把人生分為不同的階段，不同階段有不同的為人處世特點。從社
會化的角度看，所謂「立」，也就是第一次社會化完成；所謂「不
惑、知天命」，也就是第二次社會化；而「耳順、從心所欲不逾
矩」，講的應是第三次社會化。

　　第三次社會化就是從人類的本源上思考問題，對人類、人生做
終極思考，猶如哲學和宗教學。第三次社會化是在第二次社會化基
礎上實現的，其本質是「整合」。整合古今中外知識，達到天人合
一、順其自然、寵辱不驚的聖賢之境。

　　人生的三次社會化，第一次是普遍的，第二次是精英的，第三
次是聖賢的。作為社會，要保證公民較好完成第一次社會化，創造
條件促使更多的人發生第二次社會化，崇敬發生第三次社會化的聖
賢。作為個人，要努力走好第一次社會化進程，做合格的社會成員；
要努力爭取進入第二次社會化，創造新知，反哺社會；要憧憬第三
次社會化，飽覽人生巔峰的精神風光！（《論人的社會化》2014 年）

　　人生就是一部書，有薄有厚，有平淡有傳奇。不看這書，對人
的印象總是片面的、平面的；而翻開它，細讀它，品味它，人物馬
上就立體化了，豐滿起來，生動起來！（《天行健，君子以自強不息》
2014 年）

　　人一生兢兢業業做好一件事情，就是偉大的人生。（《天行健，
君子以自強不息》2014 年）

只要努力，目標就是現實。（與師友交談 2003 年）

我們不可能改變歷史，但是，我們可以改變未來。（與師友交談 2003 年）

成名之大家，必有獨到之處。（《嚴謹治學　務實為本──紀念林燾先生》2007 年）

紀念學者最好的方式，是閱讀其存文，學習其治學。（《嚴謹治學　務實為本──紀念林燾先生》2007 年）

有學術理想，就有學術的毅力、動力和方向！（《咬定青山不放鬆──序李豔華〈現代漢語並立複合構式研究〉》2020 年）

山高，水流向別處；地低，水流向這裏！（與師友交談 2007 年）

珍惜健康，珍惜在健康之時；珍愛思想，珍愛能思想之時。（與師友交談 2016 年）

子曰：「三十而立，四十而不惑」。其實人到「不惑之年」而能不惑者不多，除非大智大賢，皆難有「不惑」之精神境界。（《提升中華語言文化的國際魅力》2013 年）

五十歲是個頗為奇妙的年齡。年輕之時，覺得五十歲就老了，委婉點說，成熟了；而人真到了五十歲，其實仍然雄心勃發，毫不覺得老將至矣。（《南洋華語：漢語國際傳播的歷史先遣隊──序吳英成〈漢語國際傳播─新加坡視角〉》2009 年）

我們的全部尊嚴就在於思想

少而知恩怨，

長而知榮辱，

壯而知進退，

老而知生死。（與師友交談 2016 年）

步入暮年，困難會更多，但力求煩心事會更少！（與師友交談 2016 年）

現實是來磨礪人的，歷史是供人思考的。（與師友交談 2022 年）

家國有情

　　語言學家可以有自己獨特的語言科學興趣，但是就整個學界而言，必須關注社會語言生活，時時研究社會發展對語言學提供的新機遇、提出的新要求，時時研究語言學能夠為國家的發展、人民的幸福做些什麼。(《瑞雪兆豐年》2009 年)

　　優秀的學者，不僅在於他聰明有靈氣，也不僅僅在於他愛讀書，愛鑽研，關鍵在於他有沒有家國情懷，在於思考的問題是不是科學關心的重大問題，是不是現在中國發展、人類發展中遇到的重大問題。(《年輕學人，志在山巔》2015 年)

　　年齡會使人某些事情想為而不能為，這是自然規律，歲月弄人；也會使人某些事情想為能為而不許為，這是社會規定，歲月負人！自然規律不可違反，只好任歲月捉弄；社會規定無權違犯，也只能任年齡歧視，隨歲月欺負了。不過，學術追求可以自己做主。也許有人藉學術來謀稻粱謀功名，一旦稻粱足而功名得，或一旦學術不能謀得稻粱功名，便會將學術棄若破履爛衫。對於我，學術只是希望探討世界之謎者的一種特殊嗜好，或者是一種生活方式。學術不僅是追求，更是一種信仰。(《學術是一種信仰——序王東海、王麗英〈漢語辭書理論史熱點研究〉》2013 年)

　　做語言文字工作就像栽樹，一年栽十棵樹，能活三棵、四棵就不錯了，但是年年栽下去，最終能成一片森林。我過去開過玩笑，有人問我一生最想幹什麼，我說我一生想幹兩件事：一教書，二栽樹。他們說，「一教書」可以理解，這「二栽樹」是什麼意思。我說清代的封疆大吏左宗棠，主動請纓，出兵新疆，沿途載植楊柳，這楊柳人稱「左公柳」，形成「連綿數千里綠如帷幄」的塞外奇觀。直到今天在戈壁灘上仍然可以看見這些活着的柳樹。從廣義上說，栽樹，就是希望用我們的精力為國家，甚至是人類做點事情，栽一棵樹比砍一棵樹好。這也是一種環保意識，民族意識。人能夠為國家做成一些事情，哪怕是一點點的事情，也非常高興。這是我現在生活中最能感到高興的事情，最令人興奮的事情。(《中國當代語言學的口述歷史》2011 年)

　　地理領土是有限的，擴張侵略不得人心。而知識領土是無限的，國國可以共享，人類擁有的我們都應擁有，因為我們不再閉關鎖國，因為我們要走入世界。戍邊衛國人人有責，當然軍人負有更多的責任。為國家的知識領土開疆拓地亦人人有責，不過，作為知識的守望者與創造者的知識分子，當然負有更為重大的責任！(《知識領土——序高曉芳〈晚清洋務學堂的外語教育研究〉》2006 年)

　　隨着年齡增長，我更加留意老年人的思維、語言及生活習慣。人都會老，都要學着過老年生活。有些老人，離開了土地和工作，便無所事事，就那樣順其自然地「活着」。有些老人，積極尋求各

種增進健康、減緩衰老的方式；看書報看電視甚至發微信，心理上、行為上，依然與社會發展同步，在積極地「活着」。還有些老人，仍在研究、寫作，豐富着自己的學術人生，也擴充着人類的思想庫，他們仍在「創造生活」，端的是「老樹春深更着花」。(《老樹春深更着花——序王紹新〈隋唐五代量詞研究〉》2018 年)

人生無坦途。人生如登山。那「山」，既指前進路上的困難，又代表着遠大的奮進與困難的征服，目標的達成，最終要靠雙腳一步一步地艱難行進。

每個人都在人生的舞台上扮演着一定的社會角色，有一定的責任和義務，有一定的追求和精神。評價一個人，就是看他如何對待這些責任和義務，具有什麼樣的追求和精神。就我自己來說，我希望自己能成為一個有益於家庭的人，一個有益於學術事業的學者，一個有益於學生的教師，一個有益於教師的學校基層幹部。

為人夫，需盡丈夫的義務，為人父，就要盡父親的職責。當一副沉重的家庭生活的擔子壓在肩頭時，我知道以後的人生路程是十分艱辛的。女兒生下來，我們給她取名叫李縴，縴夫的「縴」。意思是我們家庭的每個成員，都必須像三峽縴夫一樣，縴繩深陷進肩頭，用血汗和毅力拖着家庭和事業的小船前行，一步不能停，一刻不能鬆。就某種意義而言，做出一個選擇並不太難，難的是矢志不渝地朝着選定的道路走下去。

科學研究需要資金和設備，但是更需要精神。需要為科學獻身的精神，需要作為一個中國人不甘落後的民族自尊精神。科學沒有國界，但科學家有國籍。一個真正的好學者，就是要使自己的研究達到世界水平。

只有高深的知識並不就算是人才，人才還需要有現代化的意識和我們社會所認可的高尚品格……教書和育人同樣重要。

人總要有一點精神，總是要做些對國家、對社會、對家庭有益的事情。我仍須用縴夫的精神，眼睛緊盯着山頂一步一個腳印走下去。一步也不停，一刻也不放鬆！抬頭是山，路在腳下！（《抬頭是山　路在腳下》1996 年）

自律首先要「慎獨」，其次要「慎初」，第三要「慎微」，第四要「慎友」，第五要「慎疑」。（《修一身正氣　保一方淨土》2012 年）

人生誘惑太多，沒有足夠的定力抵擋不了，一步誤，誤終生。年輕時坐坐冷板凳、吃吃苦好像傻了點，其實是大聰明。為人不要事事攤到邊，事事精確計算。看看周圍的成功人士，多多少少都會有一點兒小糊塗，大智若愚。能到大學工作的人，沒有幾個傻瓜！所謂糊塗，就是說只要不是原則性問題，不較真，能包容、能忍讓、能堅韌……人要成才，不能太「精明」，「聰明反被聰明誤」。（與北京語言大學師友交談 2012 年）

　　作為讀書人的我，驀然想起當年對自己說過而今也只想對自己說的話：無書讀，可悲！有書不能讀，可憐！放着書不讀，可恥！（《讀書與「無名路」》1995 年）

　　我自幼愛讀書，讀書至老。幼少時讀書，使我感覺不到農村的貧苦，且時時萌動着向上的追求。青年時讀書，使我步入學術的殿堂，不管是園林、文學、新聞，還是語言學。工作之後，每一次學術方向的轉移，都伴以饕餮般的讀書。但當年所讀之書，多是專業的、國外的。步入「知天命之年」後，突然希望回歸傳統文化，希望讀些中國傳統文化的閒書。三年前，我脫去官服，從政府大院到大學校苑，重歸學林，做此人生選擇，大約也是因為有一顆讀書人的心。（《書之緣——寫在甲子之年》2016 年）

　　讀書是世界上門檻最低的高貴舉動，書本是最廉價的老師。打開書本、知識就會撲面而來；讀一卷書，就會體會一種精神世界。一本好書往往能改變人的一生，而一個民族的精神境界，在很大程度上取決於全民族的閱讀水平。未來最具有競爭力並最終勝出的民族，一定是閱讀能力最強的民族。

　　圖書是人類文明傳承的載體，閱讀是民族進步的階梯。「立身以立學為先，立學以讀書為本」，我們從閱讀中汲取的越多，就越能打開和拓展我們思維的向度，增強我們理解自己和理解世界的能力。從現在開始，讀一本好書，點亮閱讀人生。閱讀是陪伴我們一生的習慣，從任何時候開始都不算晚。「腹有詩書氣自華」，最是

書香能致遠。(北京語言大學第四屆(2016年)「閱讀季系列活動」啟動儀式致辭)

　　閱讀是文字產生之後人類新獲得的一種語言能力,也構成了一種語言生活。閱讀是知識的源頭活水,可以超越時空與古今中外的賢哲對話,也是獲取當下信息的主要途徑。從語言能力的角度看,閱讀也是支撐聽、說、寫等的重要一維,古來提倡「讀萬卷書」,頗有道理。就人生來說,愛不愛讀書,怎麼樣讀書,讀些什麼書,常常決定了一個人的知識域,決定了一個人的人生情趣和生活境界。閱讀不僅僅是一種語言技能,還是人生境界。(《分級閱讀是一個時代話題——序王鴻濱〈國際漢語分級閱讀研究〉》2020年)

　　我當年的理想是「三書」:讀讀書,教教書,寫寫書⋯⋯在大學的領導崗位上我分管過學校出版社,即興講過「三子」:賺一把銀子(靠暢銷書),樹一塊牌子(靠文化精品),出一批才子(作者、編者和讀者)。而今生活中多了「一書」:做書。此時方悟到「四書」本為一體:無做書人,便無書讀無書教?沒有讀書教書寫書,給誰做書,哪有書做?(《書的隨想》2004年)

　　歷代知識分子對「著書立說」都保有內在衝動,因古有「三不朽」之說,「立言」為其一。《左傳・襄公二十四年》:「『太上有立德,其次有立功,其次有立言』,雖久不廢,此之謂不朽。」古人著書,竹片韋編,筆墨篆隸,實屬不易。而今鍵盤碼字,做書不難,但立說更難:一則文化人多,能說話者眾;二則能說之言,前

朱熹《觀書有感》

賢時哲已說得差不多了。今日，著書者不少，然立說者不多，求不朽難。(《正眼看世界——序〈世界語言生活黃皮書（2016）〉》)

　　世界可以用「母」修飾的有「母親、母校、母語」和「祖國」。母親給了我們生命，用血脈母乳和文化母乳哺育我們長大。母校是我們的「智慧母親」，給了我們學術生命，用科學和民主哺育我們成長，放飛我們的人生理想。母語是我們的「文化母親」，給了我們別於動物的語言和汲取文化的永久管道，給了我們文化底色和終生不涸的文化給養。祖國就是「母國」，是「母輩的母親」，是我們立足之地、庇蔭之蓋，她告訴我們「你是誰，你從哪裏來，你向何處去」！愛「母親」，愛「母校」，愛「母語，愛「祖國」，是我們的天職，是忠是孝，是「烏鴉反哺」「羊羔跪乳」等寓言的所寓之言，是龔自珍「落紅不是無情物，化作春泥更護花」等詩句所抒發的情懷。(《落紅有情，春泥護花》2021 年)

　　我們那時的抱負可以這樣形容：給我一個支點，給我一根槓桿，我們就能把祖國撬到歷史的高點上。四十年，我們這一代人雖然沒有完全實現夢想，但也可以對母校對恩師說：我們不負母校，不負師長，不負時光。(《落紅有情，春泥護花》2021 年)

　　人不同於動物在於人有精神，鼓勵大家去建立自己的精神家園，不斷擴展、精心呵護自己的精神家園。個人的精神家園匯總起來也就是民族的精神家園，就是國家的知識領土。(《知識領土——序高曉芳〈晚清洋務學堂的外語教育研究〉》2006 年)

　　人類個體在母體中的發育過程，是對地球上生命演進過程的「復演」。個體的語言發展雖然不可能完全復演種系語言發展的歷程，特別是不可能完全復演種系語言的發展細節，但是也往往具有極大的相似性。例如，兒童在學會使用人稱代詞之前，對自己或他人往往是用名字或稱謂，這同上古漢語的狀況就有某種相似性。（《語言的理解與發生》1998 年）

　　在人類宏大的舞台上，一直扮演着不同的文化角色，演出了、並正在演出、且還將演出一幕又一幕的人生喜劇和悲劇。任何一個文化時代，遠古的洪荒時代或當今的文明時代；任何一個文化社團，東方的炎黃子孫、西方的歐羅巴人還是美洲的印第安人；任何一種社會形態，民主社會或是專制社會，有剝削的社會和無剝削的社會，都有關於性別角色的規約：男人應該怎麼樣，女人應該怎麼樣。任何文化時代、任何文化社團、任何社會形態的個體，都必須遵從這些規約，根據自己的生理性別進行角色認同。由於個人所處的文化環境不同，就會導致認同的程度差異乃至角色錯位。（《獨生子女語言問題研究》1991 年）

　　人類力不如獅虎而捕獅虎，奔不如犬馬而役犬馬；鳥展翅只能翔空，人無翼卻可航天；魚披鱗只能淺水覓食，人無甲卻能海底探寶。何以如此？其因或可舉出百款千端。然首因之一乃人是符號化的動物，能最為熟練、近乎本能地使用符號，並擁有語言這種無與倫比的極為高級的符號系統。動物雖有各種或常或奇的交際手段，

但沒有類似於人類語言這樣高級的交際符號系統，因此難以逾越人與動物的鴻溝。當然，人類也曾在沒有語言的漫漫長夜中蝸牛般地艱難彳亍，是語言使人類迅速結束了舊石器時代，棄爬而行，徐行而跑；是文字使人類社會突飛猛進，把人類從新石器時代帶入文明社會。（《語言‧社會‧人生》1997 年）

　　人是符號化的動物。其他動物雖然也有各自的交際手段，如螞蟻通過氣味來區分敵友，蜜蜂用各式各樣的舞蹈來報告蜜源，黑猩猩用柔和或尖利的叫聲來傳遞友善、危險之類的信息。誕生這些交際手段嚴格說來都是本能的反映，不是符號。黑猩猩等靈長類動物的叫聲頂多也只能看作符號的萌芽，與人類所使用的符號不能同日而語，其間有一條難以逾越的鴻溝。人類能使用的符號千種萬種，如表情、手勢、身姿等「體態語」，鼓哨、烽火、紅綠燈等「實物語」，圖表、公式、電報等「符號語」。不過這些符號比起語言來，都只能退居到輔助補充的次要地位。語言是人類所使用的一切符號中最嚴密、最複雜、最方便、最具普遍性的符號。因此，我們可以說，人是語言動物。（《獨生子女語言問題研究》1991 年）

　　同動物的交際方式比，人類語言之奇妙，就在於能用有限的語言單位，隨心所欲表達無限的意義，表達過去、現在和未來，表達真實、假設與幻想。語言這種「用有限達無限」的強大功能，推動人類最終脫離動物界為萬物靈長，推動人類社會以加速度的方式步步向前。（《把握住我們的語言生活》2015 年）

　　人類自我加冕為萬物之靈長，理據之一便是人類可以能動地認識世界和改造世界。這世界，包括自然界和人類社會。人類在認識世界和改造世界的過程中，逐漸對各種事物的性質、特點等有所感知，有所認識，形成各種各樣的範疇，如「時間」「空間」「數量」等等，從而構建出人類的文化世界。（《漢語量範疇研究》2000 年）

　　人類可以用許多種媒體進行交際，而且隨着科技的進步，可用於交際的媒體也會越來越多。但是，自古至今，乃至可以想見的將來，語言都是人類用於交際的最為基本、最為重要的符號體系。語言要發揮自己的交際職能，必須把各種認知範疇語言化。（《漢語量範疇研究》2000 年）

　　各種認知範疇都是思維的成果，思維成果不可能赤裸裸地存在，必須附着於一定的物質形式。語言是固定思想最重要的物質形式，雖然語言並不是固定思想的唯一物質形式。思想通過語言的固定，才具有可以感知的物質形式。因此，語言可以使思想「物質化」。在思想物質化的過程中，語言還可以使思想進一步明晰化。當一種概念沒有找到表現它的合適的語言形式時，還是模糊的。甚至圖表、公式、符號這些物質形式，只有通過語言這種「元語言」的解釋，也才能清晰明朗。因此，語言不僅賦予思想以物質形式，而且還幫助思想的最後形成和完善。「只可意會，不可言傳」的思想說到底仍是一種模模糊糊的思想。（《漢語量範疇研究》2000 年）

　　語言是屬一定的文化社團的，認知雖然源於世界，但因語言是

認知的必不可少的參與者，是認知結果的主要表現者，所以，必然使認知帶有一定的文化特點，使不同文化社團的認知表現出一些不同的特點，從而形成不同的文化世界。(《漢語量範疇研究》2000 年)

「量」是人們認知世界、把握世界和表述世界的重要範疇。在人們的認知世界中，事物（包括人、動物）、事件、性狀等無不含有「量」的因素。例如，事物含有幾何量和數量等因素，事件含有動作量和時間量等因素，性狀含有量級等因素。人們把握世界的重要手段之一就是「量」，對於客觀的事物、事件、性狀等等，人們習慣用「量」來丈量測算，於是便有了日趨精密的數學和各種測量工具。當代社會更是希望把一切能量化的東西都進行量化處理，在量化的基礎上定性。客觀世界中這些量的因素和各種量化處理的工具與方式，集合起來便構成了「量」這種反映客觀世界的認知範疇。「量」這種認知範疇投射到語言中，即通過「語言化」形成語言世界的量範疇。(《漢語量範疇研究》2000 年)

事物、性狀在時間中存在和變化，事件在時間中發生、發展和結束，因此，人類要認識世界、把握世界和表述世界，離不開從量的角度來計量時間。(《漢語量範疇研究》2000 年)

我們認識的空間是三維的，所以空間有點、線、面、體。我們認識的時間是一維的，只有「點」和「線」。人們常說，時間是空間的隱喻，這話很有見地，但過於籠統。細而究之，時間只是一維空間的隱喻。(《漢語量範疇研究》2000 年)

語言是思維的工具，是思維的重要工具，但不是唯一的工具。畫家、雕塑家、舞蹈家往往在進行創作時不以語言思維為主，而是以形象思維為主。音樂家創作動聽的音樂時，雖然是用的聲響思維，但這種聲響不是或不一定是語言。患有失語症的病人，其大腦左半球的語言中心受到損傷而喪失了說話能力或造成語言障礙，但他們的思維仍可以進行。當然，也許人們進行的高級的抽象思維，不能沒有語言的參與。（《語言‧社會‧人生》1997 年）

言語情感的來源是多方面的。說話人在談話時，情緒有高有低、有好有壞；交談者之間的關係有親疏之分、有權勢之別；話題對說話人來說或感興趣或不感興趣，或有益或無益；由於說話人的立場觀點、價值取向、生活閱歷、文化水平、看待世界的方式和表述世界的方式等方面的原因，對不同的述說內容具有不同的態度和感情。這些不同的方面都會以代數和的方式凝聚為語言情感，造成不同的語勢。（《漢語量範疇研究》2000 年）

言語交際障礙有輕有重，聽不懂或是誤解是較嚴重的交際障礙；而對說話人的話理解不深刻不全面或是又生出新的意義，則是較輕的交際障礙。較嚴重的交際障礙容易受到重視，較輕的交際障礙容易被忽視。（《獨生子女語言問題研究》1991 年）

人與人之間的言語交際，存在着或顯或隱的障礙。社會為解決人際言語交往的障礙，自覺不自覺地採取了一系列對策。學習外語、進行翻譯、設計世界語之類的人工語言確定國際和族際的通用

語，是為了消除不同民族語言之間的障礙；推廣普通話之類的民族
共同語，是為了消除方言間的交際障礙；學習古代漢語是為了消除
現代人閱讀古書、承繼文化遺產的障礙；實行文字改革，確定和推
行文字規範，是為了消除書面語交際的障礙。然而，這些語言文字
對策所致力消除的只是明顯的言語交際障礙，許多較為隱蔽的言語
交際障礙並未得到所有人的足夠重視。人們因為社會閱歷的差異、
文化水平的懸殊、言語技巧的熟拙、情景心緒的變化、職業習俗的
特點等所造成的言語交際障礙，更普遍的存在於我們的生活中。
(《獨生子女語言問題研究》1991 年)

　　特別值得提出的是人口大流動。中國的人口流動前所未有，流
動人口不斷從農村到城市，從小城市到大城市，從西部到東部。放
眼世界，中國這種人口流動其實只是世界人口流動的一個縮影，全
世界人口也在快速流動，從一個國家到另一個國家，從小國家到大
國家，從不發達國家到發達國家。人口流動在世界各地都像是「俄
羅斯套娃」，打開一個套娃，裏面有一個相似的套娃，再打開一個
套娃，裏面還有一個相似的套娃。大幅度、高頻率的人口流動，
帶動着文化的流動，給流動者和流動地帶來不同文化的體驗，多
元文化生活逐漸成為生活的常態。(《雙言雙語生活與雙言雙語政策》
2014 年)

　　飛機、高鐵、高速公路等便捷的交通工具，極大地擴大了人類
的社會交往半徑。人員的短期流動和人口的長久移動已是常規現

象，「樂土重遷」這一傳統觀念的堅守者愈來愈少。人口流向一般是由鄉村到城市，由發展中國家到發達國家，這種「上行流動」其實是跨越若干文明階段的流動，由農牧業社會進入工商業社會，再進入後工業化社會。人口流向也有從發達國家到發展中國家、從城市到鄉村的「下行流動」。這種「下行流動」大多是短期的，比如觀光、考察等，但也有開辦工廠等經貿類活動。社會交流和人口移動，使人能夠接觸不同的文化和不同文化的人，使不同文化的人能夠短暫聚集在一起，或是長久地生活在一起。(《由單語主義走向多語主義》2015 年)

發達的通訊和昌盛的媒體，極大地擴大了人類的見聞半徑。特別是計算機網絡和智能手機的普及，世界各地的信息與藝術都能在指尖點擊中迅速傳遞。國界海關、新聞守門人在自媒體、微媒體時代的作用已經大大減弱，所見所聞、街談巷議即刻轉化為信息碎片飛向四方。人們時刻被來自不同文化的信息包裹着，社會時刻被來自不同文化的信息填充着。(《由單語主義走向多語主義》2015 年)

全球化古已有之，於今為盛。當下全球化的基本動力是經濟。經濟一體化要求資本、勞動力、產品等的自由流動，要求市場、經濟組織、經濟管理和經濟規則的一體化，其極限，就是要求人類一切活動的一體化。全球化帶來了文化大匯聚，大文化仍然按照「叢林規則」威脅着弱小文化、弱小語言，從而引發了各種文化的衝突，甚至導致戰爭。當前的許多國際衝突，都可以看到文化因素的影子。(《多元文化與多語主義》2017 年)

　　全球化要求世界是平的，它就像一台推土機，衝擊着國界與海關，也衝擊着文化的疆界和人類的生活習慣。面對如此之文化時局，人們的文化意識迅速成長。文化是什麼？文化是人類百萬年，甚至上億年的創造，是人類文化基因的保存庫，是失而不可復得的文化財富。珍愛文化、尊重文化、保護文化、維護文化的多樣性，已經成為當今的文化共識。文化多元化，可以說是全球化在文化領域的一種「逆向物」，是全球化的伴生物，甚至也可以看作是全球化的另外一個重要特徵。（《多元文化與多語主義》2017 年）

　　全球化對國界和文化疆界的衝擊，造成了文化衝突的加劇。文化匯聚處，不論是地理性匯聚處還是信息性匯聚處，自然會產生文化摩擦乃至文化衝突。面對外來文化的衝擊，文化保護的意識必然增強，抵禦措施頻發。在抵禦外來文化的同時，人們還常會採取兩種戰略：一是復興傳統文化，以加強文化的縱向傳承能力，減緩代溝；一是文化外拓，藉以擴大自己文化的版圖，從而導致新的文化衝突。如果說文化集聚帶來的文化衝突是「自然衝突」的話，那麼，文化保護帶來的文化衝突就是「人為衝突」。人為衝突常為文化社團的意志所致，其極致表現便是戰爭。當前國際上的戰爭，似乎都可以看到文化衝突的因素。（《試論全球化與跨文化人才的培養問題》2016 年）

　　經濟的全球化、人員活動的全球化、信息的全球化，幾乎使每個人都處在多元文化之中，每個社會都並存着多元文化。比如中國就可以分析出五類並存的文化：漢民族的共同文化、漢民族各地域

的文化、少數民族文化、歷史上的傳統文化、外來文化。世界各國
莫不如是。這就要求現代人必須具有在不同文化間穿行的能力,現
代社會必須具有處理、包容不同文化的能力,具有從不同文化中汲
取營養的能力。(《由單語主義走向多語主義》2015 年)

　　全球化是當前國際發展的大趨勢,其原動力,也是其最為明顯
的表現是經濟一體化,並由經濟一體化而逐漸引發的科技、信息
等其他方面的「一體化」,形成方方面面的全球化。全球化將多元
文化匯聚在一起,將文化多元化的問題凸現出來,將文化多元化
由現實存在轉化為意識形態問題。經濟一體化與文化多元化,形成
全球化的兩個相互關聯又相互矛盾的突出特徵。全球化幾乎使每個
國家、每個社區,甚至是每個家庭、每個人都時時處在多元文化之
中,要求人們應當具有全球意識和在不同文化間穿行的能力,亦
即「跨文化」的意識和能力。跨文化人才的培養,成為當前教育的
一個重要任務,也是文化建設、國家建設需要關注的重要課題。
(《試論全球化與跨文化人才的培養問題》2016 年)

　　經濟一體化是全球化的最大動力,是全球化最突出、最硬朗
的表現,也是促成人們形成全球化意識的最重要的因素。經濟從
來就「不守本分」,經濟一體化要求與經濟活動相關的因素也「一
體化」,從而使一體化的領域不斷擴大。全球範圍的金融投資、貿
易、跨國公司的生產經營,要求新的社會規則、社會組織和世界秩
序,要求新的世界治理理念,從而推動科技、教育、法治、管理,

乃至政治、文化、思想觀念、人際交往、國際關係等方方面面的全球化。(《試論全球化與跨文化人才的培養問題》2016 年)

在全球化程度較低的過去，人類的不同文化在地域上基本上是分散佈局的，只有一些特殊人物，如旅行家、探險家、佈道者、外交家、游商和巡演藝人等，才會經常在不同文化間穿行，只有較大的城鎮、民族雜居地區才有可能出現不同文化的匯聚，只有博物館和戲劇中才能集中展示不同文化。而今，隨着經濟一體化進程的不斷加快和「俄羅斯套娃」般的人口流動，不同文化的人可能聚集在一個工作單位，生活在一個小區。即使不同文化沒有形成這種「地理性」匯聚，人們通過旅遊、廣播、電影、電視等也經常接觸異文化，形成不同文化的「信息性」匯聚。特別是互聯網，不僅是促進全球化的新的巨大力量，也極大極快地網絡起、匯聚起多元文化，成為不同文化「信息性」匯聚的大平台和大數據庫。互聯網真正把人類網絡進一個「地球村」裏。(《試論全球化與跨文化人才的培養問題》2016 年)

全球化和文化多元化，要求現代人能夠在不同文化間穿行。穿行於不同文化，就是在接觸不同文化、了解不同文化、鑒賞不同文化，進而在穿行中傳播文化和整合文化。

穿行於不同文化間的人，就是文化使者。在文化穿行中也在傳播着文化，不僅向外傳播本我文化，也會引入外來文化。而文化傳播的過程，其實也是一個文化整合的過程。一個稱職的文化整合

者，應當是能夠不忘「本來」，堅守本我文化的優秀傳統，而不「數典忘祖」；同時能夠借鑒「外來」，吸收人類的一切優秀文化，而不盲目排外；整合的目標是面向「未來」，建立適合於新世界新時代的新文化。(《試論全球化與跨文化人才的培養問題》2016 年)

縱向文化傳承和橫向文化傳播是文化發展的兩個方向，也是文化擴展的兩種方式。過去，文化以縱向傳承為主，而今橫向傳播成為重要甚或是主要方式。橫向傳播的力度加大，使得文化代溝越來越深，形成代溝的時間急劇縮短，過去幾代人才能形成文化代溝，而今一代人、甚至是二十年、十年就能形成一條代溝。祖、父、孫三代同堂，六〇後、七〇後、八〇後、九〇後同戴一片天，但世界觀、價值觀甚至是生活嗜好，卻可能大有不同，甚至是大相徑庭。與之相關，縱向文化的傳承明顯受到阻減，故而常常引發社會的文化焦慮。(《雙言雙語生活與雙言雙語政策》2014 年)

不管人們怎樣思考與行動，多元文化生活是不能迴避、不可改變的現實。多元文化生活要求人們具有跨文化生活的能力。跨文化生活能力應主要包括如下方面：第一，應當成為雙言人和雙語人，具有跨文化的交際能力；第二，建構多元文化的知識框架，了解不同文化的歷史與現狀；第三，樹立正確的文化觀，既能了解和守望本我文化，又要學會對異文化的包容與尊重。(《雙言雙語生活與雙言雙語政策》2014 年)

天地志向　家國情懷

雙言雙語生活，既是多元文化生活的表現，也是多元文化生活的促進因素。大量研究表明，雙言雙語對個人的發展具有諸多優越性，比如：可以有更寬闊的文化胸襟，更易客觀看待不同文化和亞文化；可以有較強的跨文化交際能力，擴大活動半徑和生活半徑，易於找到較為合適的工作，雙語人的就業機會明顯多於單語人；有利於開發不同腦區，豐富大腦的智慧等。雙言雙語人有利於國家進步，能夠引進異文化而增加本我文化的發展活力，能夠向外傳播文化而增加本我文化的影響力，能夠提升國家的語言能力以幫助完成國家使命，能夠提升國家的文化軟實力甚至是與軍事、經濟等相關的硬實力。（《雙言雙語生活與雙言雙語政策》2014 年）

AlphaGo 戰勝圍棋大師李世石，給人類帶來了很大的想像空間。最近在「最強大腦」節目裏，百度機器人「小度」在人臉識別、嗓音識別等方面也展現出令人刮目相看的才華。此外，還有體育新聞寫作、對對聯、作詩、寫毛筆字等人工智能活動。大家議論的「人與機器人共處共事」的時代，已經不是童話故事了。

工業化時代，延伸的是人類的體力；智慧化時代，延伸的是人類的腦力，其中就包括人工語言智能的發展。人工語言智能（簡稱「語言智能」）的發展，是人類智慧的一種表現，人的智力的一種技術外化。（《智能時代的語言資源問題》2018 年）

更為有趣的是，人們正在設計一種宇宙間交際的語言。據科學們推測，在太陽系之外的開垠的外層空間中，有着難以勝計的各種

星球人，光是我們的銀河系大概就有上百萬個高度發達的文明社會，宇宙人是比地球人更有智慧的動物。直到現在不少科學家把宇宙間某些來歷不明、不解其意的電訊號、以及地球上空出現的不明飛行物（即「飛碟」），解釋為宇宙人向地球發來的聯絡信號和探測器。因此，有些科學家在設想如何創造一種宇宙語言來同宇宙人聯繫。早在五十年前，就有人用無線電波向宇宙太空發出聯絡訊號。1960 年，荷蘭學者弗勒登塞爾發表了《宇宙語言：宇宙交際語言的設計》一書，1974 年又發表了《宇宙語言》。他所設計的宇宙語言是以數學符號為基礎的人工語言。因為在我們安居樂業的這顆星球上，語言雖然千差萬別，但數學語言是共通的，想必宇宙人也具有高度發達的數學，所以，把語言同數學方法表達出來，也許可以被宇宙人所理解。1974 年 11 月 14 日，波多黎各外層空間探測天文台，向武仙星座三十萬個星球發出了 Hello（您好）的問候信息。前幾年，美國曾發射了兩艘到外達空去探測的宇宙飛船先鋒十號和先鋒十一號。在這兩艘飛般的金屬標記上面刻畫了一男一女的人類裸體像，想以圖像作為宇宙交際手段。1977 年秋天，美國又發射了兩艘探測久太空的宇宙飛船旅行者一號和旅行者二號。飛船帶有唱機和能播放兩小時的唱片及其使用說明。唱片錄有莫扎特的樂曲和中國古曲《流水》，錄有用六十種語言講的問好的話語，其中包括美國總統卡特和聯合國祕書長瓦爾德海姆的問候，並且還附有一些照片和圖畫。（《語言‧社會‧人生》1997 年）

比如當下之文風，空話套話者有之，假話大話者有之，照本宣科者有之，說者自說自話，聽者正話反聽。此風若長久不息，便如痼疾入膏肓，勢必危及國運政體。(《喚起全社會的語言意識》2013年)

我現在仍然認為，飢餓能夠產生幸福感。肚子飢餓，有點吃的就幸福；精神飢餓，看本小說、看場電影就幸福。(《「知識富豪」的社會義務》2011年)

2010年9月，媒體熱炒世界兩大巨富比爾・蓋茨、巴菲特來中國，將與五十名中國富豪共赴「慈善晚宴」，有人承諾死後「裸捐」以響應「巴比宴」，有人擔心「勸捐」而懼怕「巴比宴」。一時間，有了財富應如何回饋社會，成為社會熱議的話題。這使我聯想到知識分子的社會義務。知識分子是知識擁有者，高級知識分子是「知識富豪」，知識富豪如何用知識回饋社會，盡社會義務，也是值得思考、值得議論的。(《「知識富豪」的社會義務》2011年)

在中國語言扶貧的實踐中，發現多數貧困人都是語言能力較為低下者，不能夠通過語言很好地發展自我、接受教育、獲取信息、建立良好的社會互動關係。許多關於移民的研究也表明，語言能力與工作機會和勞動收入呈正相關。(《試論個人語言能力和國家語言能力》2019年)

擁有時黃金不知其貴，失去時敝帚亦足自珍，人間事、人世情大抵皆如此。(《語法研究錄》後記2002年)

　　讀書時，專業是一種愛好；畢業後工作，專業就是職業；如果不讓人催促就饒有興致地做這份職業，職業就成了事業。事業是人生的精神家園，不因條件足否而棄止，不因年齡漸老而釋手。（《漢語的詞法可以更豐富些──序崔應賢〈漢語構詞的歷史考察與闡釋〉》2019 年）

　　經歷就是情感。經過幾次會議，我對對外漢語教學事業產生了認同。雖然那時對這一領域研究不多，認識還在表層，但感覺可以超越真實，自己儼然就是領域中人。（《風景這邊獨好》2020 年）

　　身體是人生的物質基礎。沒有這個物質基礎，人生就若覆屋漏舟。人需重視精神修為，止於至善；但亦需重視身體鍛煉，為高尚的靈魂築一健康居所。（《為高尚的靈魂築一健康居所》2021 年）

　　事業發展不是一帆風順的。有時需要加大動能，有時需要提升勢能，提升勢能也是為日後增加動能。大災大疫常阻緩前進腳步，但若意志堅強，處理得法，也會成為事業發展的加速器。（《新冠疫情對漢語國際教育的影響》2020 年）

　　自武漢發生新冠疫情以來，已經半年了。這半年，很漫長，多數人多數時間都是「禁足」在家；但這半年也很出活，應急語言服務事業在沒有硝煙的抗疫戰場上，立下了赫赫戰功！回首 2020 年的前半年，有三個「想不到」：

　　第一個「想不到」，想不到新冠是如此的難纏狠毒。當年的沙士一到夏天就消失了，而今從冬到春、從春到夏，新冠竟毫無退意，不久前還從新發地突襲北京。全世界已有 960 萬人中招，48 萬人被它吞噬！

　　第二個「想不到」，面對新冠這個人類公敵，人類不是團結對敵，而是更加分歧。充滿了種族歧視、文化歧視、政治歧視，新聞中充斥着指責的聲音、制裁的消息，國際合作更加困難，國際關係更加難料。有人警告：全球化已經崩塌！（當然，也不那麼容易崩塌！）人類並不比上個世紀更明智！

　　第三個「想不到」，中國的應急語言服務能夠發展得如此火熱。這次新冠疫情，學界、業界無令而戰，研製「湖北方言通」「外語通」「簡明漢語」等應急語言服務產品，組織網絡論壇，報紙雜誌發表時評、設置專欄。在重大歷史災難面前，語言學家和語言產業界，不做看客，而是鬥士。應急語言服務發揮了巨大作用，「應急語言學」在應急語言服務中，呼之欲出。據悉，有關部門正在組建「國家應急語言服務團」。希望我國不久的將來，能夠真正解決應急語言服務的體制、機制、法制的「三制」問題。（「中美俄語言服務高峰論壇開幕式致辭」2020 年）

氣壯山河

李宇明主要著作

【1】 《心靈的騷動——心理平衡論》，華中師範大學出版社，1988 年。

【2】 《聾兒語言康復教程》（主編），華中師範大學出版社，1990 年。（獲中國殘疾人聯合會、中宣部出版局、新聞出版署圖書管理司、中國出版者協會、光明日報總編室聯合舉辦的全國首屆「奮發文明進步圖書獎」二等獎）

【3】 《父母語言藝術》（與白豐蘭合作），北京語言學院出版社，1991 年。

【4】 《兒童語言的發展》，華中師範大學出版社，1995 年初版，2004 年再版。

【5】 《漢語量範疇研究》，華中師範大學出版社，2000 年。（獲全國高等學校第三屆人文社會科學研究優秀成果二等獎）

【6】 《語言學概論》（主編），高等教育出版社，2000 年第 1 版，2008 年第 2 版。

【7】 《語法研究錄》，商務印書館，2002 年。

【8】 《語言學習與教育》，北京廣播學院出版社，2003 年；《語言學習與教育》（修訂本），華東師範大學出版社，2017 年。

【9】 《中國語言規劃論》，東北師範大學出版社，2005 年；《中國語言規劃論》（新版），商務印書館，2010 年。

【10】《中國語言規劃續論》，商務印書館，2010 年。

【11】《中國語言規劃三論》，商務印書館，2015 年。

【12】Language Planning in China, 2015 Walter de Gruyter (Mouton).

【13】《全球華語詞典》（主編），商務印書館，2010 年。

【14】《全球華語大詞典》（主編），商務印書館，2016 年。（獲第四屆中國出版政府獎提名獎·圖書獎）

【15】《當代中國語言學研究》（主編），中國社會科學出版社，2016 年第 1 版，2019 年第 2 版。

【16】《李宇明語言傳播與規劃文集》，北京語言大學出版社，2018 年。

【17】《人生初年——一名中國女孩的語言日誌》（上、中、下卷），商務印書館，2019 年。

【18】《語言扶貧問題研究（第一輯）》（主編），商務印書館，2019 年。

【19】《語言扶貧問題研究（第二輯）》（主編），商務印書館，2020 年。

【20】《應急語言問題研究》（主編），商務印書館，2020 年。

【21】《中國家庭語言規劃問題》（主編），商務印書館，2022 年。

【22】《新時期語言文字規範化問題研究》（主編），語文出版社，2020 年。

【23】《語言文字規範化的理論與實踐》（主編），語文出版社，2020 年。

【24】《輶軒使者：語言學家的田野故事》（李宇明、王莉寧主編），商務印書館，2020 年。

編後記

李宇明先生嘗言:「思想沒有物化,不能傳播,不能成其為真正的思想。我們的財富只有思想,我們的尊嚴全在於思想,我們的激情就在於創造思想。要珍愛思想,珍愛能思想之時。」

物化的思想有如河海之珍珠,粒粒珍貴,但卻又有散落各處之遺憾。如能擷而集之,以成珍珠項鍊,則可更好地呈現思想之不畏浮雲、氣象萬千。

從 2021 年 10 月 29 日組建輯錄組,2022 年 3 月 29 日提交初稿,4 月 3 日提交修改稿,4 月 19 日進行了內容擴充,5 月 19 日全書內容基本定稿,整個輯錄過程歷時七個月。

七個月的閱讀、沉浸、摘錄、融匯,穿梭於學術、教育和人生三域之間,先生求索之壯闊與無垠,先生論斷之精妙與深邃,先生思想之博大與精深,沁人心脾、如沐春風。這對於我們三位輯錄者來說,無疑是一次穿越時空的思想之旅,一回修齊治平的學習體悟,一場入腦入心的精神洗禮。

今日恰逢小滿節氣。北宋歐陽修《小滿》詩云:「夜鶯啼綠柳,皓月醒長空。最愛壠頭麥,迎風笑落紅。」《叩門語絲》恰如這長空下的「壠頭麥」,展示了一位當代學者的智慧與擔當。

在本書輯錄的過程中,導師李宇明先生和師母白豐蘭女士多有

指導，同門劉雲、何婷婷、高曉芳、鄒玉華、鄭夢娟、婁開陽、唐培蘭、張曉傳、張潔等多有助力，香港中華書局總編輯侯明女士不僅惠改書名，還親自幫助編輯出版。在此一併表示衷心感謝！

　　是為記。

王春輝、田列朋、高莉

2022 年 5 月 21 日

於北京

叩門語絲

一名語言學家的問學感悟

責任編輯：楊安琪
封面設計：高　林
排　　版：時　潔
印　　務：劉漢舉

著　　者　李宇明

出　　版　中華書局（香港）有限公司
　　　　　香港北角英皇道 499 號北角工業大廈一樓 B
　　　　　電話：（852）2137 2338　　傳真：（852）2713 8202
　　　　　電子郵件：info@chunghwabook.com.hk
　　　　　網址：http://www.chunghwabook.com.hk

發　　行　香港聯合書刊物流有限公司
　　　　　香港新界荃灣德士古道 220-248 號
　　　　　荃灣工業中心 16 樓
　　　　　電話：（852）2150 2100　　傳真：（852）2407 3062
　　　　　電子郵件：info@suplogistics.com.hk

印　　刷　美雅印刷製本有限公司
　　　　　香港觀塘榮業街 6 號 海濱工業大廈 4 樓 A 室

版　　次　2022 年 10 月初版
　　　　　© 2022 中華書局（香港）有限公司

規　　格　16 開（210mm×153mm）

ISBN　　　978-988-8808-84-7